Johannes Kepler (1571–1630), bedeutender Mathematiker und Astronom, steht im Mittelpunkt des Romans von John Banville, der den Leser in die farbige Renaissancewelt versetzt. Er zeigt diesen eigenwilligen Mann nicht nur als einen verdienstvollen Wissenschaftler, sondern als einen Menschen, der verwoben ist mit einer Zeit, die Europa in Kriegen und Seuchen versinken läßt. Kepler, der als verarmter Adelssohn 1571 in Weil der Stadt zur Welt kam, revolutionierte mit seiner Entdeckung unser Weltbild. Aber ein kluger Kopf wie er war immer gefährdet, konnte schnell zwischen die ideologischen Fronten geraten.

John Banville wurde 1945 in Wexford, Irland, geboren. Er veröffentlichte bislang zehn Romane und wurde mit mehreren Literaturpreisen ausgezeichnet, der Roman ›Kepler‹ erhielt beispielsweise den Guardian Fiction Prize . ›Das Buch der Beweise‹ (Fischer Taschenbuch Verlag Bd. 13287) war auf der Auswahlliste für den Booker Prize. In Deutschland wurde er mit dem Roman ›Athena‹ bekannt. John Banville ist Literaturredakteur der *Irish Times* und lebt mit seiner Frau und seinen beiden Söhnen in Dublin.

John Banville

Kepler

Roman

Aus dem Englischen von
Bernhard Robben

Fischer
Taschenbuch
Verlag

Deutsche Erstausgabe
Veröffentlicht im Fischer Taschenbuch Verlag GmbH,
Frankfurt am Main, Oktober 1997

Die Originalausgabe erschien 1981 unter dem Titel
›Kepler‹ im Verlag Martin Secker & Warburg Limited, London

Gesamtherstellung: Clausen & Bosse, Leck
Printed in Germany
ISBN 3-596-13597-4

Gedruckt auf chlor- und säurefreiem Papier

Preise dem Engel die Welt...
R. M. RILKE
Duineser Elegien

I
Mysterium Cosmographicum

Johannes Kepler, schlafend, mit Halskrause, träumt die Lösung des kosmischen Rätsels. Er hält sie im Geist umfangen, wie er in Händen etwas Kostbares von unirdischer Zartheit und Pracht halten würde. Ach, wach nicht auf! Doch das wird er. Frau Barbara packt seinen unbedeckten Fuß nicht ohne ein Gran grimmigen Vergnügens, und sogleich zerplatzt das fabelhafte Ei, läßt nur ein bißchen weißen Glibber und ein paar Koordinaten zerbrochener Schale zurück.

Und 0.00429.

Er fühlte sich wie gerädert, und er fror, widerwärtigen Schlafschleim im Mund. Ein Auge öffnend sah er seine Frau, wie sie erneut nach seinem baumelnden Fuß langte, und er versetzte ihr einen leichten Tritt gegen die Fingerknöchel. Sie schaute ihn an, und unter diesem feisten, hitzigen Blick zuckte er zusammen und machte sich ausgiebig an der Krempe seines geliehenen Hutes zu schaffen. Die kleine Regina, seine Stieftochter, saß sittsam neben ihrer Mutter und verfolgte das kurze Geplänkel mit gewohnt mildem Blick. Da tauchte der junge Tyge Brahe auf, beugte sich von oben herab zum Kutschfenster, ein blaßhäutiger, gefühlsseliger Schwarzkopf mit schlanken Gliedmaßen, schlaffem Handschlag, verschlagenem Blick.

«Da wären wir, Herr«, sagte er und grinste. Dieses *Herr*. Diskret wischte sich Kepler den Mund am Ärmel ab und stieg auf zittrigen Beinen aus der Kutsche.

»Aha.«

Das Schloß von Benatek bot sich ihm gewaltig und teilnahmslos im sonnenhellen Februarlicht dar, mächtiger noch als die schwarze Kummerwolke, die seit Graz auf der ganzen Fahrt über ihm geschwebt hatte. Aus dem Morast seines verdatterten Gemütes stieg eine Blase Trübsinn und zerstob. Mästlin, selbst Mästlin hatte ihn enttäuscht: warum sollte er von Tyge, dem Dänen, mehr erwarten? Sein Blick verschwamm, als ihm die Tränen quollen. Er war noch keine dreißig und fühlte sich viel älter. Doch dann rieb er sich die Augen, drehte sich um und sah gerade noch, wie Junker Tengnagel, dieser herausgeputzte, blonde Rohling, Arsch über Kopf vom sich aufbäumenden Pferd in den zerfurchten Matsch der Straße fiel, und wieder staunte er über die unerschöpfliche Fülle der Welt, die stets einen kleinen Trost parat hielt.

Ein weiterer Trost war, daß die wuchtige Gelassenheit von Benatek bloß das steinerne Äußere betraf: jenseits des Tores, das auf einen Hof mit Kopfsteinpflaster führte, stieß das Quintett der Reisenden auf einen wahrhaften Tumult. Bohlen polterten, Ziegel krachten, Steinmetze pfiffen. Ein überladener Packesel, die Ohren angelegt, das Maul ausgestülpt, schrie und schrie. Tyge winkte und sagte: »Das neue Uraniborg!« und lachte, doch als sie unter einem durchhängenden Granitsturz ins Innere gingen, stieg wie warme Galle in Keplers Kehle eine Woge der Erregung auf, angereichert mit dem Nachgeschmack seines Traumes. Hätte er nicht recht daran getan, nach Böhmen zu kommen? Hier, in Brahes Schloß, konnte er Großes leisten, umhüllt vom Faltenwurf einer größeren und weit versesseneren Persönlichkeit.

Sie betraten einen zweiten, kleineren Hof, in dem nicht gearbeitet wurde. Reste rostfleckigen Schnees lagen in Ritzen und auf Fenstersimsen. Ein Sonnenstrahl stützte eine lohfarbene Wand. Alles war still, jedenfalls bis zu dem Augenblick, als unter dem Schatten eines Torbogens eine Gestalt auftauchte, als wäre etwas in einen reglosen Teich geworfen worden, ein Zwerg mit riesigen Händen, riesigem Kopf, kurzen Beinen und einem Buckel. Er lächelte und probierte einen Hofknicks, als sie vorübergingen. Frau Barbara nahm Regina an die Hand.

»Gott bewahre Euch, edle Leute«, piepste der Zwerg mit seiner Miniaturstimme und wurde nicht beachtet.

Durch eine mit Beschlagnägeln verzierte Tür traten sie in einen Saal mit einem lodernden Feuer im Kamin. Gestalten bewegten sich im rötlichen Dämmer hin und her. Kepler zögerte, von hinten schnaufte ihm seine Frau leise ins Ohr. Sie starrten umher. Hatte man sie ins Gesindequartier geführt? An einem Tisch vorm Feuer saß ein schwarzköpfiger Mann mit Schnäuzer und aß mit Macht. Keplers Herz raste. Er hatte von Tycho Brahes Absonderlichkeiten gehört, und hier unten zu essen zählte zweifellos dazu, ebenso zweifellos saß er nun vor ihm, der große Mann – endlich. Doch er war es nicht. Der Kerl schaute auf und sagte zu Tychos Sohn: »Heda, du bist zurück.« Er war Italiener. »Wie steht es in Prag?«

»Angeknackst«, sagte der junge Tyge und zuckte die Achseln, »angeknackst, denke ich.«

Der Italiener runzelte die Stirn und sagte dann: »Aha, ich verstehe, ich verstehe. Ha.«

Kepler wurde unruhig. Bestimmt hatte er doch einen besseren Empfang verdient. Wollte man ihn absichtlich beleidigen oder war dies des Adels Art? Sollte er seine Anwesenheit kundtun? Das könnte eine grobe Taktlosigkeit bedeuten. Doch Barbara würde jeden Augenblick zu nörgeln beginnen. Dann streifte ihn etwas, und er fuhr erschrocken zusammen. Lautlos war der Zwerg hereingekommen, pflanzte sich nun vor dem Astronomen auf und musterte mit ruhiger Aufmerksamkeit das besorgte, fahle Gesicht, den kurzsichtigen Blick, die zerfransten Kniebundhosen, die zerknitterte Halskrause, die Hände, die den Federhut umklammert hielten. »Herr Mathematicus, so wage ich zu sagen«, und verbeugte sich. »Willkommen, überaus willkommen«, als wäre er der Herr des Hauses.

»Dies«, sagte der junge Brahe, »ist Jeppe, meines Vaters Narr. Ein heiliges Biest, gewissermaßen, ich warne Euch, es kann die Zukunft vorhersagen.«

Der Zwerg lächelte, schüttelte den großen, glatten Schädel. »Aber, aber Gebieter, ich bin ein armer Krüppel, ein Nichts. Doch Ihr seid spät dran. Die ganze lange Woche haben wir nach Euch und Eurem ...«, sein Blick huschte zu Keplers Frau hinüber »... Troß Ausschau gehalten. Euer Vater ist in Sorge.«

Tyge runzelte die Stirn. »Scheißfressende Kröte«, sagte er, »vergiß nicht, daß ich dich eines Tages erben werde.«

Jeppe schaute Tengnagel nach, der schnurstracks und finsteren Blicks zum Feuer stolziert war. »Was plagt unseren trübsinnigen Freund?«

»Ein Sturz von seiner Stute«, sagte Tyge und mußte plötzlich kichern.

»Wie das? Waren die Dirnen in der Stadt derart lebhaft?«

Alles in Frau Barbara sträubte sich. Solch ein Gerede, und das vor den Ohren des Kindes! Seit einer Weile schon hatte sie allerhand Umstände gegen Benatek zusammengetragen, die sich nun zu einer regelrechten Beleidigung summierten. »Johannes«, begann sie, drei ansteigende, unheilvolle Halbtöne, doch eben da erhob sich der Italiener und klopfte dem jungen Brahe mit einem Finger leicht auf das Brustbein. »Sagt ihm«, bat er, »Eurem Vater, mir täte es leid. Er ist immer noch wütend und will mich nicht sehen, doch ich kann nicht länger warten. Es war nicht meine Schuld: das Vieh war betrunken! Sagt ihm das, ja? Und nun, lebt wohl.« Rasch ging er hinaus, warf sich den Flügel seines schweren Mantels über die Schulter und drückte den Hut in die Stirn. Kepler sah ihm nach. »Jo*hann*es.« Tyge war verschwunden. Tengnagel brütete vor sich hin. »Kommt«, sagte der Zwerg, und wie etwas, das man rasch zeigt, bevor man es wieder verschwinden läßt, ließ er erneut sein verschlagenes Lächeln sehen. Er führte sie eine dumpfige Treppe hinauf, über endlose, steinerne Korridore. Das Schloß hallte wider von Geschrei, von Fetzen wilder Gesänge und zuschlagenden Türen. Die Gästezimmer glichen Höhlen und waren spärlich möbliert. Barbara rümpfte die Nase über den modrigen Geruch. Das Gepäck war nicht heraufgebracht worden. Jeppe lehnte mit gekreuzten Armen im Türrahmen und schaute zu, während Kepler sich auf Zehenspitzen ans Fensterkreuz verzog und in den Hof hinunterstarrte, auf die Handwerker und einen mantelbehangenen Reiter, der zum Tor sprengte. Trotz aller bösen Ahnungen hatte er sich unter Benatek zuinnerst etwas Großes und Großzügiges vorgestellt, vergoldete Zimmer und spontanen Applaus, die Achtsamkeit wunderbar ernsthafter Menschen, Licht und Platz und Wohlgefühl: nicht dieses Grau, diese Mißgestalt, diesen Lärm und die Konfusion anderer Leben, diese vertraute – ach, so vertraute! – Unordnung.

War Tycho Brahe selbst nicht groß, nicht großzügig? Als er am Mittag gerufen wurde, stolperte Kepler, der wieder eingeschlafen war, durch das Schloß und fand einen fülligen, glatzköpfigen Mann, der ausgerechnet von einem zahmen Elch schwadronierte. Sie betraten einen hohen Saal und setzten sich, als der plötzlich verstummte Däne seinen Gast anstarrte. Und dann hob Kepler, statt seinen Geist emporzuschwingen, um diesem hohen Mann Genüge zu tun, zu einer Aufzählung seiner Verdrießlichkeiten an. Der jammernde Ton, den er selbst in seiner Stimme vernahm, ärgerte ihn, doch konnte er ihn nicht verhindern. Schließlich gab es allerlei Grund zu jammern. Der Däne, mutmaßte Kepler übellaunig, dürfte kaum von Geldsorgen und derlei Dingen wissen, von all diesen Erbärmlichkeiten. Seine enorme Selbstsicherheit nährte sich aus Jahrhunderten patrizischer Abstammung. Selbst dieser Raum, hoch und hell, mit seiner schönen alten Decke, sprach von unerschütterlicher Erhabenheit. Hier würde es die Unordnung gewiß nicht wagen, ihr höhnisches Haupt zu erheben. Tycho, mit seinem Schweigen, seinem Starren, der schimmernden Schädelkuppe und der metallenen Nase schien übermenschlich, einer großen, gewichtigen Maschine gleich, deren unmerkliches Wirken all die disparaten Geschehnisse im Schloß mitsamt seinen Myriaden Leben fest in ihren Bahnen hielt.

»... und obwohl in Graz«, sagte Kepler, »viele einflußreiche Personen auf meiner Seite standen, ja, selbst die Jesuiten, so half es mir nichts, denn die Behörden machten weiterhin gnadenlose Jagd auf mich und wollten, daß ich meinen Glauben widerrief. Ihr werdet es nicht fassen, mein Herr, aber man zwang mich, eine Strafe von zehn Florins für das Privileg zu zahlen, für das *Privileg*, wohlgemerkt, meine armen Kinder nach lutherischem Brauch zu beerdigen.«

Tycho regte sich und zupfte seine Schnurrbartenden mit Zeigefinger und Daumen nach unten. Kepler sank mit wehleidigem Blick in seinem Stuhl zusammen, als hätte sich dieses Joch von Finger und Daumen um seinen dürren Hals gelegt.

»Wie steht's mit Eurer Philosophie, mein Herr?« fragte der Däne.

Auf dem Tisch pulsierten italienische Orangen in einer Zinnschüssel. Kepler hatte nie zuvor Orangen gesehen. Leuchtend, groß und ausgereift, wirkten sie ungeheuerlich in ihrer prallen, unerbittlichen Gegenwärtigkeit.

»Ich halte die Welt für eine Manifestation der Möglichkeit von Ordnung«, sagte er. War dies ein weiteres Fragment aus seinem morgendlichen Traum? Wieder schaute ihn Tycho Brahe mit steinerner Miene an. »Will sagen«, beeilte sich Kepler, »ich hänge der Naturphilosophie an.« Hätte er sich doch bloß anders angezogen. Vor allem die Halskrause war ihm zuwider. Er hatte Eindruck schinden wollen, doch sie saß zu eng. Schlaff lag sein geborgter Hut am Boden zu seinen Füßen, noch ein beherztes, doch unangebrachtes Emblem, mit einer Delle in der Krone, dort, wo er unabsichtlich darauf getreten war. Tycho betrachtete eine entlegene Ecke der Decke und sagte:

»Als ich das erste Mal nach Böhmen kam, brachte uns der Kaiser in Prag im Haus des verstorbenen Vizekanzlers Curtius unter, wo das infernalische Glockenläuten des nahen Kapuzinerklosters Tag und Nacht zur Qual machten.« Er zuckte die Achseln. »Mit Störungen muß man sich abfinden.«

Kepler nickte bedächtig. Glocken, ja; Glocken würden die Konzentration tatsächlich ernsthaft gefährden, auch wenn sie nicht halb so schlimm waren, dachte er, wie die Schreie der eigenen, in Todespein liegenden Kinder. Er und der Däne, sie hatten noch viel voneinander zu lernen. Kepler blickte sich lächelnd um, neidvoll und bewundernd. »Aber *hier* doch wohl kaum ...?« Die Wand, an der sie saßen, wurde fast zur Gänze von einem riesigen Bogenfenster mit vielen Bleiglasscheiben eingenommen, die den Blick auf eine blaue, klare Ferne freigaben, auf sich weithin erstreckende Weinberge und Weiden. Winterliches Sonnenlicht funkelte über der Iser.

»Der Kaiser nennt Benatek ein Schloß«, sagte Tycho Brahe, »doch das ist wohl übertrieben. Ich lasse umfassende Veränderungen und Erweiterungen vornehmen; mein böhmisches Uraniborg soll hier entstehen, nur wird man auf Schritt und Tritt entmutigt. Seine Majestät zeigt zwar Verständnis, kann sich aber nicht um jede Kleinigkeit persönlich kümmern. Und der hiesige Verwalter der Krongüter, mit dem ich es in erster Linie zu tun habe, ist mir keineswegs so wohlgesinnt, wie ich es mir wünschen könnte. Mühlstein heißt er, Kaspar von Mühlstein...«, und er vermaß den Namen so düster wie der Henker einen Nacken. »Ich glaube, er ist Jude.«

Draußen ertönte eine Mittagsglocke, und der Däne verlangte sein Frühstück. Ein Diener brachte in Servietten gehülltes, heißes Brot und eine Kanne, aus der er einen dampfenden, schwärzlichen Trank in ihre Tassen füllte. Kepler starrte darauf, und Tycho sagte: »Ihr kennt dieses Gebräu nicht? Es kommt aus Arabien. Ich finde, es schärft das Denken ganz außerordentlich.« Er sprach leichthin, aber Kepler wußte, daß er beeindruckt sein sollte. Also trank er und schmatzte anerkennend mit den Lippen, und zum ersten Mal lächelte Tycho. »Ihr müßt entschuldigen, Herr Kepler, daß ich Euch bei Eurer Ankunft in Böhmen nicht selbst begrüßt habe. Doch wie ich in meinem Brief erwähnte, begebe ich mich nur selten nach Prag, es sei denn, ich spreche beim Kaiser vor; und die Opposition von Mars und Jupiter, von der Ihr sicherlich wißt, ermutigte mich zudem, meine Arbeit nicht zu unterbrechen. Doch ich denke, Ihr werdet verstehen, daß ich Euch nicht so sehr als Gast, sondern als Freund und Kollegen willkommen heiße.«

Trotz der scheinbaren Herzlichkeit löste diese kleine Rede in ihnen beiden eine eigenartige Unzufriedenheit aus. Tycho wollte fortfahren, schaute dann aber bedrückt zum Fenster hinüber und hinaus in den Wintertag. Der Diener kniete vor dem Kachelofen und schob Kiefernklötze in die Flammen. Der Kerl hatte kurzgeschorenes Haar, fleischige Hände, und seine bloßen, roten Füße steckten in Holzpantinen. Kepler seufzte. Er sah ein, daß er hoffnungslos jener Schicht angehörte, die den Zustand der Füße eines Dieners bemerkt. Er trank noch einen Schluck vom arabischen Gebräu. Es klarte den Kopf, schien aber zu seinem Entsetzen auch das Zittern über ihn zu bringen. Schon fürchtete er, das Fieber könne erneut ausbrechen. Sechs Monate und länger hatte es ihm zugesetzt und ihn in grauen Dämmerstunden glauben lassen, daß er schwindsüchtig sei. Trotzdem schien er noch Gewicht anzusetzen: diese verdammte Halskrause brachte ihn um.

Tycho Brahe wandte sich um, sah ihn scharf an und fragte: »Ihr befaßt Euch mit Metall?«

»Metall...?« fragte er zaghaft. Der Däne hatte ein Lackschächtelchen hervorgezogen und verrieb nun einen Tupfer aromatischer Salbe auf der Haut rund um das künstliche Nasenbein aus einer Goldsilberlegierung, das ihm als jungem Mann nach einem Duell eingesetzt worden war. Kepler stierte ihn an. Sollte er diesem großen Dänen etwa ein neues und besseres Organ zur Zierde seines Gesichtes schaffen? Er war erleichtert, als Tycho ein wenig irritiert fortfuhr:

»Ich meine den Destillierkolben, etcetera. Ihr behauptetet doch, ein Naturphilosoph zu sein, nicht wahr?« Er besaß eine alarmierende Art, im Gespräch vor und zurück zu springen, als wären die Themen auf den Marken eines Spiels verzeichnet, das er müßig in seinem Kopf ablaufen ließ.

»Nein, nein, Alchimie gehört nicht, ich bin kein –«

»Doch Ihr erstellt Horoskope.«

»Ja, das heißt, wenn ich –«

»Für Geld?«

»Nun, ja.« Er hatte zu stammeln begonnen. Er meinte, zum Eingeständnis einer zutiefst niederträchtigen Vorliebe gedrängt zu werden. Verstört sammelte er sich zu einem Gegenzug, doch erneut wechselte Tycho abrupt den Spielverlauf.

»Eure Schriften sind außerordentlich interessant. Euer *Mysterium cosmographicum* habe ich aufmerksam gelesen. Zwar bin ich mit der Methode natürlich nicht einverstanden, doch die Schlüsse, zu denen Ihr gelangt, sind... bemerkenswert.«

Kepler schluckte. »Ihr seid zu freundlich.«

»Falsch ist, denke ich, daß Ihr bei Eurer Theorie vom kopernikanischen System ausgeht.«

Soll heißen: und nicht von meinem. Doch immerhin waren sie nun zu Wesentlichem vorgedrungen. Kepler ballte die Hände in seinem Schoß zu Fäusten, um ihr Zittern zu verhindern, und suchte fieberhaft nach dem geeignetsten Weg, sogleich die entscheidende Frage anzuschneiden. Doch merkte er zu eigenem Verdruß, wie er zögerte. Er traute Tycho Brahe nicht. Der Mann war einfach zu still und umsichtig, wie eines dieser großen, trägen Raubtiere, die reglos vor der Falle ihrer Höhle lagen und auf Beute warteten. (Und doch war er auf seine Art ein großer Astronom. Das war beruhigend. Kepler glaubte, daß alle Wissenschaftler einer Bruderschaft angehörten.) Wie *lautete* denn überhaupt die entscheidende Frage? Er suchte mehr als bloß eine Unterbringung für sich und seine Familie auf Benatek. Das Leben selbst war für ihn ein wundersames Geschöpf, ein lebendiger Organismus gleichsam, von herrlicher Komplexität und Anmut, wenn auch mit chronischer Schwindsucht geschlagen; er wünschte sich von Benatek und seinem Herrn die Gewähr einer vollkommenen Ordnung und eines ebensolchen Friedens, darin er lernen könnte, sein Leben zu verwahren, auf daß sich die fieberhaften Zuckungen legten und der würdevolle Tanz begann. Wie er nun in stiller Verzweiflung über diese Verwirrungen nachsann, ging der rechte Augenblick vorüber. Tycho schob die Reste seines Frühstücks beiseite und stand auf. »Sehen wir Euch zum Abendessen, Herr Kepler?«

»Aber...!« Der Astronom fischte nach seinem Hut unter dem Tisch.

»Ihr werdet dann einige meiner übrigen Assistenten kennenlernen, und wir können die Umverteilung der Aufgaben besprechen, da wir nun einer mehr sind. Ich dachte daran, Euch die Umlaufbahn des Mondes zu übertragen. Doch muß ich da erst mit meinem Christian Longberg reden, der, wie Ihr sicherlich begreifen werdet, in diesen Dingen ein Wort mitzusprechen hat.« Langsamen Schrittes verließen sie das Zimmer. Tycho segelte eher, als daß er ging, ein stattliches Schiff. Kepler, blaß, drehte die Hutkrempe mit zittrigen Fingern. Das war doch Irrsinn. Freund und Kollege, in der Tat! Wie ein unerfahrener Lehrling wurde er behandelt. Zerstreut verabschiedete sich Tycho Brahe auf dem Flur und kreuzte davon. Frau Barbara wartete in ihren Gemächern. Sie sah aus, als würde sie stets sträflich vernachlässigt, durch seine Gegenwart ebenso wie durch seine Abwesenheit. Bekümmert und zugleich erwartungsvoll fragte sie: »Und?«

Kepler entschied sich für eine Miene lächelnder Geistesabwesenheit und probierte sie behutsam aus. »Hmm?«

»Nun«, beharrte seine Frau, »was war?«

»Ach, wir haben gefrühstückt. Sieh her, ich habe dir etwas mitgebracht«, und mit der schwungvollen Geste eines Zauberers holte er aus dem Versteck in der Hutkrone eine Orange. »Kaffee habe ich auch getrunken!«

Regina, die sich aus dem offenen Fenster gebeugt hatte, drehte sich um und ging mit leisem Lächeln zu ihrem Stiefvater. Ihr freimütiger Blick schüchterte ihn stets ein wenig ein.

»Im Hof liegt ein toter Hirsch«, sagte sie. »Wenn man sich weit vorbeugt, kann man ihn sehen, auf dem Karren da. Ein großes Tier.«

»Das ist ein Elch«, sagte Kepler sanft. »Man nennt das einen Elch. Er war betrunken, weißt du, und ist die Treppe hinuntergestürzt, als...«

Man hatte das Gepäck gebracht, und Barbara war beim Auspakken gewesen, als sie sich nun plötzlich mitten unter die zerstreuten Trümmer ihrer Habe setzte, die schimmernde Frucht in Händen, und zu weinen begann. Kepler und das Kind starrten sie an.

»Nichts hast du geklärt!« jammerte sie. »Du hast es nicht mal *versucht.*«

*

Oh ja, vertraut, fürwahr: von Beginn an war Unordnung der Zustand seines Lebens gewesen. Wenn es ihm für kurze Zeit gelang, innerlich ein wenig Ruhe zu finden, wandte sich gewiß die äußere Welt gegen ihn. So war es letzten Endes auch in Graz gewesen. Und doch hatte, ehe er gezwungen war, zu Tycho Brahe nach Böhmen zu fliehen, das vergangene Jahr so vielversprechend begonnen. Der Erzherzog war es für den Augenblick leid, Lutheraner zu jagen, Barbara befand sich erneut in anderen Umständen, und seit die Stiftsschule geschlossen war, hatte er reichlich

Zeit für seine eigenen Studien. Außerdem hatte sich seine Abneigung gegen das Haus in der Stempfergasse gelegt, das ihn anfangs mit einem tiefen Widerwillen erfüllte, dessen Ursprung zu untersuchen er sich nicht bemüßigt fühlte. Es war das letzte Jahr des Jahrhunderts, und mit Erleichterung meinte er zu spüren, daß endlich irgendein altes, abscheuliches Ding starb, nachdem es vielerlei Unheil angerichtet hatte.

Im Frühjahr, das Herz voller Hoffnung, hatte er sich erneut der großen Aufgabe gestellt, die Gesetze der Weltharmonik zu verfassen. Sein Arbeitszimmer befand sich im hinteren Teil des Hauses, ein Kämmerchen, das vom klammen, gefliesten Flur abging, der zur Küche führte. Zu Zeiten von Barbaras verstorbenem Gatten war es eine Abstellkammer gewesen. Einen Tag hatte Kepler gebraucht, das Gerümpel fortzuräumen, Papiere, alte Schachteln und zerbrochene Möbel, die er umstandslos durch das Fenster in das überwucherte Blumenbeet geworfen hatte. Dort lagen sie immer noch, ein modernder Haufen Kompost, der jedes Frühjahr büschelweise wilden Enzian hervorbrachte, vielleicht zum Gedächtnis an den früheren Herrn des Hauses, den armen Max Müller, den Zahlmeister mit den langen Fingern, dessen kummervoller Geist sich immer noch in seinem verlorenen Reich umtrieb.

Es gab andere, prächtigere Räume, die er hätte wählen können, war es doch ein großes Haus, aber Kepler zog diese Kammer vor. Sie lag abseits. Damals hatte Barbara noch gesellschaftliche Ambitionen gehegt, und an den meisten Nachmittagen hallte das Haus vom Lärm der pferdegesichtigen Ratsdamen und Honoratiorenfrauen wider, doch der einzige Laut, der die Stille seiner verrammelten Höhle störte, war das zänkische Glucken der Hühner draußen und der Gesang der Magd in der Küche. Das ruhige, grünliche Licht aus dem Garten bekam seinen schmerzenden Augen. Manchmal setzte sich Regina zu ihm. Mit seiner Arbeit ging es gut voran.

Er fand einige Beachtung. Galileus, der Italiener, hatte sich für das ihm geschenkte Exemplar des *Mysterium cosmographicum* bedankt. Sicher, sein Brief war enttäuschend knapp und kaum mehr als höflich zu nennen gewesen, doch Tycho Brahe hatte in herzlichem Ton und ausführlich über sein Buch geschrieben. Auch seine Korrespondenz mit dem bairischen Kanzler Herwart von Hohenburg hielt trotz der religiösen Wirren an. All dies ließ ihn glauben, daß er auf bestem Wege war, ein bedeutsamer Mann zu werden, denn wie viele Männer von achtundzwanzig Jahren konnten schon von sich behaupten, derartige Leuchten der Wissenschaft zu ihren Kollegen zählen zu dürfen? (Er fand dieses Wort keineswegs zu hoch gegriffen.)

Diese Brosamen mochten ihn selbst beeindrucken, anderen aber war schwerer beizukommen. Er dachte an den Streit mit seinem Schwiegervater Jobst Müller. Ohne daß er den genauen Grund dafür kannte, markierte in seiner Erinnerung diese Auseinandersetzung den Beginn jener kritischen Zeit, die neun Monate darauf mit seiner Vertreibung aus Graz enden sollte.

Der Frühling war in jenem Jahr schlecht, Regen und Sturm den ganzen April hindurch. Anfang Mai setzte eine garstige Ruhe ein. Tagelang war der Himmel eine Kuppel aus merkwürdig fahlen Wolken, nachts kam Nebel auf. Nichts rührte sich. Es war, als wäre die Luft selbst geronnen. Die Straßen stanken. Kepler fürchtete sich vor diesem Vampirwetter, das sich auf das zarte Gleichgewicht seiner Konstitution auswirkte, Kopfschmerzen verursachte und seine Adern erschreckend anschwellen ließ. In Ungarn, hieß es, tauchten überall Blutflecken an Türen und Wänden auf, selbst in den Feldern. Hier in Graz wurde eine alte Frau, die man morgens beim Pissen hinter der Jesuitenkirche unweit der Stempfergasse ertappt hatte, als Hexe gesteinigt. Barbara, die im siebten Monat war, wurde überaus gereizt. Die Zeit schien reif für den Ausbruch einer Seuche. Und für Kepler war es eine Art Pest, die mit Jobst Müller aus Gössendorf kam, um drei Tage bei ihnen zu verweilen.

Er war ein freudloser Mann, stolz auf seine Mühle, sein Geld und den Landsitz der Mühlecks. Wie Barbara verfolgte er gesellschaftliche Ambitionen, behauptete, von adliger Geburt zu sein und unterschrieb mit *zu Gössendorf.* Und wie Barbara, wenn auch nicht ebenso eklatant wie sie, verschliß er seine Ehegefährten –

seine zweite Frau kränkelte. Seinen Reichtum vermehrte er mit einer Leidenschaft, die ansonsten in seinem Leben fehlte. Und seine Tochter hielt er für einen materiellen Besitz, der ihm, so dachte er offenbar, von diesem Emporkömmling Kepler entwendet worden war.

Doch half sein Besuch immerhin, Barbara ein wenig aufzumuntern. Sie freute sich, in ihm einen Verbündeten zu haben. Nicht daß sie sich in Keplers Gegenwart jemals offen über ihn beschwert hätte. Stummes Leiden war ihre Taktik. Kepler schloß sich während dieser drei Tage zumeist in seine Kammer ein. Regina leistete ihm Gesellschaft. Sie hatte auch nur wenig für Großvater Müller übrig. Damals war sie neun gewesen, klein für ihr Alter, blaß, mit aschblondem Haar, das stets feucht und strähnig zu sein schien, eng an ihren schmalen Kopf gekämmt. Sie war nicht hübsch, dafür war sie zu spitz und bleich, doch besaß sie Charakter. Von ihr ging eine Aura der Ganzheit aus, der Eindruck, sie sei für sich selbst eine genaue Hinlänglichkeit; Barbara fürchtete sich ein wenig vor ihr. Sie saß in seinem Arbeitszimmer auf einem hohen Hocker, ein Spielzeug unbeachtet in ihrem Schoß, so starrte sie Dinge an – Karten, Stühle, den verlotterten Garten und manchmal sogar Kepler, wenn er hustete, mit den Füßen scharrte oder ihm einer seiner kleinen, unwillkürlichen Seufzer entfuhr. Sie verband eine sonderbare Gemeinsamkeit, doch was sie teilten, wußte er nicht genau. Er war der dritte Vater, den sie in ihrem kurzen Leben kennengelernt hatte, und wahrscheinlich wartete sie, ob er sich dauerhafter als seine beiden Vorgänger erweisen würde. War das, was sie teilten also etwas, das ihnen noch bevorstand, etwas für die Zukunft?

In diesen Tagen hatte sie häufiger Anlaß als gewöhnlich, ihn zu besuchen. Er war so aufgewühlt und konnte nicht arbeiten, da er wußte, daß seine Frau und ihr Vater, dieses Paar, sich irgendwo im Haus aufhielten, seinen Frühstückswein pichelten und die Köpfe über seine Unzulänglichkeiten schüttelten. Also saß er mit geballten Fäusten an seinem beladenen Tisch, stöhnte und brummelte und kritzelte wilde Berechnungen, die in ihrer heftigen Irrationalität weniger Mathematik als vielmehr eine Art waren, seiner ansonsten stummen Wut und Niedergeschlagenheit Ausdruck zu geben.

So konnte es nicht weiter gehen.

»Wir müssen miteinander reden, Johannes.« Wie bläßliche Creme schmierte sich Jobst Müller ein seltenes Lächeln ins Gesicht. Es geschah nur selten, daß er seinen Schwiegersohn mit Namen ansprach. Kepler versuchte, von ihm abzurücken.

»Ich – ich bin sehr beschäftigt.«

Das hätte er nicht sagen sollen. Wie konnte er beschäftigt sein, da doch die Schule geschlossen war? Die Astronomie war für seinen Schwiegervater nur bloße Spielerei, ein Indiz seiner niederträchtigen Unverantwortlichkeit. Jobst Müllers Lächeln wurde traurig. Er hatte heute den breitkrempigen, konischen Hut nicht auf, den er sonst meist drinnen wie draußen zur Schau trug, und er sah aus, als fehlte ihm ein Teil seines Kopfes. Er hatte glattes, graues Haar, ein bläuliches Kinn und war trotz seiner Jahre so etwas wie ein Stutzer, der ein samtenes Wams, Spitzenkragen und blaue Kniebänder bevorzugte. Kepler konnte seinen Anblick kaum ertragen. Sie standen auf dem Absatz über der Eingangshalle. Fahles Morgenlicht fiel durch die vergitterten Fenster hinter ihnen.

»Aber eine Stunde könntet Ihr doch vielleicht erübrigen, oder?«

Sie gingen die Treppe hinunter, und Jobst Müllers Schnallenschuhe klackten auf den gewienerten Dielen eine dumpfe, abfallende Tonleiter der Mißbilligung. Der Astronom dachte an seine Schulzeit: Jetzt bist du dran, Kepler. Barbara erwartete sie im Eßzimmer. Das strahlende Leuchten in ihren Augen sah Johannes mit Bitterkeit. Sie wußte, daß ihn der Alte zur Rede stellen wollte; sie steckten unter einer Decke. Am Abend zuvor hatte sie mit ihrer Frisur experimentiert (nach der Geburt des ersten Kindes war ihr das Haar büschelweise ausgefallen). Als sie aber hereinkamen, riß sie sich das Netz vom Kopf und eine gekräuselte Lokkenpracht sprang von ihrer Stirn auf. Johannes meinte fast, es knistern hören zu können.

»Guten Morgen, meine Liebe«, sagte er und zeigte ihr seine Zähne.

Sie strich sich nervös über die Locken. »Papa möchte mit dir reden.«

Johannes setzte sich ihr gegenüber an den Tisch. »Ich weiß.« Die alten italienischen Stühle, die zu Barbaras Mitgift gehört hatten, waren zu groß für ihn; er mußte sich recken, um mit den Zehen den Boden berühren zu können. Trotzdem gefielen sie ihm, wie auch die übrigen Möbel, das Zimmer selbst; er mochte gedrechseltes Holz, alte Ziegel, schwarze Deckenbalken und dergleichen solide Dinge, die ihm zwar eigentlich nicht gehörten, aber dennoch halfen, seine Welt zusammenzuhalten.

»Johannes hat sich bereit erklärt, mir eine Stunde seiner kostbaren Zeit zu widmen«, sagte Jobst Müller und schenkte sich einen Becher Dünnbier ein. Barbara biß sich auf die Lippe.

»Ähm«, sagte Kepler. Er wußte, worum es gehen würde. Ulrike, ihr Dienstmädchen, watschelte herein, das Frühstück auf einem riesigen Tablett. Der Gast aus Mühleck nahm ein gekochtes Ei zu sich. Johannes war nicht hungrig. Seine Eingeweide befanden sich heute morgen in Aufruhr. Sein Darm war eine sensible Maschine, und das Wetter nebst Jobst Müller machten sich bemerkbar. »Das verdammte Brot ist alt«, brummte er. Ulrike warf ihm von der Tür aus einen Blick zu.

»Sagt«, fragte sein Schwiegervater, »gibt es Anzeichen dafür, daß die Stiftsschule wieder, äh, aufmacht?«

Johannes zuckte die Achseln.

»Der Erzherzog«, sagte er unbestimmt, »Ihr wißt ja.«

Barbara schob ihm einen dampfenden Teller hin. »Nimm eine Bratwurst, Johann«, sagte sie. »Ulrike hat deine Lieblingssoße gemacht.« Er starrte sie an, und hastig zog sie den Teller zurück. Ihr Bauch war mittlerweile so angeschwollen, daß sie die Schultern vorbeugen mußte, um an den Tisch gelangen zu können. Einen Augenblick lang rührte ihn ihre traurige Unbeholfenheit. Als sie mit dem ersten schwanger ging, hatte er sie schön gefunden. Verdrossen sagte er: »Ich bezweifle, daß sie während seiner Regierungszeit je wieder aufgemacht wird.« Seine Miene hellte auf. »Aber man sagt, er habe die Pocken; wenn die ein Ende mit ihm machen, dann besteht noch Hoffnung.«

»Johannes!«

Regina kam herein, und ihr Erscheinen bewirkte eine kleine, doch spürbare Veränderung der Atmosphäre. Sie schloß die große Eichentür mit äußerster Behutsamkeit hinter sich, als wollte sie einen Teil der Mauer wieder einfügen. Die Welt war für sie in zu großem Maßstab errichtet. Johannes konnte es ihr nachfühlen.

»Hoffnung worauf?« fragte Jobst Müller nachsichtig und löffelte den letzten Rest Eiweiß aus der Schale. Er gab sich heute morgen aalglatt und sanft und wartete ab. Das Bier hinterließ einen schmalen Schnäuzer aus getrocknetem Schaum auf seiner Lippe. Keplers Schwiegervater sollte innerhalb von zwei Jahren sterben.

»Wie?« knurrte Kepler, der sich vorgenommen hatte, es ihm nicht leicht zu machen. Jobst Müller seufzte.

»Ihr sagtet, es gäbe Hoffnung, falls der Erzherzog... aus dem Leben scheiden sollte. Hoffnung worauf, wenn wir fragen dürfen?«

»Hoffnung auf Toleranz und ein bißchen Freiheit, so daß die Menschen ihren Glauben ausüben können, wie das Gewissen es ihnen befiehlt.« Ha, das war gut. Als Ferdinand seinen letzten Anfall von religiösem Fieber erlitten hatte, war Jobst Müller zu den Papisten übergegangen, während Johannes standgehalten und ein zeitweiliges Exil erduldet hatte. Die glatten Züge des alten Knaben warfen ein Kräuseln auf, das über die zusammengepreßten Kiefer rann und die blutleeren Lippen spannte. Er sagte:

»Gewissen, ja, Gewissen mag nett für manche sein, für solche, die sich derart stolz und vornehm dünken, daß sie glauben, sich um die gemeinen Dinge des Lebens nicht kümmern zu müssen, so daß sie es anderen überlassen, sie zu nähren und mitsamt ihrer Familie zu beherbergen.«

Mit leisem Scheppern stellte Johannes seine Tasse ab. Sie war mit dem Wappen der Müller verziert. Regina beobachtete ihn.

»Noch wird mir mein Gehalt gezahlt.« Sein Gesicht, das erst vor unterdrückter Wut wachsbleich geworden war, lief nun rot an. Barbara machte eine flehende Geste, doch er beachtete sie nicht. »Wißt Ihr, in dieser Stadt werde ich mit einiger Hochachtung behandelt. Die Ratsherren – und selbst der Erzherzog – wissen meinen Wert zu schätzen, auch wenn andere dazu offenbar nicht in der Lage sind.«

Jobst Müller zuckte die Achseln. Er kauerte sich zusammen, eine sprungbereite Ratte. Trotz aller stutzerhaften Allüren ging ein schwacher Geruch nach ungewaschener Haut von ihm aus.

»Dann haben die aber eine feine Art, ihre Wertschätzung zu zeigen«, sagte er, »jagen Euch fort wie einen gemeinen Verbrecher, wie?«

Johannes riß mit den Zähnen an einer Brotkruste. »Mam hat mir immerhalb -», er schluckte -»man hat mir innerhalb eines Monats die Rückkehr erlaubt. Aus unserem Glauben war ich der einzige, der so ausgezeichnet wurde.«

Wieder erlaubte sich Jobst Müller ein mattes Lächeln. »Vielleicht«, sagte er mit seidenweicher Betonung, »kannten die anderen keine Jesuiten, die für sie ein Wort einlegten? Vielleicht gestattete es ihnen ihr *Gewissen* nicht, die Hilfe dieser römischen Zunft anzufordern.«

Wieder verfärbte sich Keplers Stirn. Er sagte nichts, saß nur da, bebte und funkelte den alten Mann an. Eine Flaute trat ein. Barbara schniefte. »Iß dein Würstchen, Regina«, sagte sie leise und bekümmert, als wäre das wählerische Eßverhalten des Kindes der geheime Anlaß für all die momentanen Sorgen. Behutsam schob Regina ihren Teller fort.

»Sagt«, forderte ihn der immer noch in sich zusammengekauerte, lächelnde Jobst Müller auf, »wie *hoch* ist denn dieses Salär, das die Ratsherren Euch dafür zahlen, daß Ihr nicht arbeitet?«

»Ich weiß nicht –«

»Sie haben es ihm gekürzt, Papa«, warf Barbara eifrig ein. »Vorher waren es zweihundert Florins, aber jetzt nimmt man uns davon noch einmal fünfundzwanzig!« Sie hatte es sich angewöhnt, daß sie, wenn sie gegen die Flutwelle der Wut ihres Mannes ansprach, mit flatternden Lidern die Augen schloß, um seine Zuckungen nicht sehen zu müssen, seinen wilden Blick. Jobst Müller nickte und sagte:

»Das sind gewiß keine Reichtümer, nein.«

»Stimmt, Papa.«

»Trotzdem, weißt du, mit zweihundert im Monat...«

»Im Monat?« kreischte sie. »Aber Papa, das ist *per annum*!«

»Was?«

Sie konnten wirklich prima schauspielern.

»Ja, Papa, ja. Und wenn nicht mein eigenes kleines Einkommen wäre und das, was du uns aus Mühleck schickst, dann...«

»*Sei still!*« fauchte Johannes.

Barbara zuckte zusammen »Oh!« Eine Träne quoll hervor und rollte über die feiste rosige Wange. Mit zusammengekniffenen Augen betrachtete Jobst Müller seinen Schwiegersohn.

»Ich habe doch gewiß das Recht zu erfahren, wie die Dinge stehen, nicht wahr?« sagte er. »Schließlich ist sie meine Tochter.«

Durch die zusammengepreßten Zähne stieß Johannes einen hohen, durchdringenden Ton aus, der halb wie Geheul, halb wie ein Stöhnen klang.

»Ich laß es nicht zu!« schrie er. »Nicht in meinem eigenen Haus.«

»In Eurem?« höhnte Jobst Müller.

»Oh, Papa, hör auf«, rief Barbara.

Mit zitterndem Finger wies Kepler auf sie beide: »Ihr bringt mich um«, stöhnte er im gequälten Ton eines Mannes, der gerade zur einer großen und schrecklichen Einsicht gekommen ist. »Ja, das macht ihr, ihr bringt mich um, ihr beide. Darauf seid ihr aus. Wollt mich dahinsiechen sehen. Das würde euch so passen. Und dann wollt Ihr Euch mit Eurer Brut, sie hier, die tut, als wäre sie mein Weib –«, zu weit, du gehst zu weit »– nach Mühleck verziehen, ich weiß Bescheid.«

»Beruhigt Euch, mein Herr«, sagte Jobst Müller. »Hier wünscht Euch niemand ein Leid. Und bitte, verspottet mir Mühleck nicht und nicht die Einkünfte, die es Euch bringt, denn die könnten einmal Euer Notgroschen sein, sollte es der Herzog wieder mal für angebracht halten, Euch zu verbannen, und dann vielleicht auf immer!«

Johannes griff seiner durchgehenden Wut achtsam in die Zügel.

Hatte er dort die Andeutung eines Handels vernommen? Brachte sich der alte Bock in Rage, um ihm schließlich den Rückkauf seiner Tochter anzubieten? Der Gedanke steigerte noch seine Empörung. Er lachte wie toll.

»Hör ihn dir an, Weib«, rief er, »um seinen Besitz ist er eifersüchtiger besorgt als um dich! *Dich* darf ich nennen, wie es mir beliebt, aber den Namen Mühlecks darf ich nicht dadurch beschmutzen, daß ich ihn über meine Lippen bringe.«

»Durch Taten, junger Mann, werde ich meine Tochter verteidigen, nicht durch Worte.«

»Eure Tochter, *Eure Tochter*, das laßt mich Euch sagen, die braucht keinen Verteidiger. Sie ist siebenundzwanzig und hat bereits zwei Männer ins Grab gebracht – *und* den Dritten hat sie auch schon in der Mangel.« Ach, zu weit!

»Mein Herr!«

Sie schossen von ihren Stühlen auf und schienen jeden Augenblick handgreiflich werden zu wollen, die haßerfüllten Blicke wie Geweihe ineinander verschränkt. In die geladene Stille ließ Barbara ein fettes, kleines Kichern platzen. Sie schlug sich die Hand auf den Mund. Regina betrachtete sie interessiert. Die Männer beruhigten sich, atmeten heftig, hatten sich selbst überrascht.

»Weißt du, Papa, er glaubt, er müsse sterben«, sagte Barbara und gluckste erneut vor manischem Gelächter. »Er sagt, er sagt, er habe das Zeichen des Kreuzes auf dem Fuß, dort, wo man die Nägel in den Erlöser getrieben hat; es kommt und geht und wechselt je nach Tageszeit die Farbe – stimmt das nicht, Johannes?« Sie rang ihre kleinen Hände, sie konnte nicht aufhören. »Aber *ich* kann es nicht sehen, wahrscheinlich, weil ich nicht zu den Auserwählten gehöre, oder weil ich nicht klug genug bin, nicht so wie du... wie du immer...« Ihre Worte verloren sich. Johannes bedachte sie mit einem langen Blick. Jobst Müller wartete. Er wandte sich an Barbara, doch sie schaute fort. Zu seinem Schwiegersohn sagte er:

»Was glaubt Ihr, welche Krankheit Euch befallen hat?« Johannes brummelte vor sich hin. »Entschuldigt, ich habe Euch nicht verstanden...«

»Die *Pest*, sagte ich.«

Der alte Mann starrte ihn an. »Die Pest? Herrscht die Pest in dieser Stadt? Barbara?«

»Natürlich nicht, Papa. Er bildet sich das nur ein.«

»Aber...«

Mit gespenstischem Grinsen blickte Johannes auf. »Irgendeiner ist immer der erste, nicht wahr?«

Jobst Müller war erleichtert. »Also nein«, sagte er, »was für ein Gerede von... und das Kind hört zu, also nein!«

Wieder wandte sich Johannes ihm zu.

»Wie sollte ich mir denn keine Sorgen machen«, sagte er, »setzte ich doch mein Leben aufs Spiel, als ich diesen Engel des Todes heiratete, den Ihr mir hier angedreht habt?«

Barbara stieß ein Wimmern aus und bedeckte ihr Gesicht mit Händen. Johannes zuckte zusammen, und seine Wut versiegte und ließ ihn mit einem Schlag kraftlos zurück. Er ging zu ihr. Dies hier war schließlich echter Schmerz, doch sie wollte sich von ihm nicht anfassen lassen. Hilflos zuckten seine Hände über ihre bebenden Schultern, kneteten eine unsichtbare Projektion ihres Kummers. »Ich bin ein Hund, Barbara, ein tollwütig Ding; vergib mir«; er nagte an seinen Knöcheln. Jobst Müller beobachtete sie, dieser kleine Mensch, der sich über sein großes, schluchzendes Weib beugte und den Mund vor Widerwillen spitzte. Lautlos verließ Regina das Zimmer.

»Himmelherrgott«, rief Kepler und stampfte mit dem Fuß auf.

*

Hart war er den ewigen Gesetzen auf der Spur, welche die Harmonie der Welt regierten. Im gräßlichen Dickicht in dunkelster Nacht lauerte er seiner fabelhaften Beute auf. Nur den verstohlensten Jägern war je ein Schuß gewährt worden, und er, plump bewaffnet mit der Donnerbüchse seiner unzulänglichen Mathematik – welche Chance hatte er? – umdrängt von kaspernden Narren, die heulten und krakeelten und ihre Glocken läuteten, deren Namen da lauteten: Vaterschaft, Verantwortung und Häusverdammtlichkeit. Doch ach, einmal hatte er ihn gesehen, einen

Augenblick lang, diesen mythischen Vogel, ein Stäubchen, nicht mehr als ein Stäubchen, das in gewaltiger Höhe dahinflog. Er sollte nicht vergessen werden, dieser flüchtige Blick.

Am neunzehnten Juli 1595, genau um siebenundzwanzig Minuten nach elf Uhr morgens, das war dieser Augenblick gewesen. Damals war er, falls seine Berechnungen stimmten, bis auf einige zig Sekunden genau dreiundzwanzig Jahre, sechs Monate, drei Wochen, einen Tag, zwanzig Stunden und siebenundfünfzig Minuten alt gewesen.

Danach hatte er lange Zeit über diese Zahlen gebrütet, hatte nach verborgenen Bedeutungen gesucht. Datum und Zeit ergaben zusammen die Summe 1652. Darin konnte er nichts entdekken. Addierte er die Zahlen dieser Summe, erhielt er vierzehn, und das entsprach zweimal der Sieben, der mystischen Zahl. Vielleicht bedeutete 1652 auch einfach das Jahr seines Todes. Dann würde er einundachtzig sein. (Er lachte: Bei seiner Gesundheit?) Er wandte sich der zweiten Zahlenreihe zu, seinem Alter an diesem bedeutsamen Julitag. Diese Zahlen schienen kaum vielversprechender. Zusammen ergaben sie, ließ man das Jahr aus, eine Menge, deren einzige Bedeutsamkeit darin zu liegen schien, daß sie durch fünf teilbar war, was zweiundzwanzig ergab, das Alter, in dem er Tübingen verlassen hatte. Nun, damit war nicht viel gewonnen. Doch wenn er zweiundzwanzig halbierte und davon fünf abzog (wieder diese Fünf!), erhielt er sechs, und mit sechs Jahren hatte ihn seine Mutter auf den Galgenberg geführt, um ihm den Kometen des Jahres 1577 zu zeigen. Und fünf, was hatte diese eifrige Fünf zu besagen? Nun, das war die Zahl der Intervalle zwischen den Planeten, die Zahl der Noten im Arpeggio der Sphären, die Fünftonskala der Weltmusik!...wenn seine Berechnungen denn stimmten.

Seit sechs Monaten hatte er an dem gearbeitet, was einmal das *Mysterium cosmographicum* werden sollte, sein erstes Buch. Damals hatte er es leichter gehabt. Er war noch nicht verheiratet gewesen, hatte noch nicht einmal Barbaras Namen gehört und wohnte in der Stiftsschule in einem Zimmer, das zwar eng und kalt, aber sein eigen war. Anfangs war die Astronomie bloß ein Zeitvertreib für ihn gewesen, eine Erweiterung seiner mathematischen Spiele, die er als Student so gern in Tübingen gespielt hatte. Doch als die Zeit verstrich, und seine Hoffnungen auf das neue Leben in Graz sich zerschlugen, da wurde dieses anregende Spiel zur Leidenschaft. Die Astronomie war ein Ding für sich, ein Reich der Ordnung, das sich gegen diese brüchige Welt halten ließ, in der er gefangen war. Denn Graz war eine Art Gefängnis. Hier, in diesem Ort, der sich so gern eine Stadt nannte, Mittelpunkt der Steiermark, von engstirnigen Kaufleuten und einem papistischen Fürsten regiert, lag Johannes Keplers Geist in Ketten, waren seine Talente gefesselt, war seine große spekulative Begabung ins Joch der Schulmeisterei gespannt – genau! Jawohl! lachte und knurrte er, verhöhnte er sich selbst – eingekerkert, fürwahr! Er war dreiundzwanzig.

Die Stadt war ganz nett. Er war beeindruckt, als er sie das erste Mal erblickte, der Fluß, die Türme, der schloßgekrönte Berg, all dies verschwommen und glitzernd in einem Regenschauer im April. Hier schien es eine Weitläufigkeit zu geben, eine Großzügigkeit, die er selbst im Ausmaß und Ebenmaß der Gebäude wiederzufinden meinte, die so anders waren als die überhängenden Bauten in den Städten seines heimischen Württembergs. Die Menschen kamen ihm ebenfalls anders vor. Sie waren Spaziergänger, die zu öffentlichem Gespräch und Disput neigten, und Johannes wurde daran erinnert, daß er weit fort von daheim und schon fast in Italien war. Doch all dies erwies sich als Illusion. Bald darauf nahm er die überfüllten Straßen näher in Augenschein und stellte fest, daß es hier mit dem Schmutz und dem Gestank, den Krüppeln, Bettlern und Berserkern wie überall war. Sicher, es waren protestantische Irre, es war protestantischer Dreck und ein protestantischer Himmel, zu dem diese Türme aufstrebten, daher die freiere Luft allenthalben: doch der Erzherzog war ein tollwütiger Katholik, es wimmelte im Ort vor Jesuiten, und selbst in der Stiftsschule ging die Rede von Schließung und einer Trennung von Kirche und Staat.

Er, der so ein hervorragender Student gewesen war, haßte das Unterrichten. Während der Seminare fühlte er eine seltsame Enttäuschung. Was er zu lehren hatte, lag immer, immer ein wenig neben dem, was ihn tatsächlich interessierte, so daß er sich unablässig im Zaum halten mußte wie ein Schiffer, der seinen Kahn gegen die Flußströmung lenkt. Die Anstrengung erschöpfte ihn, lähmte ihn und brachte ihn ins Schwitzen. Oft ließ er dann das Ruder fahren und wurde hilflos von der Flut seines Enthusiasmus fortgeschwemmt, während seine armen, gelangweilten Studenten am schwindenden Ufer zurückblieben und ihm kraftlos zuwinkten.

Die Stiftsschule wurde wie eine Militärakademie geführt. Lehrer, die ihre Jungs nicht blutig schlugen, hielt man für lasch. (Johannes tat sein Bestes, doch jenes eine Mal, als er es nicht vermeiden konnte, die Prügelstrafe zu verabreichen, war sein Opfer ein großer, grinsender Bursche gewesen, der beinahe ebenso alt wie er und einen Kopf größer war.) Das Leistungsniveau war hoch, dafür sorgte auch das Komitee der Schulräte mit seiner Phalanx von Inspektoren. Sie platzten ohne Ankündigung in den Unterricht, oft paarweise, und hörten stumm im Hintergrund zu, während seine Handvoll Studenten mit verschränkten Armen dasaß, sich gleichsam selbst umarmte, ihn anstarrte und schadenfroh darauf wartete, daß er sich zum Narren machte. Meist tat er ihnen den Gefallen, wand sich und stammelte und haderte mit den verworrenen Fäden seiner Rede.

»Ihr müßt versuchen, ruhig zu bleiben«, riet ihm Rektor Papius. »Ich denke, Ihr neigt dazu, die Dinge zu überstürzen und vergeßt vermutlich, daß Eure Studenten nicht so rasch von Begriff sind wie Ihr. Sie können Euch nicht folgen, Ihr verwirrt sie, und dann beschweren sie sich bei mir oder...«, er lächelte, »ihre Väter tun es.«

»Ich weiß, ich weiß«, sagte Johannes und schaute auf seine Hände. Sie saßen im Rektorzimmer mit Blick auf den Mittelhof der Schule. Es regnete. Der Wind fuhr durch den Schornstein, Rauchwolken quollen aus dem Kamin und hingen in der Luft, so daß ihnen die Augen brannten. »Ich rede zu schnell und sage was, noch ehe ich Zeit hatte, meine Worte zu bedenken. Manchmal ändere ich mitten im Unterricht meine Meinung und beginne, von etwas anderem zu reden oder merke, daß das, was ich gesagt habe, unscharf ist, und fange also wieder von vorn an, die Sache genauer zu erklären.« Er schloß den Mund und wand sich innerlich; er machte es nur noch schlimmer. Dr. Papius blickte stirnrunzelnd ins Feuer. »Versteht Ihr, Herr Rektor, meine *cupiditas speculandi* läßt mich vom rechten Weg abkommen.«

»Ja«, sagte der Ältere bedächtig und kratzte sich das Kinn, »vielleicht steckt zuviel... Leidenschaft in Euch. Doch ich würde es nur ungern sehen, wenn ein junger Mann seine natürliche Begeisterung unterdrückt. Vielleicht seid Ihr fürs Unterrichten nicht bestimmt, Magister Kepler?«

Johannes blickt erschrocken auf, doch der Rektor musterte ihn nur besorgt und ein wenig amüsiert. Er war ein sanfter, leicht zerstreuter Mensch, ein Gelehrter und Arzt, der zweifellos wußte, was es bedeutete, den ganzen Tag vor einer Klasse zu stehen und sich zu wünschen, anderswo zu sein. Stets hatte er sich diesem seltsamen kleinen Mann aus Tübingen freundlich erwiesen, der anfangs die gesetzteren Mitglieder des Lehrpersonals mit seinen schrecklichen Manieren und dieser beunruhigenden Mischung aus Freundlichkeit, Erregbarkeit und Arroganz so entsetzt hatte. Mehr als einmal hatte Papius vor den Schulräten ein Wort für ihn eingelegt.

»Ich bin kein guter Lehrer«, murmelte Johannes. »Meine Fähigkeiten liegen auf anderen Gebieten.«

»Ach, ja«, sagte der Rektor und hustete, »Eure Astronomie.« Er warf einen Blick auf den vor ihm liegenden Inspektorenbericht. »*Die* könnt Ihr offenbar gut unterrichten, wie?«

»Aber ich habe doch keine Schüler!«

»Das ist nicht Eure Schuld – Pastor Zimmermann schreibt hier selbst, daß Astronomie nicht jedermanns Sache ist. Er schlägt vor, Euch Arithmetik und lateinische Rhetorik an der Oberstufe unterrichten zu lassen, bis wir Schüler finden, die unbedingt Astronomen werden wollen.«

Johannes begriff, daß man sich, wenn auch freundlich, über ihn lustig machte.

»Diese ignoranten Barbaren!« rief er plötzlich aus, und ein

Holzscheit fiel vom Feuer. »Die interessiert doch bloß die Jagd, der Krieg und eine fette Mitgift für ihre Erben. Die Philosophie und die Philosophen hassen und verachten sie. Diese, diese, diese – die *verdienen* es nicht...« Er hielt inne, blaß vor Wut und Entsetzen. Diese irren Anfälle mußten aufhören.

Rektor Papius deutete ein Lächeln an. »Die Inspektoren?«

»Die...?«

»Ich dachte, Ihr beschriebet unseren guten Pastor Zimmermann und seine Kollegen Inspektoren, denn von denen sprachen wir.«

Johannes fuhr sich mit der Hand an die Stirn. »Ich – ich meinte natürlich jene, die ihre Söhne nicht zu anständigem Unterricht zu uns schicken.«

»Aha, aber wißt Ihr, ich glaube, unter unseren adligen Familien und auch unter denen der Kaufleute gibt es viele, die in der Astronomie *keineswegs* ein anständiges Unterrichtsfach für ihre Söhne sehen. Arme Kerle, die sich weit weniger mit dem Mond befaßt haben, als Ihr es in Euren Klassen tut, verbrennen auf dem Scheiterhaufen. Versteht, ich will diese rückständige Haltung gegenüber Eurer Wissenschaft nicht rechtfertigen, sondern Euch nur darauf aufmerksam machen, wie es denn meine –«

»Aber –«

» – Wie es denn meine *Pflicht* ist.«

Sie saßen da und starrten sich an, Johannes verdrossen, der Rektor entschuldigend, doch standhaft. Grauer Regen fegte gegen das Fenster, der Rauch zog in Schwaden durchs Zimmer. Johannes seufzte. »Wißt Ihr, Herr Rektor, ich kann nicht –«

»Aber Ihr werdet es versuchen, Magister Kepler, versuchen, ja?«

Er versuchte es immer wieder, doch wie konnte er ruhig bleiben? In seinem Hirn brodelte es. Eine Flut von Ideen und Bildern wühlte ihn auf. Immer öfter verstummte er im Unterricht, blieb stockstill stehen, taub für das Kichern seiner Schüler wie ein toller Hierophant. Wie im Stupor schlurfte er durch die Straßen und wäre mehr als einmal fast von Pferden überrannt worden. Er fragte sich, ob er krank war. Doch schien es ihm eher, als wäre er... verliebt! Verliebt in nichts Bestimmtes, eher ganz allgemein. Er mußte lachen, als ihm der Gedanke kam.

Zu Beginn des Jahres 1595 erhielt er ein Zeichen, wenn nicht von Gott selbst, dann gewiß von einer geringeren Gottheit, einer jener, deren Aufgabe es ist, die Auserwählten dieser Welt zu ermutigen. Zu seinen Würden an der Stiftsschule gehörte auch der Titel eines Kalendermachers für die Provinz Steiermark. Im letzten Herbst hatte er für eine Summe von zwanzig Florins aus dem Staatssäckel einen astrologischen Kalender für das kommende Jahr erstellt, eine große Kälte vorhergesagt und einen Einfall der Türken. Im Januar herrschte dann ein solcher Frost, daß die Hirten auf den Höfen ihrer Almen zu Tode froren, und die Türken begannen am ersten Tag des neuen Jahres einen Feldzug, der, wie es hieß, das ganze Land von Neustadt bis Wien verwüstete. Von dieser raschen Bestätigung seiner Fähigkeiten war Johannes entzückt (und insgeheim erstaunt). Oh, ein Zeichen, ja, gewiß. Er machte sich ernstlich ans kosmische Rätsel.

Noch kannte er die Lösung nicht; noch stellte er die Fragen. Die erste seiner Fragen lautete: Warum gab es im Sonnensystem nur sechs Planeten? Warum nicht fünf oder sieben oder auch tausend, was das betraf? Seines Wissens hatte niemand je zuvor daran gedacht, derlei zu fragen. Für ihn wurde diese Frage zum fundamentalen Rätsel. Allein sie gestellt zu haben schien ihm eine einzigartige Leistung zu sein.

Er war Kopernikaner. In Tübingen hatte ihn sein Lehrer Michael Mästlin mit dem Weltsystem dieses polnischen Meisters bekannt gemacht. Etwas nahezu Heiliges, fast Erlösendes lag für Kepler in dessen Vision eines geordneten Uhrwerks sich um die Sonne drehender Sphären. Und doch hatte er von Anfang an gesehen, daß ein Defekt, ein entscheidender Fehler vorliegen mußte, der Kopernikus zu allerhand kleinen Tricks und Ausflüchten gezwungen hatte. Denn wiewohl die *Idee* des Systems, wie sie im ersten Teil von *De revolutionibus* dargelegt worden war, einer ganz offensichtlichen, ewigen Wahrheit entsprach, enthielt die Ausarbeitung der Theorie eine stetig wachsende Sammlung von Zutaten – die Epizyklen, der Ausgleichspunkt und derlei –, die doch gewiß nur durch einen schrecklichen, ursächlichen Fehler nötig geworden waren. Fast schien es, als hätte der Meister aus zitternden Händen sein wunderbares Modell der Weltenbahnen fallen gelassen, und als wären auf dem Boden in den Speichen und im feingesponnenen Rahmendraht Schmutz, altes Laub und vertrocknete Schalen überlebter Konzepte hängengeblieben.

Kopernikus war seit fünfzig Jahren tot, doch für Johannes stand er nun erneut auf, ein düsterer Engel, mit dem er ringen mußte, ehe er vorpreschen und sein eigenes System finden konnte. Er mochte über Epizyklen und Ausgleichspunkte höhnen, aber gar so leicht waren sie nicht von der Hand zu weisen. Der Kanonikus von Ermland, so fürchtete er, war ein größerer Mathematiker gewesen, als Steiermarks Kalendermacher es jemals sein würde. Johannes sträubte sich gegen seine Unzulänglichkeiten. Er mochte ja wissen, daß es einen Fehler im kopernikanischen System gab, einen schwerwiegenden sogar, doch wissen und beweisen waren zweierlei Dinge. Nachts wachte er erschrocken auf, dachte, er hätte seinen Widersacher, diesen alten Mann, lachen und ihn zugleich anspornen hören.

Und dann gelang ihm eine Entdeckung. Er begriff, daß Kopernikus nicht so sehr in dem irrte, was er tat: Seine Sünde war die der Unterlassung gewesen. Der große Mann, so wußte Johannes nun, hatte nur nach einer Darstellung der Natur der Dinge gestrebt, nicht danach, sie auch zu verstehen. Unzufrieden mit dem ptolemäischen Entwurf der Welt hatte Kopernikus ein besseres, ein eleganteres System ersonnen, das doch, trotz aller scheinbaren Radikalität, nur dazu dienen sollte, die Welt der Erscheinungen zu retten, wie die Scholastiker sagen würden, also ein Modell zu finden, das nicht empirisch wahr sein mußte, dafür aber das Beobachtete plausibel erklären sollte.

Hatte Kopernikus sein System für ein Abbild der Wirklichkeit gehalten oder war er es zufrieden gewesen, daß es mehr oder weniger mit den äußeren Erscheinungen übereinstimmte? Hatte sich ihm die Frage überhaupt gestellt? Es gab keine anhaltende Musik in der Welt des Alten, nur flüchtige Melodien und Fragmente, zerbrochene Harmonien, hingekritzelte Kadenzen. Keplers Aufgabe würde es sein, sie zusammenzufügen und zum Klingen zu bringen. Denn die fehlende Musik war die Wahrheit. Er hob den Blick zum fahlen Winterlicht im Fenster und schlug die Arme um sich. War sie nicht herrlich, die Logik der Dinge? Aufgestört durch eine Unschönheit im ptolemäischen System hatte Kopernikus sein großes Monument zu Ehren der Sonne errichtet, in dem der Makel, die Perle verborgen lag, auf daß Johannes Kepler sie finden konnte.

Doch die Welt war nicht geschaffen worden, um ihr Lied erklingen zu lassen. Gott war nicht frivol. Von Anfang an hielt Johannes daran fest, daß das Lied nebensächlich war, daß es auf natürliche Weise aus der harmonischen Beziehung der Dinge entstehe. Die Wahrheit selbst war gewissermaßen nebensächlich. Auf die Harmonie kam es an. (Etwas war falsch, ganz und gar falsch! Doch er achtete nicht weiter darauf.) Und Harmonie war, wie Pythagoras bewiesen hatte, ein Ergebnis der Mathematik. Die Harmonie der Sphären mußte sich also mathematischen Gesetzen fügen. Daß solch ein Gesetz existierte, daran hegte Johannes keinen Zweifel. Es war sein Glaubensgrundsatz, daß Gott nichts auf der Welt ohne einen Plan geschaffen hatte, der letztlich auf geometrischen Größen fußte. Und der Mensch ist eben deshalb und nur deshalb seinem Gott ähnlich, weil er in Begriffen denken kann, die den göttlichen Plan wiederzugeben vermögen. Er hatte geschrieben: Der Verstand versteht eine Sache um so genauer, je näher er reinen Größen als ihrer Quelle kommt. Daher mußte seine Methode zur Lösung der Aufgabe, den kosmischen Bauplan zu identifizieren, wie eben dieser Plan selbst auf Geometrie basieren.

Der Frühling hielt Einzug in Prag und überraschte ihn wie jedes Jahr. Eines Tages blickte er hinaus, und da lag in der erregten Luft ein Beschleunigen, ein Gefühl von großem, plötzlichem Herabbrausen, als hätte sich die Erde in eine enger werdende Raumkurve gestürzt. Die Stadt funkelte, warf Licht von pulsierenden Fensterscheiben und poliertem Stein zurück, von blauen und goldenen Regenpfützen in den verdreckten Straßen. Johannes blieb meist im Haus. Es störte ihn, wie eng die Jahreszeit seine gegenwärtige Unruhe, sein dunkles Sehnen spiegelte. Unbemerkt zog der Fastnachtzug an seinem Fenster vorbei, nur wenn ein vereinzelter Trompetenstoß oder das trunkene Singen der Nachtschwärmer seine Konzentration störte, schreckte er auf und fletschte die Zähne zu lautlosem Fauchen.

Vielleicht irrte er sich, vielleicht war die Welt kein ordentliches Gebilde, von unveränderlichen Gesetzen regiert? Vielleicht zog Gott letztlich doch, ebenso wie die Kreaturen seiner Schöpfung, das Zeitliche dem Ewigen vor, das Provisorische dem Perfekten, die Spielzeugfanfaren und tumultuösen Beifallsrufe der Sphärenmusik. Doch nein, trotz aller Zweifel, nein: Sein Gott war vor allem ein Gott der Ordnung. Die Welt funktionierte nach geometrischem Gesetz, denn die Geometrie ist das irdische Paradigma des göttlichen Sinns.

Bis spät nachts arbeitete er und taumelte wie in Trance durch die Tage. Der Sommer kam. Sechs Monate hatte er ohne Pause gearbeitet, und alles, was er erreicht hatte – wenn man denn von Erreichtem sprechen konnte –, war die Überzeugung, daß er sich zuvorderst nicht um die Planeten selbst, um ihre Stellungen und Geschwindigkeiten bekümmern mußte, sondern um die Intervalle zwischen ihren Umlaufbahnen. Die Angaben für diese Entfernungen entsprachen jenen, die Kopernikus aufgestellt hatte und die kaum verläßlicher als die von Ptolemäus waren, aber um seines Verstandes willen mußte er annehmen, daß sie für seine Zwecke hinreichten. Wieder und wieder kombinierte er sie auf vielerlei Art und suchte nach den Beziehungen, die sie in sich bargen. Warum gab es bloß sechs Planeten? Das war eine Frage, ja. Doch die weit gewichtigere Frage lautete, warum gab es nur eben diese Entfernungen zwischen ihnen? Er wartete, horchte auf das Schwirren der Flügel. An einem alltäglichen Morgen im Juli dann kam der Engel der Verkündigung. Kepler war in der Schule. Es war ein warmer, strahlender Tag. Eine Fliege summte am hohen Fenster, ein Rhombus Sonnenlicht lag ihm zu Füßen. Seine Schüler, von Langeweile wie betäubt, starrten aus glasigen Augen über seinen Kopf hinweg. Er erläuterte einen Lehrsatz von Euklid – hinterher konnte er sich beim besten Willen nicht daran erinnern, welcher es gewesen war – und hatte an der Tafel ein gleichseitiges Dreieck vorbereitet. Er nahm den großen Holzzirkel und wurde im selben Moment wieder von ihm gebissen, wie es dies dem monströsen Ding bisher noch jedesmal gelungen war. Mit dem verletzten Daumen im Mund drehte er sich zur Tafel um und begann, zwei Kreise zu schlagen, einen innerhalb des Dreiecks, der die drei Seiten berührte, der zweite um das Dreieck herum, so daß er die Scheitelpunkte durchlief. Er tat einen Schritt zurück in den Schacht aus staubigem Sonnenlicht, blinzelte, und plötzlich fiel etwas in die Tiefe, sein Herz vielleicht, und sprang gleich auf und ab wie ein Athlet, der Wundersames auf einem Trampolin vollbringt, und er dachte mit verzückter Folgewidrigkeit: Ich werde ewig leben. Das Verhältnis des äußeren zum inneren Kreis war identisch mit dem der Umlaufbahnen von Saturn und Jupiter, den äußersten Planeten; und hier, zwischen diesen Kreisen, war ein gleichseitiges Dreieck eingeschrieben, diese fundamentale Figur der Geometrie, und bestimmte ihr Verhältnis. Setze also ein Viereck zwischen die Umlaufbahnen von Jupiter und Mars, zwischen Mars und Erde ein Fünfeck, zwischen Erde und Venus ein... Ja, oh ja. Das Diagramm, die Tafel, selbst die Wände des Klassenzimmers lösten sich zu schimmernder Flüssigkeit auf, und die frohen Schüler des jungen Kepler konnten sich das seltene und beglückende Schauspiel eines Lehrers gönnen, der sich die Tränen aus den Augen trocknete und jubilierend in ein schmutziges Taschentuch trompetete.

⋆

Am Morgen ritt er hinaus zum Wald von Schönbuch. Der strahlende Märztag war stürmischem Wetter gewichen, und lohfarbenes Licht senkte sich über das Tal. Kalt und schieferblau blitzte der Neckar. Johannes hielt auf einer Hügelkuppe und stellte sich in den Steigbügeln auf, um tief die trotzig ungestüme Luft einzuatmen. Derart hatte er Schwaben nicht in Erinnerung, nicht so seltsam und wild: Oder war er es etwa, der sich verändert hatte? Er trug neue Handschuhe, zwanzig Florins in seiner Börse, hatte Urlaub von der Stiftsschule, ritt diese scheckige, graue Stute, die ihm sein Freund, der Landschaftssekretär Stefan Speidel geliehen hatte, und trug, wohlverwahrt in einer Mappe an seiner Seite und in Öltuch eingewickelt, sein Kostbarstes, das Manuskript. Das Buch war fertig; er war nach Tübingen gekommen, um es zu veröffentlichen. Schwarzer Regen fiel, als er die engen Gassen der Stadt erreichte, und Laternen flackerten auf den wuchtigen Mauern der Burg Hohentübingen über ihm. Nach der Ankündigung im Juli hatte es sieben weiterer Monate Arbeit bedurft und die Einbeziehung einer dritten Dimension in die Berechnungen, um seine Theorie abzurunden und das *Mysterium* zu vervollständigen. Nacht, Sturm, ein einsamer Reisender, die gedämpfte Pracht der Welt; ein Regenrinnsal troff ihm unter den Kragen, und seine Schulterblätter zuckten wie knospende Flügel.

Bald darauf saß er auf einem Bett in einem niedrigen, braunen Zimmer im ›Eber‹, hatte eine schmuddlige Decke bis ans Kinn hochgezogen, aß Hafergrütze und trank Glühwein dazu. Regen trommelte aufs Dach. Aus der Schenke unter ihm stieg rauher Gesang auf – nette, herzliche Menschen, diese Schwaben, und erstaunlich trinkfest. So manchen Schlauch Rheinwein hatte er selbst als Student dort unten auf den binsenbestreuten Boden gekotzt. Überrascht merkte er, wie glücklich es ihn machte, wieder daheim zu sein. Er leerte seinen Becher mit einem letzten Prosit auf das Wohl der Dame Ruhm, dieser hohen, unbekümmerten Göttin, als der Schankkellner an seine Tür klopfte und ihn hinabrief. Grinsend und mit trübem Blick, halb betrunken und immer noch die Decke um sich raffend, taumelte er die wacklige Treppe nach unten. Der Schankraum glich einer Schiffsmesse, die Trinker schwankten, die Kerzen blakten, und vor den regenüberströmten Fenstern wogte die ozeanische Nacht. Michael Mästlin, sein Freund und einstiger Lehrer, erhob sich vom Tisch, um ihn zu begrüßen. Sie gaben sich die Hand und rangen mit einer unerwarteten Scheu. Schließlich sagte Johannes ohne alle Einleitung: »Ich habe mein Buch geschrieben.« Stirnrunzelnd schaute er auf den schmierigen Tisch und die Lederbecher: Warum erbebten die Dinge nicht bei dieser Neuigkeit?

Professor Mästlin starrte auf seine Decke: »Seid Ihr krank?«

»Wie? Nein, kalt und naß. Ich bin erst spät gekommen. Habt Ihr meine Nachricht erhalten? Aber natürlich, Ihr seid ja hier. Ha. Aber meine Furunkeln – entschuldigt meine Offenheit – plagen mich fürchterlich nach dieser Reise.«

»Ihr wollt doch hier nicht einkehren, oder? Ach was, Ihr sollt bei mir wohnen. Kommt, stützt Euch auf meinen Arm, wir müssen uns um Eure Taschen kümmern.«

»Ich bin nicht –«

»Kommt jetzt, sage ich. Ihr glüht ja, Mann, Eure Hände, seht doch, die zittern.«

»Aber ich sage Euch doch, ich bin *nicht krank*.«

Das Fieber dauerte drei Tage. Er glaubte, sterben zu müssen. Hingestreckt auf einem Sofa in Mästlins Zimmer wütete und betete er, von Visionen fröhlicher Verwüstung und mühevoller Arbeit geplagt. Seine Haut sonderte verderblichen Schweiß ab: Woher kam es, all dieses Gift? Mästlin umsorgte ihn mit der tolpatschigen Fürsorge eines Junggesellen, und am vierten Morgen wachte er auf, ein zartes Gefäß, glasumschlossen, sah schräg durch ein Fenster über sich kleine Wolken in einem Flecken blauen Himmels segeln und war wieder gesund.

Wie ein läuterndes Feuer hatte ihn das Fieber gereinigt. Mit frischem Blick wandte er sich erneut seinem Buch zu. Wie hatte er nur glauben können, damit fertig zu sein? In einem Knäuel Laken hockend, machte er sich über das Manuskript her, markierte, schnitt aus, klebte ein, zerpflückte die Theorie und fügte sie Ebene für Ebene wieder zusammen, bis sie ihm in frischer Eleganz und Kraft ganz wunderbar erschien. Das Fenster über ihm klapperte unter der Wucht der Windstöße, und wenn er sich auf einen Ellbogen aufstützte, konnte er die Bäume im Universitätshof erbeben sehen. Er stellte sich vor, daß ein Wellenschlag dieser so überaus erregten Luft auch durch ihn hindurchfegte. Mästlin brachte ihm zu essen, gekochten Fisch, Suppe, gedämpftes Gemüse, ließ ihn aber ansonsten in Ruhe; es machte ihn nervös, dieses erregbare Phänomen, das um zwanzig Jahre jünger als er selbst, Tag um Tag in besudeltem Nachthemd wie eine belebte Puppe auf dem Sofa hockte und vor sich hinkritzelte. Er warnte Johannes, sagte, daß die Krankheit vielleicht noch nicht vorüber sei, daß das Gefühl der Klarheit, von dem er so schwärme, vielleicht nur eine weitere Fieberphase sei. Und Johannes gab ihm recht, denn was konnte diese Arbeitswut, dieser Rausch nachträglicher Gedanken anderes sein, als eine Art des Leidens?

Doch auch davon erholte er sich, und am Ende einer Woche waren die alten Zweifel und Ängste wieder da. Er besah sich sein neu geschaffenes Manuskript. War es denn so viel besser als das vorige? Hatte er nicht die alten Fehler bloß durch neue ersetzt? Hilfesuchend wandte er sich an Mästlin. Der Professor schreckte vor seinem intensiven Verlangen zurück, legte die Stirn in Falten und blickte in unbestimmte Ferne, als spähte er verstohlen nach einem Loch, in das er sich verkriechen konnte. »Ja«, sagte er und hustete, »ja, der Gedanke ist, ähem, genial, ganz gewiß.«

»Aber glaubt Ihr, daß er *wahr* ist?«

Mästlins Stirnfalten vertieften sich. Es war ein Sonntagmorgen. Sie gingen auf dem Anger hinter dem Hauptgebäude der Universität spazieren. Ein wütender Himmel peitschte die Ulmen. Der Professor trug einen angegrauten Bart und eine Säufernase im Gesicht. Sorgfältig erwog er seine Meinung, bevor er sie in Worte faßte. Europa schätzte in ihm einen großen Astronomen. »Ich bin«, verkündete er, »der Ansicht, daß der Mathematiker sein Ziel erreicht hat, wenn er Hypothesen aufstellt, denen die Phänomene möglichst genau entsprechen. Ihr selbst, glaube ich, würdet gewiß Eure Arbeit zurückziehen, wenn jemand bessere Prinzipien als die Euren aufzustellen vermöchte. Daraus folgt aber keineswegs, daß sich die Realität augenblicklich den detaillierten Hypothesen eines jeden Magisters fügt.«

Johannes, geschwächt und schlecht gelaunt, blickte finster drein. Er wagte sich heute zum erstenmal hinaus, seit das Fieber abgeklungen war. Er kam sich durchsichtig vor. Ein Schwirren lag in der Luft, und dann dröhnten plötzlich die Glocken, daß ihm die Nervenenden bebten. »Warum Worte verschwenden?« sagte er, schrie es, Glocken, *verdammt.* »Geometrie existiert vor aller Schöpfung; sie ist ewig wie der Geist Gottes, *ist Gott selbst*...«

Dong.

»Oh!« Mästlin starrte ihn an.

»...Denn was«, so führte er elegant weiter aus, »existierte in Gott, das nicht Gott selbst wäre?« Ein grauer Wind rauschte durch das Gras auf ihn zu; er fröstelte. »Doch wir tauschen nur Zitate: Sagt mir, was Ihr wirklich denkt.«

»Ich habe Euch gesagt, was ich denke«, so Mästlin eingeschnappt.

»Aber das, vergebt mir, mein Lehrer, ist scholastische Fickfackerei.«

»Und? Schließlich bin ich ein Mann der Schule.«

»Ihr, der Ihr Euren Studenten – der Ihr *mir* – die heliozentrische Lehre von Kopernikus beigebracht habt, *Ihr* ein Mann der Schule?« warf aber dennoch dem Professor einen nachdenklichen Seitenblick zu.

Mästlin holte zum Hieb aus. »Ach nein, aber der war ebenfalls ein Mann der Schule *und* zudem ein Retter der Phänomene!«

»Er war nur –«

»Ein Mann der Schule, mein Herr! Kopernikus respektierte die Alten.«

»Und? Tue ich das etwa nicht?«

»Mir scheint, junger Mann, daß Ihr vor gar nichts Respekt habt!«

»Ich respektiere die Vergangenheit«, sagte Johannes leise. »Doch ich frage mich, ob es Sache der Philosophen ist, sklavisch den Lehren früherer Meister zu folgen?«

Er tat es. Er fragte sich wirklich: War es das? Regentropfen spritzten wie verzauberte Münzen über das Pflaster. Sie hasteten unter das Tor der Aula Maxima. Es war verschlossen und von innen verriegelt, doch fand sich unter dem platonischen Siegel genügend Platz für sie beide. Schweigend standen sie da und starrten hinaus. Mästlin atmete schwer, sein Verdruß setzte ihm zu als wäre er ein Blasebalg. Johannes, dem Mästlins Ärger entging, beobachtete müßigen Blicks eine Herde Schafe auf dem Anger, ihre kummervoll edlen Schädel, ihre ruhigen Augen, wie die Tiere das Gras so wählerisch zerkauten, als fräßen sie nicht bloß, sondern übten eine delikate und beschwerliche Arbeit aus: Gottes stumme, bedeutungslose Kreaturen, so viele und so vielerlei. In Augenblicken wie diesen lastete die Welt manchmal schwer auf ihm, all jene Dinge, die keinem offensichtlichen Plan, keiner Form gehorchten, sondern einfach nur *da* waren. Der Wind riß eine Handvoll Krähen aus den hohen Bäumen. Undeutlich scholl ein Singen herüber, und über den Hang des Angers marschierte eine weit auseinandergerissene Reihe kleiner Jungen, die sich gegen den Sturm anstemmten. Ihr Lied, eine der unerschütterlichen Hymnen Luthers, zitterte durch die aufgewühlte Luft. Mit einem plötzlichen Stich erkannte Kepler den formlosen Seminarrock wieder: so auch er, einst. Sie zogen vorüber, ein zehnfacher Geist, und als der Regen heftiger wurde, löste sich die Reihe gänzlich auf, und kreischend suchten die Jungen Schutz in St. Annes Kapelle unter den Ulmen. Mästlin sagte: »... nach Stuttgart, wo ich an Herzog Friedrichs Hof etwas zu erledigen habe.« Er schwieg, wartete auf eine Antwort, sein Ton versöhnlich. »Ich habe auf Bitten des Herzogs einen Kalender aufgestellt und muß ihn nun überbringen...« Er versuchte es erneut: »Ihr habt natürlich ähnliche Arbeiten geleistet.«

»Was? Kalender, ja; alles nur nekromantischer Unfug.«

Mästlin starrte ihn an: »Alles...?«

»Wahrsagen und Sternenzauber, all das. Und dennoch«, er hielt inne, »dennoch glaube ich, daß die Sterne unser Tun beeinflussen...« Er brach ab und runzelte die Stirn. Die Vergangenheit zog durch seinen Kopf in eine grenzenlose Zukunft. Rasselnd öffnete sich hinter ihnen das Tor einen Spaltbreit, und eine skeletthafte Gestalt stierte sie an, zog sich aber sogleich wieder zurück. Mästlin seufzte. »Wollt Ihr mich nun nach Stuttgart begleiten oder nicht?«

Früh am nächsten Tag machten sie sich auf den Weg zur Hauptstadt Württembergs. Keplers Laune hatte sich beträchtlich gebessert, und als sie ihren ersten Halt erreichten, hockte Mästlin sprachlos in einer Ecke der Postkutsche, wie betäubt von einer dreistündigen Abhandlung über Planeten, Periodizität und vollkommene Formen. Sie wollten sich etwa eine Woche in Stuttgart aufhalten; Johannes sollte sechs Monate bleiben.

Er ersann einen meisterlichen Plan, um seine Theorie der himmlischen Geometrie zu befördern. »Seht Ihr«, so vertraute er den übrigen Gästen am *Trippeltisch* im herzoglichen Palast an, »ich habe einen Kredenzbecher entworfen, etwa von dieser Größe, der ein Modell der Welt nach meinem System darstellt, in Silber gegossen, die Planetensymbole kostbare Steine – Saturn ein Diamant, der Mond eine Perle und so weiter – und, nicht zu vergessen, mit einer Vorrichtung, die aus sieben kleinen Kränen – einen für jeden Planeten – sieben verschiedene Getränke servieren kann!«

Die Tischgesellschaft starrte ihn an. Er lächelte, badete in ihrer stillen Verwunderung. Ein gewichtiger Mann mit Perücke, dessen blühende Gesichtsfarbe und aufrechte Haltung die Macht eines Jupiters verriet, fischte ein Stück Knorpel aus seinem Mund und fragte:

»Und wer, bitte schön, soll dieses Wunderwerk bezahlen?«

»Nun, mein Herr, Ihre Durchlaucht, der Herzog. Deshalb bin ich hier. Weiß ich doch, daß es Fürsten beliebt, mit raffiniertem Spielzeug zu spielen.«

»Was Ihr nicht sagt.«

Eine rotwangige Frau mit reichlich schöner alter Spitze um den Hals und einem Pickel auf der Oberlippe, der verdächtig nach syphilitischer Herpes aussah, der Liebesgöttin Fluch, beugte sich vor, um einen besseren Blick auf diesen bizarren jungen Mann werfen zu können. »Dann sollt Ihr«, sagte sie und nickte verstört unter dem Gewicht ihres aufwendigen Umhangs, »meinen Mann kultivieren«, und ließ vor Lachen ein zermürbendes Gekreisch hören. »Er ist der stellvertretende Sekretär des böhmischen Botschafters, müßt Ihr wissen.«

Johannes nickte mit dem Kopf und hoffte, es würde in dieser exaltierten Gesellschaft als Verbeugung durchgehen. »Ich sähe mich überaus geehrt, wenn ich Ihren Gatten kennenlernen könnte«, und hängte zu guter Letzt noch ein *Madame* an.

Die Dame strahlte und streckte ihre Hand über den Tisch, den Handrücken nach oben gewandt, und bot ihm, als wäre es eine Schale Leckerbissen, den Herrn mit Perücke und blühender Gesichtsfarbe dar, der auf ihn herabschaute und plötzlich einen Mund voll goldener Zähne entblößte, als wäre es ein Amtssiegel.

»Herzog Friedrich, mein junger Herr«, sagte er, »geht vorsichtig mit seinem Geld um, das laßt mich Euch versichern.«

Alle lachten wie über einen vertrauten Scherz und wandten sich wieder ihren Tellern zu. Ein schnauzbärtiger junger Soldat zerpflückte ein Huhn und betrachtete ihn dabei nachdenklich. »Sieben verschiedene Getränke, sagtet Ihr?«

Johannes ignorierte seinen streitlustigen Ton.

»Sieben, ja«, erwiderte er. »*Aqua vitae* von der Sonne, Branntwein vom Merkur, von der Venus Met und Wasser vom Mond«, dabei hakte er sie eifrig an den Fingern ab, »Wermut vom Mars, von Jupiter einen Weißwein und vom Saturn –«, er kicherte, »– vom Saturn wird es nur einen schlechten alten Wein oder schales Bier geben, damit jene, die der Astronomie unkundig sind, der Lächerlichkeit preisgegeben werden.«

»Warum?« Mit einem Krachen zerbrach das Hühnerbein. Keplers Antwort war ein selbstgefälliges Lächeln. Tellus, der Oberste Gärtner des Herzogs, dessen Gegenwart hier am Tisch der Reisenden sich einer kürzlichen Veränderung im Protokoll verdankte, ein fröhlicher fetter Kerl mit spiegelglattem Schädel, lachte und rief: »Reingefallen! Reingefallen!«, und der Soldat lief rot an. Er hatte ölige, braune Locken, die auf den Kragen seines Samtmantels fielen. Eine vogelgleiche Person streckte ihren Kopf auf einem Hals, der dünn wie eine Bohnenstange war, hinter der Schulter von Keplers Nachbarn hervor und quäkte: »Och, aber, wollt Ihr damit sagen, nicht wahr, daß wir, verstehe ich recht, daß wir sozusagen, Eure, ähem, wunderbare Theorie, daß wir die nicht zu hören bekommen, ja?« Er lachte und lachte, quecksilbrig wie Merkur und verrückt zugleich und wedelte mit den kleinen Händen.

»Ich werde«, so vertraute Johannes ihm an, »dem Herzog Verschwiegenheit anraten. Jedes Teil des Bechers sollte von einem anderen Silberschmied angefertigt und der Becher erst später zusammengesetzt werden, damit mein *Inventum* nicht vor der rechten Zeit aufgedeckt wird.«

»Euer was?« grunzte sein Nachbar und wandte sich abrupt zu

ihm um, ein finsterer, gleichsam saturnischer Mann mit bäurischem Schädel – später erfuhr Johannes, daß es sich um einen Baron handelte –, der bislang wie taub dagesessen und das Essen wahllos Teller um Teller in sich hineingeschaufelt hatte.

»Ich meinte, ja, meine Erfindung...« sagte Johannes kleinlaut. Im selben Moment überfiel ihn der Zweifel. Der Tisch und diese Leute, der Saal hinter ihm mit der wirren Hierarchie der übrigen Tische, den wieselnden Dienstboten und dem Lärm der schlemmenden Menge, all dies schien ihm plötzlich eine Manifestation unrettbarer Unordnung. Das Herz wurde ihm schwer. Die leichthin gestellte Bitte um Audienz beim Herzog, die er am Tag seiner Ankunft bei Hofe hingekritzelt hatte, war nicht beantwortet worden; nun, eine volle Woche später, empfand er zum ersten Mal die eisige Wucht dieses Schweigens. Wie hatte er ein solcher Narr sein und derartige Hoffnungen hegen können?

Er packte die Pläne für den kosmischen Becher zusammen und bereitete seinen sofortigen Aufbruch nach Graz vor. Doch Mästlin, der sein letztes Quentchen Geduld aufbot, hielt ihn zurück und drängte ihn, eine weitere, sorgfältiger überlegte Bitte aufzusetzen. Selbstgefällig ließ er sich überreden. Sein zweiter Brief wurde ihm mit gespenstischer Schnelle noch am selben Abend zurückgebracht und wies am Rand in breiter, kindlicher Schrift einen Vermerk auf, der ihn bat, ein Modell seines Bechers zu fertigen, *und wenn wir ihn sehen und entscheiden, daß er es wert ist, in Silber gefertigt zu werden, soll es an Mitteln nicht fehlen.* Mästlin drückte seinen Arm, und er lächelte, außer sich vor Verzückung, und hauchte nur: »*Wir*...«

Er brauchte eine Woche, um das Modell zu bauen, saß unter dem Dach eines windigen Türmchens auf dem kalten Boden seines Zimmers mit Schere und Leim und Streifen bunten Papiers. Es war ein hübsches Ding, fand er, die Planeten rot auf himmelblauen Umlaufbahnen. Liebevoll übergab er es dem wirren Netz von Kanälen, die es dem Herzog zutragen würden und begann zu warten. Mehrere Wochen vergingen, ein Monat, noch einer und dann noch einer. Mästlin war schon lange nach Tübingen zurückgekehrt, um den Druck des *Mysteriums* zu überwachen. Und

Johannes wurde zu einer vertrauten Erscheinung im tristen Leben bei Hofe, noch einer jener armen, umnachteten Bittsteller, die wie ein Satellitenring die unsichtbare Präsenz des Herzogs umgaben. Dann kam ein Brief von Mästlin: Friedrich hatte ihn in dieser Angelegenheit um seine Expertise gefragt. Eine Audienz wurde gewährt. Kepler war empört: eine Expertise, fürwahr!

Er wurde in einem riesigen, prachtvollen Saal empfangen. Der Kamin aus italienischem Marmor war größer als er selbst, und ein Dunstschleier blassen Lichtes strömte aus hohen Fenstern herab. An der Decke, ein vorgewölbtes Wunderwerk aus Gipsgirlanden und geformten Köpfen, zeigte ein ovales Gemälde eine schwindelerregende Szene, in der um einen grimmigen, bärtigen Gott, der auf dunklen Wolken thronte, Engel zum Himmel aufstiegen. Der Saal war überfüllt, die hin und her eilenden Höflinge zugleich ziellos und entschlossen, als vollführten sie einen ausgeklügelten Tanz, dessen Schrittfiguren nur von oben zu erkennen gewesen wären. Ein Lakai faßte Kepler an den Ellbogen; er wandte sich um, und ein zarter, kleiner Mann trat vor und fragte:

»Seid Ihr Repleus?«

»Nein, ja, ich –«

»Ganz recht. Wir haben Euer Modell der Welt studiert«, er lächelte sanft, »es ergibt keinen Sinn.«

Herzog Friedrich war prächtig anzusehen in einem golddurchwirkten Gewand mit samtener Kniebundhose. Juwelen glitzerten an seinen winzigen Händen. Er trug kurz geschnittene, graue Locken, die wie ebenso viele kleine Stahlfedern aussahen, und an seinem Kinn wuchs ihm ein Haarbüschel. Er war glatt und weich, und Johannes mußte an das süße, wächserne Fruchtfleisch einer Kastanie denken, das geborgen in seiner schimmernden, schädelgleichen Schale ruht. Endlich erkannte er auch den Rhythmus der Sarabande der Höflinge, denn hier stand er im Zentrum. Er begann, von der Geometrie in seinem Weltensystem zu brabbeln, doch der Herzog hob eine Hand. »Das ist gewiß sehr richtig und interessant, aber welche Bedeutung hat es ganz *allgemein*?«

Das Papiermodell stand auf einem Lacktischchen. Zwei Umlaufbahnen hatten sich gelöst. Kepler nahm an, daß ein herzoglicher Finger im Innern herumgepolkt hatte.

»Durchlaucht«, sagte er, »es gibt nur fünf vollkommene, geometrische Körper, deren Formen man auch die platonischen Formen nennt. Sie sind vollkommen, da alle ihre Seiten identisch sind.« Rektor Papius wäre von seiner Langmut beeindruckt. »Unter den zahllosen Formen in der Welt der drei Dimensionen sind nur diese fünf Figuren vollkommen: das Tetraeder, auch Pyramide genannt, das von vier gleichseitigen Dreiecken begrenzt wird, der Würfel mit seinen sechs Quadraten, das Oktaeder mit acht gleichseitigen Dreiecken, das Dodekaeder, umgrenzt von zwölf Fünfecken und das Ikosaeder mit seinen zwanzig gleichseitigen Dreiecken.«

»Zwanzig«, sagte der Herzog und nickte.

»Ja. Ich behaupte nun, wie Ihr hier dargestellt seht, daß sich in die fünf Intervalle zwischen den sechs Planeten der Welt diese fünf vollkommenen, geometrischen Körper...« Er wurde angerempelt. Es war der quecksilbrige Verrückte vom *Trippeltisch*, der an ihm vorbei zum Herzog zu gelangen suchte, immer noch lachend und die Lippen zu stummer Entschuldigung gespitzt. Johannes gelang es, dem Kerl einen Ellbogen in die Rippen zu stoßen, und er schob ihn fort. »...einfügen lassen...« und *schob* »...so daß sich die Größen der«, er keuchte, »der Intervalle als präzise Maße erweisen, wie es schon die Alten gefordert haben.« Er lächelte; das war doch nett gesagt.

Der Irre betatschte ihn erneut, und erst jetzt fiel ihm auf, daß sie alle da waren, die syphilitische Dame und Meister Tellus, Kaspar, der Soldat, und natürlich die Perücke und am Rande des Tanzbodens der trübsinnige Baron. Und wenn schon? Er würde sie in die Schranken weisen. Plötzlich war er sich seiner selbst überaus deutlich bewußt, jung, brillant und irgendwie so herrlich fragil. »Also habe ich, wie man hier ersehen kann«, sagte er munter, »zwischen die Umlaufbahnen von Saturn und Jupiter den Würfel gefügt, zwischen denen von Jupiter und Mars das Tetraeder, zwischen Mars und Erde das Dodokaeder, zwischen Erde und Venus das Isokaeder und seht Ihr, laßt es mich Euch zeigen –«, er brach das Modell wie eine Frucht auseinander, um den geheimen Kern zu offenbaren: »zwischen Venus und Merkur das Oktaeder. Da!«

Der Herzog runzelte die Stirn.

»Es ist offensichtlich, ja«, sagte er, »was Ihr und wie Ihr es getan habt, aber verzeiht die Frage, *warum* habt Ihr es getan?«

»Warum?« Er blickte von seinem zerstückelten Modell zu dem kleinen Mann vor ihm auf. »Nun ja... weil...«

Irres Gelächter schäumte um ihn auf und perlte ihm in die Ohren.

★

Natürlich wurde nichts aus dem Vorhaben. Der Herzog erklärte sich bereit, den Becher gießen zu lassen, verlor aber gleich darauf sein Interesse daran. Der Hofsilberschmied war skeptisch, und aus der Schatzkammer ertönte lautes Gejammer. Entmutigt fuhr Johannes zurück nach Graz. Ein halbes Jahr hatte er damit vergeudet, fürstliche Gunst zu erlangen. Das sollte ihm eine Lektion sein, sagte er sich, die er nie vergessen durfte. Alsbald jedoch wurde die ganze demütigende Angelegenheit durch weit gewichtigere Sorgen aus seinen Gedanken vertrieben.

Es war einer der Schulinspektoren, der Arzt Oberndorffer, der sich ihm als erster mit einem verstohlenen Lächeln näherte, – sah er recht? – mit einem Blinzeln gar, und der ihn einlud, an einem gewissen Tag zum Haus des Herrn Georg Hartmann von Stubenberg zu kommen, eines Kaufmanns der Stadt. Er ging und dachte, daß man ihn bitten wollte, ein Geburtshoroskop oder einen seiner berühmter Kalender aufzustellen. Doch es gab keinen Auftrag für ihn. Er traf nicht einmal den Bürgermeister Hartmann an, so daß dessen Name in seinem Gedächtnis auf immer ein Echo wie vom Nachhall einer vergangenen Katastrophe wecken sollte. Eine Stunde vertrieb er auf einer Treppe, umklammerte einen Becher dünnen Weins und überlegte, was er dem Dr. Oberndorffer sagen konnte. In der großen Halle unten kamen und gingen die Leute grüppchenweise, aufgeputzte Frauen und dickleibige Geschäftsleute, ein Bischof nebst einigen Priestern sowie eine Herde schaftstiefliger Reiter aus der Kavallerie des Erzherzogs, klobig wie Kentauren. Eines der Hartmannkinder wurde verheiratet. Aus einem entlegeneren Zimmer ließ ein Streichorchester Musik durch das Haus schweben wie schöne, strahlende Pfeile im ziellosen Flug. Johannes begann sich aufzuregen. Man hatte ihn nicht offiziell eingeladen, und ihn quälte der Gedanke, man könne ihn zur Rede stellen und hinauswerfen. Was mochte Oberndorffer von ihm wollen? Der Arzt, ein großer, teigiger Mann mit hängenden Wangen und außergewöhnlich kleinen, feuchten Augen, vibrierte vor nervöser Erwartung, musterte die drängende Menge unter sich und schnaufte kurzatmig in leisem Kontrapunkt zum sanften silbernen Gestreich der Musikanten. Schließlich legte er einen Finger auf Keplers Ärmel. Eine stämmige, junge Frau in blauem Kleid näherte sich dem Fuß der Treppe. Dr. Oberndorffer grinste anzüglich: »Ist sie nicht hübsch?«

»Ja, ja«, murmelte Johannes, starrte angestrengt ein Loch in die Luft und fürchtete, die Dame dort unten könne ihn hören, »recht, ähem, hübsch, ja.«

Wie ein schlechter Souffleur neigte Oberndorffer seinen mächtigen, zitternden Kopf, bis dieser beinahe an Keplers Ohr ruhte und flüsterte ihm zu: »Außerdem soll sie ziemlich reich sein, erzählt man sich.« Die junge Frau blieb stehen und beugte sich über einen blassen, die Stirn runzelnden Jungen in Baumwollsamt und schrie entzückt auf, doch der Junge wandte sich mit steinerner Miene von ihr ab und zerrte heftig an der Hand des Kindermädchens. Sein Leben lang sollte Kepler sich an diesen mürrischen Cupido erinnern. »Wißt Ihr, dem Vater«, zischte der Arzt, »gehören einige Ländereien im Süden. Es heißt, er hätte ihr ein beachtliches Vermögen übertragen.« Er wurde noch leiser. »Und natürlich ist sie gewiß auch von ihren...« mit versagender Stimme »...ihren verstorbenen Ehemännern bedacht worden.«

»Ihren...?«

»Ehemännern, ganz recht.« Dr. Oberndorffer schloß kurz seine kleinen Augen. »Sehr tragisch, wirklich, sehr tragisch: Sie ist bereits zweifache Witwe. Und noch so jung!«

Johannes schwante, was hier gespielt wurde. Errötend stieg er in heller Panik eine Stufe hinauf. Die Witwe warf ihm einen bedeutungsschweren Blick zu. Der Arzt sagte: »Sie heißt Barbara Müller – geborene, haha, Müller.« Johannes starrte ihn an und hüstelte. »Ein kleiner Scherz, verzeiht. Ihr Mädchennamen lautet Müller – Müller zu Gössendorf –, und zufällig ist dies auch der Name ihres letzten, will sagen, ihres verstorbenen Mannes...«, und seine Stimme verlor sich in bekümmertem Brummen.

»Ja?« fragte Johannes kraftlos und wandte sich vom wässerigen Auge seines Gegenübers ab, hörte sich dann aber doch sagen: »Dennoch, sie ist ein wenig fett.«

Dr. Oberndorffer zuckte zusammen, grinste dann tapfer und sagte gleichsam mit elefantösem Schalk:

»Eher ein wenig pummelig, Magister Kepler, pummelig. Und die Winter sind kalt, nicht? Ha, ha, ha.«

Er griff den jungen Mann fest unter den Arm und steuerte ihn die Treppe hinauf in einen Alkoven, in dem ein eleganter, grimmig dreinblickender, stutzerhafter Mann wartete, der Johannes ohne alle Begeisterung von oben bis unten musterte und »Mein lieber Herr« sagte, als hätte er, Jobst Müller, diese Worte schon eine Weile geübt.

So begann die lange und leidige Geschichte seiner Vermählung. Von Anfang an fürchtete er den Gedanken an die plumpe, junge Witwe. Frauen war ein fremdes Land, dessen Sprache er nicht beherrschte. Eines Abends vor vier Jahren hatte er bei einem Besuch in Weil der Stadt, trunken von Bier und in der Hoffnung, sein Gemüt nach einem schweren Verlust beim Kartenspiel wieder aufrichten zu können, Zuflucht bei einer dürren Dirne gesucht, einer Jungfrau, wie sie ihm versichert hatte. Dies war bislang seine einzige Erfahrung in Sachen Liebe gewesen. Hinterher hatte das Flittchen gelacht und mit ihren kleinen, gelben Zähnen auf die Münze gebissen, die er ihr gegeben hatte. Doch vom Akt selbst einmal abgesehen, jenem hektischen, froschgleichen Schwimmen zum Rand des Kataraktes, hatten ihn ihre mageren Schenkel und die weiche Brust seltsam gerührt, dieser geile Geruch unter der pelzigen Knochenkappe. Sie war *kleiner* als er gewesen, ganz anders als Frau Müller. Nein, er war keineswegs begeistert. Fühlte er sich nicht wohl, wie er war? Zufriedener jedenfalls, als er sich ein Leben mit einem Weib vorstellen konnte. Als ihm seine Ehe später nur noch Kummer bereitete, gab er größtenteils jenem katastrophalen und unziemlichen Handel die Schuld, bei dem er verkauft worden war.

Er mußte feststellen, wie klein Graz war: Wen er auch kannte, alle schienen sie beim turbulenten Zustandekommen dieser Verbindung ihre Finger im Spiel zu haben. Manchmal glaubte er, auf dem Antlitz der Stadt selbst ein lüsternes Grinsen wahrnehmen zu können. Dr. Oberndorffer war der entscheidende Vermittler, von Heinrich Osius unterstützt, einem ehemaligen Professor der Stiftsschule. Im September reisten diese beide hohen Herren nach Mühleck, um sich Jobst Müllers Bedingungen anzuhören. Der Müller gab sich anfangs bescheiden und erklärte, es sei ihm keineswegs recht, seine Tochter alsbald wieder verheiratet zu sehen. Dieser Kepler sei zudem ein windiger Wicht mit schmalem Einkommen und einer nicht sonderlich vielversprechenden Zukunft. Und wie war es um seine Herkunft bestellt? War er nicht der Sohn eines liederlichen Soldaten? Dr. Oberndorffer hielt zur Erwiderung eine Lobrede auf den Fleiß und die erstaunliche Gelehrsamkeit des jungen Mannes. Kein geringerer als Herzog Friedrich von Württemberg sei sein Gönner. Und dann erwähnte Osius, den man um seiner Grobheit willen mitgenommen hatte, Fräulein Barbaras Lage: So jung und zweifache Witwe! Jobst Müller runzelte die Stirn, sein Kiefer zuckte. Diesen Refrain hatte er allmählich satt.

Zuversichtlich kehrten die Vermittler nach Graz zurück. Es ergab sich ein unerwartetes und ernstliches Hindernis, als der Landschaftssekretär Stefan Speidel, Keplers Freund, erklärte, er sei gegen diese Verlobung. Er kenne die Dame und fände, sie bräuchte eine bessere Partie. Außerdem wünschte er sich, wie er Kepler im Vertrauen gestand, daß sie einen seiner Bekannten bei Hofe heiratete, einen Mann von wachsendem Einfluß. Er entschuldigte sich, wedelte mit einer Hand: Ihr versteht doch, Johannes, nicht wahr? Johannes fiel es schwer, seine Erleichterung zu verbergen. »Aber natürlich, Stefan, gewiß doch, ich verstehe, vor allem, da es um Euer Gewissen und die Angelegenheiten des Hofes geht. Völlig verstehe ich, ganz und gar!«

Mit dem Druck des *Mysteriums* ging es voran. Mästlin hatte den Segen des Tübinger Universitätssenats eingeholt und überwachte nun den Satz beim Drucker Gruppenbach. Getreu berichtete er über die Fertigstellung jedes einzelnen Kapitels und beschwerte sich über Ausgaben und Arbeitsaufwand. Kepler schickte ihm postwendend einen fröhlichen Brief, in dem er darauf hinwies, daß die Hilfestellung bei dieser Geburt der Hebamme schließlich unsterblichen Ruhm verleihen würde.

Kepler selbst war ziemlich beschäftigt. Die Schulbehörde, verärgert über seinen sechsmonatigen Aufenthalt am Württembergischen Hof, war dem Rat ihrer Inspektoren gefolgt und hatte ihn für den Unterricht in Arithmetik und Rhetorik in den oberen Klassen eingeteilt. Die Stunden waren eine Qual. Rektor Papius hatte trotz seiner halbherzigen Drohungen davon abgesehen, die Pflichten des jungen Lehrers zu vermehren – doch Papius war einem Ruf auf den Lehrstuhl für Medizin nach Tübingen gefolgt. Sein Nachfolger, Johannes Regius, war ein strenger, hagerer Calvinist. Von Anfang an konnten sich Kepler und er nicht ausstehen. Regius hielt den jungen Mann für respektlos und schlecht erzogen und fand, man müsse ihn bändigen: der Welpe sollte heiraten. Mit dem klatschenden Handschlag eines Kartenspielers, der einen Trumpf ausspielt, willigte Jobst Müller ein, denn aus Speidels Plänen war nichts geworden, und der Müller von Mühleck hatte noch immer eine ledige Tochter an der Hand. Kepler sank das Herz. Im Februar 1597 wurde die Verlobung unterzeichnet, und an einem windigen Tag gegen Ende April – *sub calamitoso caelo* – legte Fräulein Barbara Müller ihre Witwenkleider ab und wurde zum dritten und letzten Mal in ihrem kurzen Leben verheiratet. Kepler war damals fünfundzwanzig Jahre alt, sieben Monate und ..., doch angesichts der katastrophalen Konstellation der Sterne brachte er es nicht über sich, die Zahlen zu errechnen, außerdem fehlte es ihm an Mut.

Das Hochzeitsfest fand nach einer kurzen Zeremonie in der Universitätskirche in dem von Barbara geerbten Haus in der Stempfergasse statt. Als der Handel abgeschlossen und Jobst Müller sich den Luxus der Verachtung wieder leisten konnte, erklärte er, nicht dulden zu können, daß diese Befleckung seines Familiennamens vor seinen Mietern und Dienern im eigenen Haus gefeiert werde. Er hatte Kepler eine gewisse Summe überlassen, zudem den Ertrag eines Weinbergs und einen Zuschuß für die Erziehung des Kindes Regina. War das nicht genug? Stumm saß er den ganzen Morgen da, verschoß finstere Blicke unter seiner Hutkrempe hervor und nippte verdrossen an seinem eigenen Mühleck-Wein. Als Kepler ihn derart düster dasitzen saß, rang er dem Tag einige Augenblicke bitterer Befriedigung ab, indem er den Müller wiederholt zu einem Trinkspruch, zu einer Rede aufforderte, einen Arm um seine Schultern legte und ihn drängte, singt lauter, Herr, singt lauter, ein schwungvoller Chor, eine gute alte Gössendorfer Ballade.

Indem er den Schwiegervater piesackte, ging er der Braut aus dem Weg. Sie hatten kaum miteinander gesprochen, hatten sich in den langen Verhandlungsmonaten kaum getroffen, und als sie heute einander sahen, waren sie vor Verlegenheit wie gelähmt. Trübsinnig bemerkte er, wie strahlend sie aussah, das schien ihm das richtige Wort. Auf ihre geistlose Weise war sie hübsch. Sie zwitscherte. Doch als er unter dem Klirren gehobener Gläser seine Hände verlegen auf ihren verschwitzten, zitternden Rücken drückte und sie den Gästen zum Gefallen küßte, überraschte es ihn, wie unerwartet lebendig und exotisch dieses Etwas war, das er in Händen hielt, dieses Geschöpf einer anderen Spezies, deren warmer, würziger Geruch ihn erregte. Da begann er, sich ernsthaft vollaufen zu lassen und war bald sturzbetrunken. Doch seine Angst ließ sich nicht ertränken.

In den folgenden Wochen und Monaten war er dennoch beinahe glücklich. Im Mai trafen aus Tübingen die ersten Exemplare des *Mysteriums* ein. Das schmale Werk erfreute ihn außerordentlich, auch wenn eine flüchtige, sonderbare Scham seine Freude dämpfte, als hätte er eine Indiskretion begangen, deren Ungeheuerlichkeit von der unachtsamen Öffentlichkeit noch nicht bemerkt worden war. Dies war sein erstes Erröten, das jener herablassenden Haltung entsprang, die sein Buch in späteren Jahren zum Werk eines unachtsamen, doch begnadeten Kindes machen wollte, an das er sich kaum noch erinnern zu können meinte. Er verteilte sein Buch an einige ausgewählte Astronomen und Gelehrte sowie an ihm bekannte, einflußreiche Steiermarker, deren Jubelschreie des Lobes und der freudigen Überraschung zu seiner Entrüstung und Bestürzung aber alles andere als ohrenbetäubend laut gewesen waren.

Die Exemplare, die er dem Drucker laut Vertrag abkaufen mußte, kosteten ihn dreiunddreißig Florins. Vor seiner Heirat hätte er sich dergleichen nicht leisten können, doch nun fand er sich reich. Zusätzlich zu der Summe, die Jobst Müller ihm zugestanden hatte, war sein Gehalt um fünfzig Florins jährlich angehoben worden. Verglichen mit dem Vermögen seiner Frau war dies jedoch bloß eine Bagatelle. Zwar sollte er zu ihren Lebzeiten nie herausfinden können, wieviel sie eigentlich genau geerbt hatte, doch war es mehr, als selbst seine eifrigsten Heiratsvermittler geahnt hatten. Eine Summe von zehntausend Florins war Regina von ihrem verstorbenen Vater, dem Schreiner Wolf Lorenz, Barbaras erstem Opfer, hinterlassen worden. Wenn das Kind bereits so viel bekommen hatte, wie viel hatte dann erst die Mutter? Begeistert rieb sich Kepler die Hände und war zugleich über sich schockiert.

Es gab noch eine andere Art Reichtum, der greifbarer als das Geld, doch ebenso rasch vergeudet war, gleichsam ein knospendes Vermögen der Sinne. Trotz all ihrer zwitschernden Dümmlichkeit war Barbara ein Mensch aus Fleisch und Blut, eine körperliche Welt, in der er etwas berührte und überraschend real fand, das gänzlich anders als er und doch wiederzuerkennen war. Er entbrannte unter ihrem Blick, bei ihrem Geruch, dem leicht salzigen Geschmack ihrer Haut. Es dauerte eine Weile. Ihre ersten Begegnungen scheiterten. In der Hochzeitsnacht, im riesigen Himmelbett des Schlafzimmers mit Blick über die Stempfergasse, stießen sie im Dunkeln klatschend aufeinander. Ihm war, als ringe er mit einem schweren, warmen Leichnam. Sie fiel über ihn, keuchte, hieb ihm irgendwie einen Ellbogen gegen die Brust, daß ihm der Atem stockte, während das Bett ächzte und stöhnte wie die gespenstische Stimme seines einstigen, wehklagenden Herrn, des armen, toten Marx Müllers. Kaum war die Vereinigung vollzogen, drehte sie sich um und schlief sofort ein, ihr Schnarchen ein lärmender, sich monoton wiederholender Protest. Erst Monate später, als der Sommer vorbei war und kalte Winde von den Alpen herunterfuhren, fanden sie sich für kurze Zeit.

Er erinnerte sich an den Abend. Es war September, die Blätter an den Bäumen hatten sich bereits gewendet. Nach guter Tagesarbeit war er aufgestanden und in ihr Schlafzimmer gegangen. Barbara badete in der Wanne vor einem Steinkohlefeuer und seifte verträumt ihr ausgestrecktes, rosige Bein ein. Hastig wandte er sich von ihr ab, doch sie schaute auf und lächelte ihn an, vor Hitze wie benommen. Ein schmaler Schaft späten Sonnenlichtes von der Farbe abgewetzter, alter Bronze fiel schräg über das Bett. *Hach*! sagte sie und erhob sich in einer Kaskade aus Seifenflocken und perlendem Wasser. Zum ersten Mal sah er sie völlig nackt. Ihr Kopf saß sonderbar auf diesem unvertrauten, entblößten Körper. Glühend und ein wenig dampfend zeigte sie sich ihm, den mächtigen Hintern, die kräftigen Beine angespannt, als wollte sie aufspringen, und in ihrem Schoß glitzerte eines kräftigen Mannes spatenförmiger Bart. Aufgeschreckt stierte er mit glasigem Blick auf ihre Brüste, die dunklen Spitzen geschürzt, und ging zu ihr; wie die Bruchstücke einer Schale fielen seine Kleider von ihm ab. Sie erhob sich auf Zehenspitzen, schaute an ihm vorbei auf die Straße, biß sich auf die Lippen und lachte sanft. »Man kann uns sehen, Johannes.« Ihre Schulterblätter hinterließen den feuchten Abdruck von Flügeln auf dem Laken. Das bronzene Schwert des Sonnenlichtes fiel darüber her.

Es war zugleich zuviel und nicht genug. Sie hatten ihre intimste Eigenart für ein bloßes Komplott des Fleisches preisgegeben. Er brauchte lange, um es zu verstehen; Barbara verstand es nie. Sie hatten so wenig gemein. Vielleicht versuchte Barbara, seine Arbeit zu verstehen, aber dazu fehlte es ihr an Verstand, und deshalb haßte sie sein Tun. Er hätte sich ebenso Mühe geben können, hätte sie nach ihrer Vergangenheit, nach dem wohlhabenden Händler Wolf Lorenz fragen können, nach den Gerüchten, denen zufolge Marx Müller, der Bezirkszahlmeister, staatliche Gelder veruntreut hatte, doch von Beginn an waren dies verbotene Themen, eifersüchtig von den Wächtern der Toten bewacht. Und so begannen diese beide vertrauten Fremden, durch Bande verbunden, die sie nicht selbst geschlungen hatten, einander zu hassen, als wäre es das Natürlichste auf der Welt. Kepler kehrte sich zögernd, schüchtern Regina zu, bot ihr all den Überschuß, der ihm von seiner Ehe blieb, da sie, zu ihrem Urbild erstarrt, eben jene Wissenslust und Anerkennung verkörperte, die er in ihrer Mutter nicht fand. Und Barbara, die alles sah und nichts verstand, wurde launisch, begann, sich zu beklagen und schlug manchmal auch das Kind. Sie forderte immer mehr von Keplers Zeit, hielt ihn in panisch wirren Gesprächen gefangen, neigte zu plötzlichen Tränenstürmen. Eines Abends fand er sie zusammengekauert in der Küche, als sie Pökelfisch in sich hineinstopfte. Am nächsten Morgen brach sie in seinen Armen zusammen und riß ihn fast zu Boden. Sie war schwanger.

Sie vollbrachte ihr Werk, wie sie alles tat, überschwenglich, mit viel Tumult und reichlich Tränen. Sie wurde geisterhaft schön, trotz ihres Umfangs. Es war, als wäre sie für eben diesen Zustand geschaffen, urzeitig und elementar, mit diesem dicken Bauch, diesen hängenden Brüsten verkörperte sie eine Art idealer Harmonie. Kepler fing an, sie zu meiden: Sie ängstigte ihn nun mehr als je zuvor. Tagelang sperrte er sich in sein Zimmer, tüftelte an seiner Arbeit, schrieb Briefe, ging immer wieder seine hoffnungslos überzogenen Konten durch und hob dann und wann den Kopf, um dem schweren Schritt der Göttin zu lauschen.

Ihre Wehen kamen früh, setzten eines Morgens mit schrillen Schreien ein. Die Wellen ihres Schmerzes brandeten durch das Haus, Woge um Woge. Dr. Oberndorffer traf ein, schnaubte und brummte und hievte sich mit seinem schwarzen Stock die Treppe hinauf wie ein müder Ruderer, der ein sinkendes Schiff steuert. Kepler fiel auf, daß der Mann verlegen war, als hätte er dieses Paar, dessen schwierigen Schicksalsweg zu knüpfen er selbst geholfen hatte, bei irgendeiner schmutzigen Herumtollerei ertappt. Ihre Wehen dauerten zwei Tage. Der Februarregen fiel in der umwölkten Welt dort draußen, so daß es nur noch dieses Haus zu geben schien, das um seinen Schmerzenskern pochte und pulsierte. Kepler stapfte in fieberhafter Erregung und Verzweiflung auf und ab und rang die Hände. Am Nachmittag wurde das Kind geboren, ein Junge. Eine große Blüte bedenkenlosen Glücks öffnete sich in Keplers Herz. Er hielt den weichen, bebenden Winzling in Händen und begriff, daß er sich vermehrt hatte. »Wir wollen ihn Heinrich nennen«, sagte er, »nach meinem Bruder – doch du wirst ein besserer, ein schönerer Heinrich sein, ja, nicht wahr?« Blaß lag Barbara in ihrem blutigen Bett und starrte ihn leeren Blicks durch einen Schmerzensschleier an.

Er erstellte ein Horoskop. Es versprach alles erdenklich Gute, zumindest, nachdem er hier und da ein wenig nachgebessert hatte. Das Kind würde behend sein und klug, fürs Mathematische und Mechanische geschickt, eifrig und charmant. Oh ja, charmant! Sechzig Tage sollte Keplers Glück dauern, dann durchbohrten erneut Schreie das Haus, schwache Echos von Barbaras lustvollem Geheul, und wieder ruderte Oberndorffer die Treppe hinauf. Kepler riß ihm das Kind aus den Armen und befahl ihm nicht, nein, nicht zu sterben! Er drehte sich zu Barbara um; sie hatte es gewußt, dieser Schmerz hatte ihr gesagt, daß alles falsch war, ja, doch sie hatte nichts gesagt, hatte ihn mit keinem Wort gewarnt, gehässiges Miststück! Der Arzt schnalzte mit der Zunge aus Scham, mein Herr, aus Scham. Kepler fuhr zu ihm herum. Und Ihr...Ihr...! In Tränen, sein Blick zersplittert, wandte er sich ab, drückte das Wurm an sich und fühlte es zucken und husten und spürte plötzlich, als wollte es erstaunt aufbrechen, wie es starb: sein Sohn. Das feuchte, heiße Köpfchen rollte in seiner Hand. Welch gnadenloser Spieler hatte ihm diesen zarten Ball des Kummers zugeworfen? Er sollte die Trauer um andere kennenlernen, doch kein Verlust wurde ihm so schwer wie dieser, es war, als kröche ein Teil von ihm selbst blind und wimmernd in den Tod.

*

Nun verfinsterten sich seine Tage. Das Kind hatte ein Loch ins Gewebe der Dinge gerissen, und durch diesen winzigen Riß troff die Schwärze. Barbara war untröstlich. Sie verbarg sich in verbarrikadierten Zimmern, in engen Kammern, selbst unter der Bettdecke, knabberte allein an ihrem Schmerzensbrocken, gab keinen Laut von sich, nur dann und wann ein leises, trocknes Schluchzen wie das Kratzen einer Pfote, auf daß Kepler das Haar zu Berge stand. Er ließ sie in Ruhe, verkroch sich in seinem eigenen Versteck, hielt Ausschau nach dem, was als nächstes geschehen würde. Zu Ende war das Spiel, von dem sie nicht begriffen hatten, daß es ein Spiel war; plötzlich hatte das Leben sie ernst genommen. Er dachte an die erste Tracht Prügel, die er als Kind bekommen hatte, seine Mutter eine riesige Fremde, rot vor Wut, ihre Fäuste, die verblüffende Eindringlichkeit des Schmerzes, die Welt, die abrupt zu einer neuen Version der Realität wechselte. Ja, und dies war schlimmer, nun war er erwachsen, und das Spiel war vorbei.

Das Jahr ging zu Ende, der Winter ging vorbei. Diesmal würde er sich von den falschen Hoffnungen des Frühlings nicht zum Narren halten lassen. Im geheimen bereitete sich etwas vor, das konnte er spüren, der Sturm sammelte sich seine Zutaten aus Böen und kleinen Wolken und aus dem Lied der Drossel. Der junge Erzherzog Ferdinand, Herrscher über ganz Österreich, unternahm im April eine Pilgerfahrt nach Italien und schwor am Schrein von Loreto in einem Anfall von Frömmigkeit, die Ketzerei des Protestantentums in seinem Reich zu unterdrücken. Die lutherische Provinz Steiermark begann zu zittern. Den ganzen Sommer über folgte Schreckensmeldung auf Schreckensmeldung. Truppen wurden mobilisiert, Ende September wurden Kirchen und Schulen geschlossen. Und schließlich kam das lang erwartete Edikt: lutherische Geistliche und Lehrer mußten bei Strafe der Inquisition und des Todes Österreich innerhalb einer Woche verlassen.

Jobst Müller eilte aus Mühleck herbei. Er war zum Katholizismus übergetreten und erwartete nun, daß sein Schwiegersohn ihm unverzüglich folgte. Kepler schnaubte verächtlich. Nichts dergleichen werde ich tun, mein Herr; der reformierten Kirche gehöre ich an, eine andere gibt es für mich nicht, und nur mit Mühe konnte er sich davon abhalten: *Hier stehe ich, ich kann nicht anders*! zu rufen, denn das wäre doch des Guten wohl zu viel gewesen. Außerdem war er nicht so mutig, wie seine kühnen Worte vermuten ließen. Die Aussicht auf ein Exil entsetzte ihn. Wo sollte er hin? Nach Tübingen? Zum Haus seiner Mutter in Weil der Stadt? Mit ungewohnter Heftigkeit hatte Barbara verkündet, daß sie Graz nicht verlassen wollte. Also würde er auch Regina verlieren, er würde alles verlieren. Nein, nein, das war undenkbar. Und doch wurde daran gedacht: seine Tasche war gepackt, Speidels Stute ausgeliehen. Er würde zu Mästlin nach Tübingen reiten, ob er nun willkommen war oder nicht. Lebwohl! Barbaras Kuß, feucht vor Kummer, traf sein Ohr. In seine zitternden Hände drückte sie ihm kleine Beutel voller Florins und Lebensmittel und sauberer Wäsche. Zaghaft trat Regina zu ihm, barg ihr Gesicht in seinem Mantel und flüsterte ihm etwas zu, das er nicht verstand und das sie nicht wiederholen wollte, ein kleines, goldenes Glied, das auf immer und ewig in der Kette seines Lebens fehlen würde. Tränenüberströmt stolperte er zwischen Haus und Pferd hin und her, wußte nicht recht, wie er nun gehen sollte, schlug sich auf die Taschen und suchte nach einem Tuch, um den Fluß seiner Nase aufzuhalten, und stieß leise, verstörte Schreie aus. Endlich fiel er wie ein nasser Sack in den Sattel und wurde an einem taktlos herrlichen, goldblauen Oktobernachmittag aus der Stadt getragen.

Er ritt nach Norden durch das Tal der Mur und blickte besorgt zu den schimmernden, schneebedeckten Felsenspitzen der Alpen auf, die immer höher aufragten, je näher er ihnen kam. Auf den Straßen herrschte reges Treiben. Er schloß sich einem Reisenden an, der Winckelmann mit Namen hieß. Er war Jude, ein Linsenschleifer von Beruf und Bürger von Linz: zu bläßlichem Gesichtskeil ein bißchen Bart und dunkle, ironisch blitzende Augen. Als sie nach Linz kamen, regnete es, die Donau glich pockennarbigem Stahl, und Kepler war krank. Der Jude, den Mitleid mit diesem trübseligen Wandersmann ergriffen hatte, mit seinem Husten, seinem Zittern und den blauen Fingernägeln, lud Kepler zu sich nach Hause ein und zu ein oder zwei Tagen Rast vor seiner Weiterreise westwärts nach Tübingen.

Das Haus des Juden lag in einer engen Gasse am Fluß. Winckelmann zeigte seinem Gast die Werkstatt, einen langen, niedrigen Raum mit einem Schmelzofen am hinteren Ende, um den sich ein dicker Junge kümmerte. Auf Fußboden und Werkbänken lagen zerbrochene Formen durcheinander, verschütteter Sand und ölige Lumpen, alles wie verschwommen unter einem bläulichen Film aus Schleifpulver. Zu ihren Füßen glitzerten Glastränen im Dämmerlicht. Ein niedriges Fenster, das den Blick auf feuchtes Kopfsteinpflaster, Holzgiebel und ein Lagerhaus freigab, ließ körniges, weißliches Licht herein, das selbst ein Auswuchs jener Arbeit zu sein schien, die hier getan wurde. Kepler schielte zu einem Bücherregal hinüber: Nostradamus, Paracelsus, das *Magia naturalis*. Winckelmann beobachtete ihn und hob in blattbrauner Hand lächelnd einen Brocken aus wolkigem Kristall in die Höhe.

»Das hier ist eine Transmutation«, sagte er, »verstehbare Magie.«

Hinter ihnen ging der Junge zum Blasebalg, und das rote Maul des Ofens brüllte auf. Kepler, dessen Kopf vor Fieber summte, fühlte, wie etwas sanft auf ihn herabfuhr, ein riesiger, beflügelter Schatten.

Sie stiegen zum Oberstock hinauf, einem Labyrinth kleiner, düsterer Zimmer, in denen der Jude mit seiner Familie hauste. Winckelmanns schüchterne, junge Frau, halb so alt wie er und blaß und plump wie eine Taube, setzte ihnen Würstchen, Schwarzbrot und Bier zum Abendessen vor. Ein seltsamer, süßlicher Geruch hing in der Luft. Die Söhne des Hauses, bleiche Jungen mit fettigen Zöpfen, traten gemessen vor, um ihren Vater und seinen Gast zu begrüßen. Kepler schien es, als wäre er mitten in eine alte, wenn auch nicht mehr gar so strenge Zeremonie geraten. Nach dem Mahl holte Winckelmann seine Tabakpfeifen hervor. Kepler rauchte zum ersten Mal, ein neues Gefühl, keineswegs unangenehm, durchzog seine Adern. Dazu wurde Wein gereicht, leicht versetzt mit einem Destillat aus Mohn und Alraune. In dieser Nacht glich der Schlaf einem stürmendem Roß, das ihn schnurstracks durch die turbulente Dunkelheit trug, und als er am Morgen wie ein abgeworfener Reiter erwachte, hatte sich das Fieber gelegt. Er war verwirrt, doch ruhigen Blutes, als würde sich eine gütige, doch rätselhafte Macht um ihn auftun.

Winckelmann zeigte ihm die Werkzeuge seines Gewerbes, den fein gefeilten Klopfstein und die scharfen Bohrer aus blauem Stahl. Er zeigte ihm Glas in all seinen Zuständen und Formen vom Sand bis zu den polierten Prismen. Kepler dagegen beschrieb ihm sein Weltensystem, die Theorie von den fünf vollkommenen Formen. Sie saßen unter dem spinnwebverhangenen Fenster auf einer langen Bank am Ofen, der hinter ihnen fauchte, und wieder empfand Kepler jene Begeisterung und das ein wenig beschämende Vergnügen, das er seit seinen Studientagen in Tübingen und den ersten langen Gesprächen mit Michael Mästlin nicht mehr gekannt hatte.

Der Jude hatte von Lauchens *Narratio prima* über die kopernikanische Kosmologie gelesen. Die neuen Theorien verwirrten und amüsierten ihn.

»Aber haltet Ihr sie für *wahr*?« Keplers alte Frage.

Winckelmann zuckte die Achseln. »Wahr? Mit dem Wort habe ich so meine Schwierigkeiten.« Er sah sehr jüdisch aus, als er nun lächelte. »Stimmt, es mag sein, daß die Sonne das Zentrum ist, der sichtbare Gott, wie Trismegistus sagen würde, doch ich frage Euch, wissen wir etwas, wenn Dr. Kopernikus sie uns in seinem berühmten System zeigt, das wunderbarer ist als das, was wir nicht zuvor schon wußten?«

Kepler verstand nicht. »Aber die Wissenschaft«, sagte er stirnrunzelnd, »die Wissenschaft ist eine Methode des Wissens.«

»Des Wissens, ja: Aber auch des Verstehens? Ich will Euch den Unterschied zwischen Christen und Juden erklären, hört zu: Ihr glaubt, nichts ist wahr, bevor es nicht ausgesprochen wurde. Für Euch ist alles Wort. Euer Jesus Christ ist das fleischgewordene Wort.«

Kepler lächelte. Sollte er auf den Arm genommen werden? »Und die Juden?« fragte er.

»Ein alter Witz behauptet, daß Gott seinem erwählten Volk zu Anfang alles, wirklich alles gesagt hat, so daß wir nun auch alles wissen – und nichts verstehen. Aber ich finde, das ist mehr als nur ein Witz. Es gibt Dinge in unserer Religion, über die man nicht reden darf, denn derart letzte Dinge auszusprechen hieße ... ihnen Schaden zuzufügen. Vielleicht ist es mit Eurer Wissenschaft genauso?«

»Aber ... Schaden?«

»Ich weiß nicht.« Er zuckte die Achseln. »Ich bin nur ein Linsenschleifer, ich verstehe diese Theorien, diese Systeme nicht, und ich bin zu alt, um sie zu erlernen. Aber Ihr, mein Freund«, wieder lächelte er, und Kepler wußte, daß er sich einen Spaß mit ihm erlaubte, »Ihr werdet noch Großes vollbringen, ganz ohne Frage.«

Es war in Linz, unter Winckelmanns amüsiertem, dunklem Blick, daß er zum ersten Mal wie von fern das Summen jenes großen fünftonigen Akkords hörte, der die Musik der Welt angibt. Überall begann er, weltenprägende Beziehungen zu sehen, in den Gesetzen der Architektur und der Malerei, im lyrischen Versmaß, den Vielschichtigkeiten der Rhythmen, selbst in den Farben, in Gerüchen und im Geschmack, in den Proportionen der menschlichen Gestalt. Stetig wurde eine dünne, silberne Saite der Erregung straffer in ihm gespannt. Abends saß er mit seinem Freund in den Zimmern über der Werkstatt, trank und rauchte und redete ohne Ende. Er war soweit genesen, daß er nach Tübingen weiterreisen konnte, doch er traf keinerlei Anstalten, obwohl er noch in Österreich war und die Männer des Erzherzogs ihn jederzeit fassen konnten.

Der Jude beobachtete ihn mit sonderbarer Ruhe und Intensität, und manchmal glaubte Kepler, von Wein und Tabak benebelt, daß durch diesen Blick, dieses aufmerksame, geduldige Beobachten irgend etwas langsam, liebevoll aus ihm herausgesogen wurde, eine kostbare, unfaßbare Flüssigkeit. Er dachte an die Werke von Nostradamus und Albertus Magnus im Regal des Juden, an ein bestimmtes Schweigen, ein gewisses Murmeln hinter verschlossenen Türen, an die grauen, verschwommenen Figuren in versiegelten Gläsern, die er in einem Schrank in der Werkstatt gesehen hatte. Wurde er verzaubert? Der Gedanke weckte in ihm eine wirre, schuldbewußte Wärme, eine Art Scham, wie etwa jenes Gefühl, das ihn hieß, sich vom gattenhaften Lächeln abzuwenden, das der Jude manchmal in Gegenwart seines jungen Weibes aufsetzte. Ja dies, *dies* war das Exil.

Es endete. Eines Tages kam ein Bote von Stefan Speidel aus stürmischer Morgendämmerung an Winckelmanns Tür galoppiert. Barfuß und zitternd und schlaftrunken stand Kepler im feuchtkalten Wind und brach mit zittrigen Fingern das vertraute Sekretariatssiegel auf. Aus dem mahlenden Maul des Pferdes flog ihm ein Schaumfleck auf die Augenbraue. Der Erzherzog hatte beschlossen, eine Ausnahme von der allgemeinen Verbannung zu gewähren. Er konnte nach Hause zurückkehren.

Später hatte er Zeit, über das verwickelte Geflecht der Einflußnahme nachzudenken, das ihn gerettet hatte. Die Jesuiten standen seiner Arbeit aus ihren eigenen, dunklen Gründen wohlwollend gegenüber. Durch einen Jesuiten, den Bruder Grienberger aus Graz, hatte der bairische Kanzler Herwart von Hohenburg, ein Katholik und Privatgelehrter, ihn erstmals in Fragen der Kosmologie in gewissen alten Texten um Rat gefragt. Sie korrespondierten durch den bairischen Botschafter in Prag, Peter Casal, der Kapuziner und Sekretär des Erzherzogs Ferdinand war. Herwart arbeitete zudem für Herzog Maximilian, Ferdinands Cousin, und diese beiden Edlen hatte zusammen in Ingolstadt unter Johann Fickler studiert, einem engen Freund der Jesuiten, der wie Kepler aus Weil der Stadt stammte. So griffen die Fäden des Netzes aus. Tja, wenn er es recht bedachte, hatte er überall seine Fürsprecher! Und auf unbestimmte Weise machte ihm das angst.

Insgeheim enttäuscht kehrte er zurück. Noch ein wenig Zeit, und er hätte mit dem Exil etwas anfangen können. Doch die Stiftsschule war geschlossen, und er war frei, immerhin. Graz aber war für ihn erledigt, verbraucht. Um ihn stand es nicht mehr so schlecht wie einst, und auch andere Verbannte kehrten nach und nach aus dem Exil zurück, allerdings hielt Kepler es noch immer nicht für angebracht, vor die Tür zu gehen. Im November verkündete Barbara, daß sie erneut schwanger war, und er zog sich ins innerste Heiligtum seines Arbeitszimmers zurück.

Er begann mit einer ausgedehnten Lektüre, verschlang die Werke der Alten und der Neuen, Platon, Aristoteles, Nikolaus von Kues und die florentinischen Akademiker. Winckelmann hatte ihm einen Band des Kabbalisten Cornelius Agrippa mitgegeben, dessen Denkart so seltsam und doch der seinen so ähnlich war. Kepler wandte sich auch noch einmal den Mathematikern zu und schliff dieses Instrument, bis eine scharfe Schneide besaß, was er bislang nur wie eine Keule gehandhabt hatte. Neues Interesse erregte die Musik; von Pythagoras' Harmoniegesetzen war er besessen. So wie er sich fragte, warum es bloß sechs Planeten im Sonnensystem gab, so beschäftigte ihn nun das Geheimnis der musikalischen Relationen: Warum etwa schafft das Verhältnis 3:5 eine Harmonie, 5:7 aber nicht? Selbst Astrologie, die er so lange verachtet hatte, gewann durch ihre Theorie von den Aspekten neue Bedeutung. Die Welt quoll ihm nun über vor lauter Zeichen und Formen. Verblüfft brütete er über dem komplexen Aufbau einer Honigwabe, der Struktur einer Blume, der unheimlichen Vollkommenheit einer Schneeflocke. Was aus intellektuellem Übermut in Linz begonnen hatte, nahm ihn nun zutiefst gefangen.

Das neue Jahr begann vielversprechend. Trotz dieses plötzlichen Ansturms neuer Überlegungen herrschte Friede in seinem Innern. Doch dann gerieten die Dinge beängstigend in Fahrt. Erneut flammten die religiösen Wirren auf, heftiger als je zuvor. Ein Edikt jagte das andere, ein jedes im Ton schärfer als das vorherige. Die Ausübung des lutherischen Glaubens wurde generell verboten. Kinder durften ausschließlich nach katholischem Ritus getauft werden und mußten zu Jesuitenschulen gehen. Dann fiel man über die Bücher her. Lutherische Schriften wurden aufgespürt und verbrannt. Ein Leichentuch aus Rauch hing über der Stadt. Drohungen schwirrten durch die Luft, und Kepler zitterte. Würde der Bücherverbrennung nicht zwangsläufig die Verbrennung der Autoren folgen? Die Dinge gerieten außer Rand und Band. Ihm war, als wäre er, Kopf und Schulter zurückgepreßt, die Augen starr vor Todesangst, in eine unkontrollierbare Maschine gespannt, die schneller und immer schneller auf einen Abgrund zuraste. Das Kind, ein Mädchen, wurde im Juni geboren und Susanna genannt. Er träumte vom Meer, das er in seinem wachen Leben nie gesehen hatte. Es war wie eine ungeheure, milchige Ruhe, still, unbeweglich und erschreckend, der Horizont ein unirdisch feiner Strich, ein Haarriß in der Schale der Welt. Er hörte keinen Laut, sah keine Bewegung, kein lebendes Geschöpf, es sei denn, das Meer selbst war lebendig. Die Angst vor dieser Vision vergiftete seine Gedanken auf Wochen. Als er an einem Juliabend, die Luft fahl und still wie das Phantommeer, nach einem seiner seltenen Ausflüge in die Stempfergasse und die verängstigte Stadt zurückkehrte, blieb er vor dem Haus stehen. Auf der Straße spielte ein Kind mit einem Reifen, eine alte Frau mit einem Korb unter dem Arm humpelte vor ihm auf die andere Seite davon, ein Hund in der Gosse nagte an einem Knochen. Etwas an diesem Bild bedrückte ihn, die sorgsame Unschuld, mit der es in diesem grenzenlosen Licht arrangiert schien, als wollte es ihm einen hinterhältigen Stoß verpassen. Dr. Oberndorffer wartete im Flur und betrachtete ihn mit kummervollem, niedergeschlagenem Blick. Das Kind war gestorben. An Hirnfieber, genau wie der kleine Heinrich. Kepler stand am Schlafzimmerfenster und sah, wie der Tag verblaßte, hörte undeutlich Barbaras gequälte Schreie in seinem Rücken und lauschte mit ehrfürchtiger Scheu auf seinen Verstand, der aus eigenem Antrieb dachte: Meine Arbeit wird verzögert. Er selbst trug den Sarg zum Grab, heimgesucht von Visionen der Rebellion und der Verzweiflung. Es gab Berichte aus dem Süden, die Türken sollten sechshunderttausend Mann jenseits von Wien zusammengezogen haben. Der Katholische Rat legte ihm eine Strafe von zehn Florins auf, weil er die Beerdigung nach lutherischem Ritus vollzogen hatte. An Mästlin schrieb er: »*Kein Tag kann das Sehnen meines Weibes lindern, und meinem Herzen nah ist mir das Wort: O Eitelkeit ...*«

Jobst Müller kam erneut nach Graz, um von Kepler zu verlangen, daß er entweder zum katholischen Glauben übertrat oder fortzog – und diesmal fortblieb; seine Tochter und Regina wollte er heim nach Mühleck holen. Kepler würdigte ihn nicht einmal einer Antwort. Stefan Speidel kam ebenfalls zu Besuch, ein dünner, frostiger, schmallippiger Mann in Schwarz. Er brachte düstere Neuigkeiten vom Hofe: Diesmal würde es keine Ausnahmen geben. Kepler war immer noch außer sich.

»Was soll ich tun, Stefan, was soll ich bloß tun? Und meine Familie!« Er berührte die eisige Hand seines Freundes. »Ihr hattet recht, Euch gegen diese Ehe zu wenden, ich mache Euch deshalb keine Vorwürfe, Ihr hattet recht –«

»Das weiß ich.«

»Nein, Stefan, ich will...« Er schwieg, ließ das Gesagte wirken und hörte klar und deutlich, wie mit einem winzigen *Ping* eine weitere Saite zerriß. Speidel hatte ihm am Tag ihrer ersten Begegnung in Rektor Papius' Zimmer Platos *Timaeus* geliehen; er durfte nicht vergessen, es ihm zurückzugeben. »Tja, nun...«, sagte er müde. »Gott, was soll ich bloß tun?«

»Und was ist mit Tycho Brahe?« fragte Stefan Speidel und schnippte einen Fussel von seinem Mantel fort, für immer aus Keplers Leben.

Ja, was war mit Tycho Brahe? Seit Juni hielt er sich als Hofmathematiker des Kaisers Rudolph mit einem Salär von dreitausend Florins in Prag auf. Kepler hatte Briefe vom Dänen, in denen er gedrängt wurde, zu ihm zu kommen und Anteil an den kaiserlichen Wohltaten zu nehmen. Doch Prag? Eine Welt weit fort! Aber welche Alternativen blieben ihm? Mästlin hatte ihm geschrieben: es bestand keine Hoffnung auf eine Anstellung in Tübingen. Das Jahrhundert näherte sich seinem Ende. Baron Johann Friedrich Hoffmann, kaiserlicher Rat und Keplers gelegentlicher Fürsprecher, offerierte dem jungen Astronomen bei einem Besuch in Graz die Gelegenheit, sich für die Rückreise nach Prag seinem Gefolge anzuschließen. Kepler lud seine Taschen, seine Frau und Tochter in eine klapprige Kutsche und brach am ersten Tag des neuen Jahrhunderts, vom Datum keineswegs amüsiert, in die neue Welt auf.

Es war eine schreckliche Reise. Sie hausten in zugigen Burgen und rattenverseuchten Garnisonsquartieren. Das Fieber packte ihn erneut, und er dämmerte die Meilen im Halbschlaf dahin, immer wieder von Barbara aufgeschreckt, die sich wie eine Gestalt aus seinen Träumen über ihn beugte und in panischer Angst an seinen Schultern rüttelte, da sie fürchtete, er könne tot sein. Er knirschte mit den Zähnen. »Wenn Ihr mich weiterhin derart stört, Madame, dann, bei Gott, fangt Ihr Euch eine Maulschelle ein.« Und sogleich begann sie zu weinen, und er stöhnte, schimpfte sich einen räudigen Hund.

Es wurde Februar, ehe sie in Prag eintrafen. Baron Hoffmann brachte sie in seinem Haus unter, beköstigte sie, streckte ihnen Geld vor und lieh Kepler für die Begegnung mit Tycho Brahe sogar einen Hut und einen anständigen Mantel. Doch von Tycho keine Spur. Prag war Kepler zuwider. Die Häuser schief und baufällig, aus Lehm und Stroh und ungehobelten Balken zusammengeschustert. Die Straßen ertranken im Schlamm, ein ekelhafter Gestank. Am Ende der Woche erschien Tychos Sohn in Begleitung von Frans Gransneb Tengnagel, betrunken alle beide und mürrischer Laune. Sie brachten einen Brief vom Dänen, der, zugleich galant und extravagant, sein schmieriges Bedauern darüber äußerte, daß er nicht selbst kommen könne, den Besucher zu empfangen. Tyge und der Junker sollten ihn nach Benatek begleiten, verzögerten die Fahrt aber um ihres Vergnügens willen um eine weitere Woche. Als sie endlich aufbrachen, schneite es. Das Schloß lag zwanzig Meilen nördlich der Stadt, inmitten einer weiten, überschwemmten Ebene. Gereizt wartete Kepler im Empfangszimmer einen Vormittag lang, doch als er mittags gerufen wurde, schlief er. Vor Fieber und Angst wie benommen stieg er die steinernen Stufen hinab. Tycho Brahe gab sich gebieterisch. Stirnrunzelnd blickte er auf die bebende Gestalt und sagte:

»Der Elch, mein Herr, mein zahmer Elch, den ich über alles liebte, durch die Unachtsamkeit eines italienischen Rüpels kam er ums Leben.« Mit einer schwungvollen Geste seines brokatumhüllten Arms fegte er seinen Gast zur hohen Wand hinüber, vor der sie frühstücken würden. Sie setzten sich »... Fiel in Schloß Wandsbeck, wo sie für die Nacht abgestiegen waren, die Treppe hinunter, nachdem er einen Krug Bier getrunken hatte, behauptet er, und brach sich ein Bein und starb. Mein Elch!«

Das riesige Fenster, Sonnenlicht auf dem Fluß, die überschwemmten Felder, dahinter die blaue Weite, und Kepler lächelte, nickte wie ein aufgezogenes Spielwerk und dachte an seine wirre Vergangenheit, die gefahrvolle Zukunft und an 0.00 irgendwas irgendwas 9.

II
Astronomia Nova

Er stürzte die steilen Stufen hinunter, blieb stehen und starrte in wütender Verwirrung über den Hof. Ein hinkender Stallbursche zog einen Karren hinter sich her, schnaubte und spuckte, zwei Küchenmägde kippten ein Faß Seifenlauge aus. Genug ist genug. Sie wollten ihn zum Schreiberling machen, bei Gott, zum Handlanger eines Handlangers. »Herr Kepler! Herr Kepler! Einen Augenblick bitte...« Baron Hoffmann eilte unselig keuchend hinter ihm drein. Tycho Brahe blieb oben auf der Treppe stehen, gab sich bemüht gleichgültig und schien in Gedanken weit fort.

»Nun?« fragte Kepler.

Der Baron, ein grauer, kleiner Mann mit wässerigen Augen, hielt ihm seine leeren Hände hin. »Ihr müßt ihm Zeit lassen, wißt Ihr, gebt ihm die Möglichkeit, Eure Bitten zu bedenken.«

»*Er*«, die plötzlich anschlagenden Hunde zwangen ihn, die Stimme anzuheben, »er hat schon einen Monat und länger Zeit gehabt. Ich habe ihm meine Bedingungen genannt; ich bat nur um ein wenig Rücksicht, aber er tut nichts.« Erneut lauter werdend, wandte er sich zur Treppe um und schleuderte seine Antwort hinauf: »Nichts!« Tycho Brahe, der immer noch in die Ferne starrte, zog die Brauen leicht in die Höhe und seufzte. Mit jaulender Begeisterung schoß die Hundemeute durch eine Klappe aus dem Zwinger und jagte über den Hof, gierige Biester mit verkümmerten Läufen, irrem Grinsen und winzigen, straffen, braunroten Hodensäcken. Vor Angst flüchtete Kepler die Stufen hinauf, stockte aber auf halber Höhe vor Tycho, dem Schrecklichen. Der Däne zupfte an seinen Handschuhen, die Augen funkelten vor gehässiger Zufriedenheit. Mit einem letzten, fragenden Blick wandte sich Baron Hoffmann an den Herrn von Schloß Benatek und fragte Kepler dann schulterzuckend:

»Ihr wollt also nicht bleiben, Herr?«

»Ich werde nicht bleiben«, doch seine Stimme bebte.

Tengnagel und der junge Tyge kamen nach draußen, blinzelten im Licht, noch trunken vom Gelage der letzten Nacht. Ihre Mienen hellten sich auf, als sie Keplers aufgeregte Miene sahen. Die Stallburschen brachten die Pferde. Die Hunde hatte sich beruhigt, krümmten sich mit fleißiger Zunge über ihr Geschlecht oder spritzten nachdenklich die Mauern an, wurden aber vom kropfigen Gellen eines Jagdhorns erneut zur Raserei getrieben. Ein silberner Staubschleier breitete im leichten Wind seine Segel aus und trieb träge auf das Tor zu; eine Frau beugte sich von einem Balkon, lachte, und im Himmel glitt ein Paneel zur Seite und überschüttete Benatek mit einem Schauer Aprilsonne, der den treibenden Staub in Gold verwandelte.

Der Baron ging, um seine Kutsche zu holen. Kepler dachte nach. Was blieb ihm, wenn er Tychos so ungern gewährte Gönnerschaft ablehnte? Die Vergangenheit war vorüber, Tübingen, Graz, all das vorbei. Der Däne, die Daumen in den Gürtel hakend, mit den fetten Fingern auf die straffe Wölbung seines Unterbauchs trommelnd, bequemte sich die Treppe herunter. Baron Hoffmann stieg aus der Kutsche, und Kepler zupfte ihm nuschelnd am Ärmel. »Ich möchte, ich will...« nuschel, nuschel.

Der Baron hielt eine Hand ans Ohr. »Der Lärm, ich habe nicht ganz...?«

»Ich *möchte* –« ein Kreischen »– mich *entschuldigen.*« Er schloß kurz die Augen. »Verzeiht mir, ich –«

»Aber ich versichere Euch, das ist nicht nötig.«

»Was?«

Der alte Mann strahlte. »Ich freue mich, Herr Professor, wenn ich Ihnen auf jede nur mögliche Weise helfen kann.«

»Nein, nicht doch, bei *ihm* meine ich, bei *ihm.*« Und dies war Böhmen, mein Gott, Quell seiner höchsten Hoffnungen! Mit Hilfe zweier eifrig sich abmühender Lakaien hievte sich Tycho schwerfällig in den Sattel. Baron Hoffmann und der Astronom sahen skeptisch zu, als er grunzend nach vorn auf den sehnigen Rücken des Pferdes kippte und dabei ihren Gesichtern seinen großen, lederumhüllten Hintern feilbot. Der Baron seufzte und trat vor, um mit ihm zu reden. Tycho, der jetzt keuchend aufrecht saß, hörte ihm ungeduldig zu. Tengnagel und der jüngere Däne zogen ihre Steigbügel herab und schauten höchst amüsiert zu ihnen hinüber. Der Zank zwischen Tycho und seinem neuesten Mitarbeiter galt seit Keplers Ankunft vor einem Monat als wichtigste Zerstreuung im Schloß. Jemand stieß ins Horn, und mit Tycho in ihrer Mitte setzte sich die Meute wie eine große, plumpe Maschine in Bewegung und ließ nur einen braunen Geschmack von Staub im Mund zurück. Baron Hoffmann wich Keplers hungrigem Blick aus. »Ich nehme Euch mit nach Prag«, brummte er und tauchte in den Schutz seiner Kutsche ein. Kepler nickte benommen, ein aschfarbener Schrecken tat sich in der wirbelnden Luft um ihn auf. Was habe ich getan?

Sie ratterten die schmale Hügelstraße hinunter. Am Himmel über Benatek hing ein bleifarbener Wolkenschmier, doch die Jagd, die über die Felder sprengte, war noch im Sonnenlicht. Stumm wünschte Kepler ihnen allen einen vergeudeten Tag und dem Dänen Hals- und Beinbruch. Barbara, die eingezwängt auf dem engen Sitz neben ihm hockte, bebte in stummer Wut und Anklage. (*Was hast du nur getan?*) Er wollte sie nicht anschauen, aber lange konnte er den Blick durch das Fenster auf die hüpfende Landschaft nicht ertragen. Dieses Land mit seinen zahllosen kleinen Seen und ganzjährig überschwemmten Ebenen (die Tycho in seinen Briefen sein *böhmisches Venedig* genannt hatte!) strengte seine schwachen Augen durch den stetig wechselnden Blick auf quecksilbrigen Glanz und bebend blaugraue Fernen an.

»...Natürlich wird er«, sagte der Baron, »eine Entschuldigung akzeptieren, bloß, ähm, besteht er darauf, daß Ihr sie ihm schriftlich gebt.«

Kepler starrte ihn an. »Er will...«, und Auge und Ellbogen begannen einen teuflischen Tanz und zuckten unaufhörlich, »... er will eine *schriftliche Entschuldigung* von mir?«

»So hat er es angedeutet, ja.« Der Baron schluckte und schlug mit mattem Lächeln die Augen nieder. Regina saß neben ihm und beobachtete ihn aufmerksam, so wie sie alle großen Leute beobachtete, als könne er plötzlich etwas Wunderbares und Unerklärliches tun, in Tränen ausbrechen oder seinen Kopf in den Nacken werfen und wie ein Affe brüllen. Kepler schaute ihn ebenfalls an und dachte bekümmert daran, daß dieser Mann eine direkte Verbindung zu Kopernikus bedeutete, hatte der Baron doch in seiner Jugend Valentine Otho eingestellt, von Lauchens Schüler, um sich von ihm in Mathematik unterrichten zu lassen. »Außerdem verlangt er, daß Ihr ihm ein Schweigegelübde ablegt, das heißt, Ihr sollt ihm schwören, keinerlei astronomische Daten, die er Euch im Laufe Eurer Arbeit zur Kenntnis bringt, an... an Dritte weiterzugeben. Ich glaube, besonders eifersüchtig will er Eure Marsbeobachtungen gehütet wissen. Im Gegenzug wird er Euch Unterkunft für Euch und Eure Familie garantieren, und er will versuchen, auf den Kaiser dergestalt einzuwirken, daß Ihr auch weiterhin Euer Gehalt aus der Steiermark oder ein eigenes Salär ausgesetzt bekommt. So lauten die Bedingungen, Herr Kepler, und ich würde Euch raten –«

»Sie anzunehmen? Ja, ja, natürlich werde ich das.« Warum auch nicht? Er war es leid, auf seinem Stolz zu beharren. Der Baron starrte ihn an, und Kepler blinzelte: Sah er Verachtung in diesen wässerigen Augen? Verdammt, Hoffmann hatte keine Ahnung, was es hieß, arm und verbannt zu sein, der besaß seine Ländereien, seinen Titel und seinen Platz bei Hofe. Manchmal wurde ihm von diesen faden Patriziern einfach übel.

»Aber was ist«, brach es aus Barbara heraus, »was ist mit *unseren* Bedingungen, mit *unseren* Forderungen?« Niemand antwortete. Wie kam es nur, überlegte Kepler schuldbewußt, daß ihre leidenschaftlichsten Ausbrüche immer das gleiche Schweigen hervorriefen, ein Räuspern und glasige Augen? Die Kutsche krachte mit mächtigem Stoß in ein Schlagloch, und sie hörten den Kutscher draußen eine Salve saftiger Flüche auf sein Pferd abfeuern. Kepler seufzte. Seine Welt war aus den Trümmern einer unendlich schönen, uralten Wohnstatt zusammengestückelt; die einzelnen Teile waren so preziös und herrlich, daß sie einem das Herz brechen konnten, nur paßten sie nicht zusammen.

Das Haus des Barons stand auf dem Hradschin nahe beim

kaiserlichen Palast und blickte über die Kleinseite hinab zum Fluß, dem jüdischen Viertel und den jenseits gelegenen Vierteln der Altstadt. Es gab einen Garten mit Pappeln und schattigen Wegen und einem Fischteich, in dem es vor trägen Karpfen nur so wimmelte. Nach Norden, zur Palastseite, wiesen die Fenster auf pfauenblaue Rasenflächen und eine rehbraune Mauer, auf einen wechselhaften, von einem Turm durchbohrten Himmel und auf purpurrote Wimpel, die über kurz gemähter Weite flatterten. Einmal war Kepler aus diesen Fenstern ein unvergeßlicher Blick auf ein tänzelndes Pferd vergönnt, auf einen tollenden Hund, auf Smaragd und Hermelin, einen schwarzen Bart, eine blasse Hand, ein dunkles, tieftrauriges Auge. Näher sollte er dem Kaiser lange Zeit nicht kommen.

Die Frau des Barons saß in der Bibliothek an einem Sekretär und streute Kreidestaub aus einem Elfenbeinhorn über ein Pergament. Sie erhob sich, als sie eintraten, blies sacht über das Blatt und betrachtete sie mit einer Miene, die weitläufig mit einem Lächeln verwandt zu sein schien. »Nun, Herr Doktor – und Frau Gemahlin – Sie sind also zu uns zurückgekehrt«, ein bleiches Adlerweibchen, größer als ihr Mann, doch ebenso hager, in einem Satinrock von metallischem Blau, eine Frau, die ihre Aufmerksamkeit in gleicher Weise zwischen den Besuchern und dem Brief in ihrer Hand teilte.

»Meine Liebe«, murmelte der Baron mit einem müden Kopfnicken.

Es folgte ein kurzes Schweigen, dann wieder dieses Lächeln. »Und Dr. Brahe? Ist er nicht mitgekommen?«

»Madame«, platzte es aus Kepler heraus, »dieser Mann hat mir grausam mitgespielt. Er war es, der mich gedrängt hat, mich *angefleht* hat, nach Böhmen zu kommen; ich kam, und er behandelt mich wie einen bloßen Lehrling!«

»Ihr habt Euch also mit unserem guten Dänen zerstritten?« fragte die Baronin und wandte Kepler plötzlich all ihre Aufmerksamkeit zu, »wie bedauerlich«, und Regina, der das Rascheln im seidenweich unheilvollen Ton nicht entgangen war, beugte sich hinter ihrer Mutter hervor, um einen besseren Blick auf diese beeindruckende, große, blaue Dame werfen zu können.

»Ich habe ihm«, sagte Kepler, »ich habe ihm eine Liste mit einigen wenigen Bedingungen vorgelegt, die er zu erfüllen hat, wenn ich denn bleiben und für ihn arbeiten soll; so forde – bat ich zum Beispiel um ein separates Quartier für meine Familie und mich (dieses Schloß da draußen, ich schwöre Euch, das ist ein Irrenhaus), und daß eine bestimmte Menge Lebensmittel –«

Barbara schoß vor – »Und Brennholz!«

»Und Brennholz ausdrücklich –«

»Zu unserem Gebrauch, ganz recht.«

»– zu unserem, ja, Gebrauch«, und schnaubte wütend durch die Nase. Er malte sich aus, wie er sie schlug, spürte bis in die Haarwurzeln den süßen Schmerz der Hand auf ihrem fetten Unterarm. »Ich bat ihn, wartet, ja, ich bat ihn, mir ein Salär vom Kaiser zu verschaffen –«

»Seine Majestät«, warf der Baron hastig ein, »Seine Majestät ist... schwierig.«

»Seht, meine Dame«, zwitscherte Barbara, »seht, wie weit es mit uns gekommen ist, daß wir um unser Essen betteln müssen. Und Ihr wart so freundlich, als wir herkamen, habt uns untergebracht...«

»Ja«, sagte die Baronin nachdenklich.

»Doch ich frage Euch, mein Herr«, schrie Kepler, »meine Dame, sind diese Forderungen derart unvernünftig?«

Baron Hoffmann setzte sich bedächtig. »Wir haben uns gestern in dieser Angelegenheit beraten«, sagte er und schaute auf den Saum ihres Kleides, »Dr. Brahe, Dr. Kepler und ich.«

»Und?« fragte die Baronin, die mit jedem weiteren Augenblick einem Adler ähnlicher zu werden schien. »Und?«

»Seht her!« schnatterte Barbara drauflos, »schaut uns an, auf die Straße geworfen!«

Der Baron spitzte die Lippe: »Wohl kaum, gnädige Frau, das wohl kaum... Doch es stimmt, der Däne ist verärgert.«

»Aha«, murmelte die Baronin, »doch warum?«

Regentropfen fingerten über das sonnenbeschienene Fenster. Kepler zuckte die Achseln. »Woher soll *ich* das wissen?« Barbara schaute ihn an. »... ich habe nie behauptet«, sagte er, »daß Tychos

System irrig sei, wie er es mir vorwirft! Ich... ich habe nur ein, zwei Schwächen darin entdeckt, die, so glaube ich, durch eine allzu hastige Annahme zweifelhafter Voraussetzungen entstanden, und eine Hündin in zu großer Hast wirft nun mal blinde Welpen.« Die Hand der Baronin flog zu ihrem Mund und erstickte ein Husten, das Kepler, hätte er sie nicht als edle Dame gekannt, die sich der Bedeutung dieses Augenblicks durchaus bewußt war, sehr wohl als ein Kichern hätte deuten können. »Jedenfalls *ist* es irrig, ein monströses Ding, aus Ptolemäus gezeugt, der wiederum auf den Ägypter Heraklit zurückgeht. Versteht Ihr, Madame, er stellt die Erde ins Zentrum der Welt, läßt aber die fünf verbleibenden Planeten um die Sonne kreisen! Es funktioniert natürlich, soweit es den Anschein betrifft – doch könnte man ebensogut jeden anderen Planeten ins Zentrum stellen und würde die Phänomene doch bewahren.«

»Die was...?« Sie wandte sich Aufklärung heischend an ihren Mann, doch der schaute fort und befingerte sein Kinn.

»Die Phänomene, genau«, sagte Kepler. »Doch das ist bloß ein Trick unseres Dänen, der die Schulgelehrten zufriedenstellen, Kopernikus aber nicht ganz leugnen will – er weiß es ebensowohl, wie ich es weiß, und ich will verdammt sein, wenn ich mich dafür entschuldige, daß ich die bloße Wahrheit rede!« Er sprang auf, erstickte halb am plötzlichen Wutausbruch. »Die Sache, entschuldigt, aber die Sache ist einfach: Er ist eifersüchtig auf mich, auf meine Kenntnis der Wissenschaften – ja, ja«, wandte er sich heftig zu Barbara um, obwohl sie ihm mit keinem Wort widersprochen hatte, »ja, eifersüchtig. Und zudem wird er alt, er ist schon über fünfzig –«, die linke Augenbraue der Baronin schnellte zu einem aufgeschreckten Spitzbogen empor, »– und sorgt sich um seinen künftigen Ruf, will, daß ich seine wertlose Theorie unterstütze, indem er mich zwingt, sie zur Grundlage meiner Arbeit zu machen. Aber...« Doch da stockte er, drehte sich um und lauschte. Musik ertönte von weit her, die Ferne ließ die Melodie leise und lustig klingen. Langsam ging er ans Fenster, als schleiche er sich an seltene Beute heran. Der Regenschauer war vorüber, und der Garten schwamm im Licht. Die Hände auf dem Rücken verschränkt, so wippte er sanft auf Hacken und Zehen und schaute hinaus zu den Pappeln und dem glitzernden Teich, den tropfnassen Blumenwolken und den Teilen des Rasenpuzzles, die zwischen den steinernen Balustraden eines Balkons zueinander strebten. Wie arglos, wie geistlos schön der Anblick dieser Welt! Das Geheimnis der einfachen Dinge nahm ihn gefangen. Eine fröhliche Schwalbe stieß durch einen taumelnden Bausch lavendelfarbenen Rauchs. Es würde erneut regnen. Tap terap. Er lächelte, lauschte: war dies die Musik der Sphären? Dann wandte er sich um und war überrascht, die anderen, die ihn nachsichtig, doch erwartungsvoll anschauten, so zu finden, wie er sie stehengelassen hatte. Barbara stöhnte leise vor Verzweiflung. Sie kannte ihn, ach, wie sie ihn kannte, diesen Blick, diese leere, liebenswürdig grinsende Maske, durch die hindurch die brennenden Augen eines eifernden Irren starrten. Rasch begann sie dem Baron und seiner raubvogelhaften Dame zu erklären, daß unsere Hauptsorge es sei, unsere Hauptsorge, verstehen Sie..., und Kepler seufzte und wünschte sich, sie würde nicht wie ein Schwachkopf mit winzigem, wabbelndem Mund daherplappern. Er rieb sich die Hände und kehrte dem Fenster den Rücken, nun ganz Geschäftsmann. »Ich werde«, rief er, munter Barbaras Geschwätz übertönend, das noch weiterrauschte, während es bereits wie ein Schwarm Blasen aus überraschtem Fischmaul unterging –, »ich werde einen Brief schreiben, mich entschuldigen, Frieden schließen«, und sah dabei strahlend in die Runde, als erwarte er Applaus. Wieder war die Musik zu hören, lauter nun, ein Blasorchester, das auf dem Palastgelände spielte. »Er wird mich zu sich zurückrufen, denke ich, ja; er wird mich verstehen«, denn was hatten diese Zänkereien letztlich schon zu bedeuten? »Ein neuer Anfang – darf ich mir von Euch eine Feder borgen, Madame?«

Bei Anbruch der Nacht war er nach Benatek zurückgekehrt. Er überreichte seine Entschuldigung, legte ein Gelübde der Verschwiegenheit ab, und Tycho gab ein Bankett, lud zu Musik und zu verrückten Schwelgereien und zum fetten Kalb, das am Spieß zischte. Der Lärm im Speisesaal glich einem steten Gebrüll, das gelegentlich vom grellen Klirren eines zu Boden gefallenen Tellers oder dem Gekreisch einer gekitzelten Dienstmagd durchbrochen wurde. Der Frühlingssturm, der den ganzen Tag über in der Luft gelegen hatte, tappte plötzlich gegen die Fenster und ließ das Spiegelbild der Kerzen erzittern. Tycho war in formidabler Stimmung, schrie und soff und knallte den Becher auf den Tisch, die Nase glänzte, und die Enden seines strohfarbenen Schnauzbartes tropften. Zu seiner Linken saß Tengnagel, der einen besitzergreifenden Arm um Elisabeth, die Tochter des Dänen, gelegt hatte, ein verschüchtertes Mädchen mit kurz geschorenem, aschfarbenem Haar und rosigen Nasenflügeln. Ihre Mutter, Frau Christine, war ein fülliges, nervöses Weib, über dessen zwanzigjähriges Konkubinat mit dem Dänen sich außer ihr selbst niemand mehr aufregte. Der junge, höhnisch dreinblickende Tyge war gleichfalls anwesend, sowie Christian Longomontanus, des Dänen erster Gehilfe, ein priesterlicher, pickelübersäter junger Mensch, früh verhärmt vor lauter Ehrgeiz und Selbstbefleckung. Kepler geriet erneut in Wut. Ihm behagte diese geistlose Zecherei nicht, er wollte einfach nur – gleich sofort, heute nacht noch – Tychos Schatz in Händen halten, seine Planetenbeobachtungen. »Ihr vertraut mir die Umlaufbahn vom Mars an, nein, laßt mich reden, ein fast unlösbares Problem, doch Ihr verwehrt mir Eure Aufzeichnungen über diesen Planeten; wie, so frage ich Euch, bitte laßt mich aussprechen, wie, so frage ich, soll ich das Problem lösen, wie denkt Ihr Euch das?«

Tycho zuckte vielsagend die Schultern. »*De Tydske Karle*«, bemerkte er allgemein zur Tischgesellschaft gewandt, »*ere allesammen halv gale*«, und Jeppe, der Zwerg, der zu Füßen seines Herrn unter dem Tisch hockte, kicherte.

»Mein Vater«, sagte Frau Christine plötzlich, »mein Vater erblindete, weißt du, weil er sein Leben lang wie ein Schwein gesoffen hat. Nimm noch einen Schluck Wein, mein lieber Brahe.«

Christian Longomontanus faltete die Hände, als wollte er beten. »Rechnet Ihr damit, das Problem Mars lösen zu können, Herr Kepler?« fragte er und lächelte süffisant. Kepler wußte, woran ihn diese Kreatur erinnerte: an Stefan Speidel, noch so ein perfider Schnösel.

»Traut Ihr es mir nicht zu, mein Herr? Nehmt Ihr eine Wette an – sagen wir, eine Wette über einhundert Florins?«

»Ausgezeichnet!« rief der junge Tyge. »Einhundert Florins, beim Laertes!«

»Schlagt ein, Longomontanus«, grollte Tengnagel. »Setzt ihm am besten eine Frist, sonst wartet Ihr ewig auf Euren Gewinn.«

»Sieben Tage!« rief Kepler prompt, grinsend und großspurig, während sich sein Innerstes zusammenzog. Sieben Tage, mein Gott. »Ja, gebt mir sieben Tage frei von aller übrigen Arbeit, und ich schaffe es – vorausgesetzt, wartet«, nervös leckte er sich die Lippen, »vorausgesetzt, ich habe garantiert freien und ungehinderten Zugang zu den notierten Beobachtungen, zu allen und zu allem.«

Tycho zog eine finstere Miene, durchschaute sein Spiel. Er hatte es zu weit gehen lassen, die ganze Tischgesellschaft sah zu ihm hinüber, außerdem war er betrunken. Doch er zögerte. Diese Beobachtungen bedeuteten Unsterblichkeit. Zwanzig Jahre gewissenhafter Arbeit hatte es gebraucht, um sie anzusammeln. Seine Bücher mochte die Nachwelt vergessen, sich über seine Weltenlehre lustig machen, über sein fremdländisches Leben lachen, doch selbst die denkbar herzloseste Zukunft würde ihn fraglos als ein Genie der Genauigkeit zu ehren wissen. Und nun sollte er diesem jungen Emporkömmling alles aushändigen? Er nickte, zuckte dann wieder mit den Achseln und rief nach mehr Wein, machte das Beste daraus. Für einen Moment tat er Kepler leid.

»Also dann, mein Herr«, sagte Longomontanus mit einem Blick wie eine gezückte Klinge, »die Wette gilt.«

Ein Trupp Wanderakrobaten stürzte in den Saal, sauste und sprang umher und klatschte in die Hände. Sieben Tage! Einhundert Florins! Hopplahopp.

*

Sieben Tage wurden zu sieben Wochen, und das Unterfangen wuchs ihm über den Kopf, explodierte in seinen Ausmaßen. Dabei hatte es so einfach ausgesehen, schienen nur drei Marspositionen ausgewählt werden zu müssen, aus denen mit einfacher Geometrie die Umlaufbahn des Planeten zu errechnen war. Er vergrub sich in Tychos Schätze, suhlte sich darin, japste vor hündischer Wonne. Er bestimmte drei Positionen, die der Däne auf der Insel Hveen über einen Zeitraum von zehn Jahren notiert hatte und machte sich an die Arbeit. Doch ehe er wußte, was ihn getroffen hatte, taumelte er rückwärts aus einer Wolke schwefligen Rauchs heraus, schnappte nach Luft, die Ohren dröhnten ihm, und im Haar hingen ihm Fetzen zerschlagener Berechnungen.

Ganz Benatek war begeistert. Das Schloß überschlug sich vor Schadenfreude beim Anblick dieses reizbaren kleinen Mannes, der mit seiner Prahlerei so herrlich auf die Nase gefallen war. Selbst Barbara konnte ihr Vergnügen nicht verhehlen und fragte mit liebreizender Stimme, wo sie denn bitte die hundert Florins auftreiben wollten, nach denen Christian Longomontanus jammerte. Nur Tycho Brahe sagte nichts. Kepler wand sich, bat Longomontanus um eine weitere Woche, schützte Geldmangel vor und seine schlechte Gesundheit und leugnete, je eine Wette mit ihm geschlossen zu haben. In seinem Innersten aber scherten ihn weder die Beleidigungen noch das Gelächter. Er hatte zu tun.

Natürlich hatte er sich – um der Wette willen und um Tycho zu täuschen – etwas vorgemacht: der Mars war nicht einfach. Über Jahrtausende hatte er sein Geheimnis bewahrt und größeren Geistern als ihm getrotzt. Was war von der Ebene eines Planeten zu halten, dessen Umlaufbahn laut Kopernikus im Raum oszillierte und dessen Oszillationsausschlag nicht von der Sonne, sondern von der Position der Erde abhing? Ein Planet, der sich in einem vollkommenen Kreis mit gleichbleibender Geschwindigkeit bewegte, aber unterschiedlich lang für vollständig identische Abschnitte seiner Reise brauchte? Er hatte diese und andere Sonderbarkeiten für bloße Unschärfen gehalten, die sich fortschleifen ließen, ehe er sich dann an das eigentliche Problem machte, die Umlaufbahn selbst zu bestimmen; nun aber wurde ihm im Gegenteil klar, daß er ein Blinder war, der eine elegante und unendlich komplexe Form aus einigen vereinzelten Auffälligkeiten konstruieren mußte, die sich mit trügerischer Unschuld unter seinen

Fingerspitzen in Nichts auflösten. Und aus sieben Wochen wurden sieben Monate.

Anfang 1601, am Ende ihres ersten turbulenten Jahres in Böhmen, traf die Nachricht aus Graz ein, Jobst Müller liege im Sterben und rufe nach seiner Tochter. Kepler begrüßte diesen Vorwand für eine Unterbrechung seiner Arbeit. Behutsam löste er die Fänge aus seinem Handgelenk – platz da! Und keinen Laut – und ging ruhigen Gewissens in der Illusion, diese geschmeidige, nervöse Kreatur würde dort wartend kauern und ihn anspringen, sobald sich der Schlüssel im Schloß drehte –, in den Klauen die Lösung für das Rätsel Mars. Als sie Graz erreichten, war Jobst Müller tot.

Sein Tod brachte in Barbara eine merkwürdig melancholische Mattigkeit zum Vorschein. Sie zog sich in sich selbst zurück, rollte sich in irgendeiner geheimen inneren Kammer zusammen, aus der dann und wann ein zänkisches Brabbeln hervordrang, so daß Kepler um ihren Verstand fürchtete. Sie war wie besessen vor Sorge um ihr Erbe, hackte mit gespenstischem Beharren darauf herum, als wäre es der Leichnam selbst, dem sie derart zusetzte. Und es bestand durchaus Anlaß für die schlimmsten Befürchtungen. Noch waren die Verfügungen des Erzherzogs gegen die Lutheraner in Kraft, und als Kepler sich aufmachte, den Besitz seines Weibes in Bares umzuwandeln, bedrohten und übervorteilten ihn die katholischen Behörden. Dabei hatten ihn eben dieselben Behörden als Mathematiker und Kosmologen mit jubelnden Fanfaren begrüßt. Als es im Mai aussah, als wolle man das gesamte Erbe konfiszieren, wurde er eingeladen, auf dem Marktplatz einen von ihm geschaffenen Apparat aufzustellen, mit dem sich jene Sonnenfinsternis beobachten ließ, die er selbst vorhergesagt hatte. Eine große und respektvolle Menge versammelte sich, um den Meister und seine Maschine anzustarren. Der Tag wurde ein großer Erfolg. Die Bürger von Graz, die sich wirren und tränenden Auges vom strahlenden Bild in seiner *camera obscura* hoben, stupsten ihn nachsichtig mit ihren großen Bäuchen und sagten, was er doch für ein prächtiger Bursche sei, und erst hinterher stellte er fest, daß ein Taschendieb sich das sonnenfinstere Dämmerlicht zur Mittagszeit zunutze gemacht und ihn um dreißig Florins erleichtert hatte. Es war ein schmaler Verlust verglichen mit dem, was ihm die steiermarksche Steuer abgenommen hatte, schien aber doch aufs beste diese ganze leidige Angelegenheit des Abschiednehmens von Barbaras Heimat zusammenzufassen.

Bei der Abreise liefen ihre Tränen in Strömen. Sie war untröstlich, ließ sich von ihm nicht anfassen, stand einfach nur da und entrollte aus ihrem bebenden Mund ein langes, düsteres Band der Qual. Er blieb an ihrer Seite, das Herz vor Mitleid wund, und seine Affenarme umschlangen hilflos Reifen leerer Luft. Graz hatte ihm letztlich wenig bedeutet, Jobst Müller noch weniger, und doch erkannte er sehr wohl jenen Schmerz, der unterm grauen Himmel über der Stempfergasse für einen Augenblick seine arme, dicke, dumme Frau erhöhte.

Bei ihrer Rückkehr nach Böhmen fanden sie Tycho und seinen Zirkus vorübergehend im Gasthof Zum Goldenen Greif untergebracht, wo man darauf wartete, auf den Hradschin ins Haus Curtius zurückkehren zu können, das der Kaiser von der Witwe des Vizekanzlers gekauft hatte. Kepler konnte es nicht glauben. Was war mit den infamen Glocken der Kapuziner? Und was mit Benatek, der Arbeit und den Ausgaben, die man für den Umbau aufgebracht hatte? Tycho zuckte die Achseln; Verschwendung, das königliche Verschleudern eines Vermögens ließ ihn sichtlich aufblühen. Seine Kutsche mit dem Greif im Wappen erwartete ihn. Für Barbara und das Kind fand sich darin Platz, Kepler mußte laufen. Er keuchte den steilen Hügel zum Hradschin hinauf, redete mit sich selbst und schüttelte sein bekümmertes Haupt. Beinahe wurde er von einem Trupp kaiserlicher Kavallerie niedergeritten. Als er oben anlangte, fiel ihm auf, daß er vergessen hatte, wo das Haus war, und als er nach dem Weg fragte, führte man ihn in die Irre. Die Wachen am Palasttor starrten ihn mißtrauisch an, als er zum dritten Mal an ihnen vorübertrottete. Der Abend war warm, die Sonne richtete mit niederträchtigem Vergnügen ihr fettes Auge auf ihn, und immer wieder warf er einen Blick über die Schulter und hoffte, eine vertraute Straße dabei zu erwischen, wie sie eilig das kunstvolle Bühnenbild abnahm, das sie errichtet hatte, um ihn zu täuschen. Er hätte bei Baron Hoffmann Hilfe erbitten können, doch der Gedanke an den stählernen Blick der Baronin wirkte nicht sonderlich einladend. Dann bog er um eine Ecke und war plötzlich da. Ein Wagen stand vor der Tür und herkulisch beladene Gestalten mit auswärts gestellten Knien taumelten die Stufen hinauf. Frau Christine beugte sich aus einem der oberen Fenster und rief etwas auf dänisch herunter, so daß alle einen Augenblick innehielten und in einer Art verblüffter, erwartungsloser Verwunderung nach oben schauten. Das Haus machte einen konfusen und verlorenen Eindruck. Kepler wanderte durch die meist leeren Räume, und als wollten sie ihm etwas sagen, führten sie ihn zurück zur Eingangshalle. Der Sommerabend zögerte auf der Schwelle, in einem großen Spiegel lehnte in atemlosem Winkel ein Parallelogramm sonnenbeschienener Tapete an der Wand, ein fahlerer Fleck dort, wo ein Bild abgehängt worden war. Der Sonnenuntergang schien eine goldene, schwungvolle Gebärde, und in den Palastgärten sang eine verzückte Amsel. Draußen auf den Stufen stand das Kind Regina, wie eine vergoldete Figur in einem Fries anzusehen. Kepler verharrte im Schatten, lauschte dem eigenen Herzschlag. Was sah sie, das sie derart gefangennahm? Sie glich einer kleinen Braut, die am Morgen ihrer Hochzeit aus einem Fenster schaut. Hinter ihm polterten Schritte die Treppe hinunter, und Frau Christine eilte vorbei, mit einer Hand die Röcke hochgerafft, in der anderen einen Feuerhaken schwingend. »Ich will diesen Mann nicht unter meinem Dach haben!« Kepler starrte sie an, Regina huschte mit gesenktem Kopf an ihm vorbei ins Haus, und er wandte sich um und sah einen Mann auf einem zu Schanden gerittenen Muli am Fuße der Türstufen halten. Er war in Lumpen gekleidet und preßte einen bandagierten Arm an seine Rippen, wie ein Bettler sein schmutziges Lumpenbündel an sich klammert. Er stieg ab und schleppte sich zur Treppe. Frau Christine pflanzte sich im Türrahmen auf, doch er drängte an ihr vorbei und sah sich geistesabwesend um. »Ich bin erst nach Benatek geritten«, murmelte er, »zum Schloß. Niemand mehr da!« Der Gedanke amüsierte ihn. Er setzte sich in einen Sessel vor dem Spiegel und begann langsam, seinen verwundeten Arm auszuwickeln, Windung um Windung der Bandage mit dem regelmäßig wiederkehrenden, stetig anschwellenden Blutfleck in Gestalt einer kupferfarbenen Krabbe mit feuchtem rotem Rubinherz in der Mitte. Der Schnitt, ein tiefer Schwertstreich, war heftig entzündet. Er musterte die Wunde voller Abscheu und betastete behutsam die blau verfärbte Haut am Wundrand. »*Porco Dio*«, sagte er und spuckte auf den Boden. Frau Christine schlug die Hände über dem Kopf zusammen, ging fort und redete dabei vor sich hin.

»Meine Frau«, sagte Kepler, »könnte Euch das verbinden.«

Der Italiener zog aus einer Tasche seines Lederwamses einen schmutzigen Fetzen, zerriß ihn mit den Zähnen und wickelte ihn sich um den Arm. Die beiden Enden hielt er zum Verknoten hoch. Als Kepler sich vorbeugte, fühlte er die Hitze des fauligen Fleisches und roch den Wildgestank.

»Also hat man Euch noch nicht aufgeknüpft?« fragte der Italiener. Kepler starrte ihn an, hob dann langsam die Augen zum Spiegel auf und sah Jeppe hinter sich stehen.

»Noch nicht, Herr, noch nicht«, rief grinsend der Zwerg. »Aber was ist mit Euch?«

Kepler drehte sich zu ihm um. »Er ist verletzt, seht Ihr, sein Arm ...«

Der Italiener lachte, lehnte sich an den Spiegel und sank ohnmächtig in sein eigenes Abbild.

Er nannte sich Felix und hatte eine bunte Vergangenheit. Als Soldat war er gegen die Türken gezogen und mit der neapolitanischen Flotte gesegelt. In ganz Rom fand sich kein Kardinal, so sagte er, dem er keine Hure besorgt hatte. Den Dänen hatte er das erste Mal vor zwei Jahren in Leipzig getroffen, als Tycho in Schlangenlinien südwärts in Richtung Prag zog. Der Italiener befand sich damals auf der Flucht, da es einen Streit wegen einer Frau gegeben und ein Wachposten im Vatikan den Tod gefunden hatte. Er war am Verhungern, und Tycho, der einen ungewohnten Sinn für Humor bewies, heuerte ihn für die Reise nach Böhmen als Stallburschen für die Tiere in seinem Gefolge an. Doch das Ganze kam nicht an. Tycho hatte ihm nie verziehen, daß der Elch gestorben war, und nun stürmte er, von Frau Christine aufgeschreckt, brüllend in die Halle und suchte den Kerl, um ihn hinauswerfen zu können. Kepler und der Zwerg aber hatten den Verwundeten schon nach oben verschwinden lassen.

Wie es aussah, würde er sterben müssen. Tagelang lag er oben im Haus in einem der leeren Zimmer auf einem Strohsack, phantasierte und fluchte, vor Fieber und Blutverlust fast verrückt. Tycho fürchtete einen Skandal, falls der Überläufer in seinem Haus sterben sollte, und sandte nach Michael Maier, dem kaiserlichen Leibarzt, einem diskreten und umsichtigen Mann. Er setzte Blutegel an, verabreichte ein Abführmittel und spielte versonnen mit dem Gedanken, den vergifteten Arm zu amputieren. Es war heiß und windstill, das Zimmer ein Ofen; Maier befahl, die Fenster zu versiegeln und gegen die ungesunde Wirkung frischer Luft zu verhängen. Lange Stunden saß Kepler am Bett des Kranken, tupfte ihm die schweißnasse Stirn oder hielt ihn bei den Schultern, wenn er die grünen Überreste seines Lebens in eine Kupferschüssel erbrach, die jeden Abend zum Haruspex Maier in den Palast gebracht wurde. Und wenn er abends an seinem Tisch arbeitete, dann hob er manchmal den Kopf, lauschte und meinte, einen Schrei zu hören oder bloß eine Schmerzkrümmung zu spüren, die wie ein Spalt über die zarte Kuppel Kerzenlicht schoß, die ihn umgab, und dann eilte er durch das stille Haus nach oben und stand eine Weile neben der ruhelosen Gestalt am Bett. In diesem stinkenden Dämmer war er sich auf eindringliche und unheimliche Weise seiner selbst bewußt, als wäre ihm für einen kurzen Augenblick eine Dimension zurückgegeben worden, die ihm Tageslicht und das Leben der anderen Menschen nicht gönnen wollten. Oft war der Zwerg schon vor ihm da, hockte auf dem Boden und ließ außer dem raschen, unverwechselbaren Rhythmus seines Atems keinen Laut hören. Sie sprachen nicht miteinander, sondern warteten nur wie Diener am Schrein eines umnachteten Orakels.

Eines Morgens kam der junge Tyge und stahl sich durch die Tür mit seinem grinsenden, kotfressenden Maul, aus dem die

Spitze einer rosigen Zunge hervorlugte. »Na, da ist ja unser fröhliches Trio.« Er schlenderte ans Bett und starrte auf den Italiener in seinen zerwühlten Laken. »Immer noch nicht tot?«

»Er schläft, junger Herr«, sagte Jeppe.

Tyge hustete. »Mein Gott, wie der stinkt.« Er ging ans Fenster, riß die Vorhänge zurück und sah hinaus in den prächtigen blauen Tag. Auf dem Palastgelände sangen die Vögel. Tyge wandte sich um und lachte leise.

»Nun, Doktor«, sagte er, »wie lautet *Eure* Prognose?«

»Das Gift hat sich im Körper ausgebreitet«, antwortete Kepler achselzuckend. Wenn der Kerl doch bloß verschwinden würde. »Vielleicht überlebt er nicht.«

»Ihr kennt doch das Sprichwort: Wer durch das Schwert lebt...« Der Rest erstickte in schallendem Gelächter. »Ach herrje, das Leben ist grausam«, rief er und legte eine Hand aufs Herz. »Schaut ihn an, stirbt wie ein Hund im fremden Land!« Er wandte sich an den Zwerg. »Sagt mir, Scheusal, rührt das nicht sogar Euch zu Tränen?«

Jeppe lächelte. »Ihr seid ein Witzbold, Herr.«

Tyge schaute ihn an. »Ja, das bin ich.« Eingeschnappt drehte er sich wieder um und betrachtete erneut den kranken Mann. »Ich habe ihn einmal in Rom getroffen, wißt Ihr. Damals war er ein prächtiger Lude. Obwohl man sagt, er selbst ziehe kleine Jungen vor. Aber so sind die Italiener ja alle.« Er warf einen Blick auf Kepler. »Ich schätze, Ihr seid ein wenig zu ausgereift für ihn, aber vielleicht wäre der Frosch hier eher nach seinem Geschmack.« Er ging, blieb aber in der Tür noch einmal stehen. »Mein Vater möchte übrigens, daß er sich erholt, damit er nicht um das Vergnügen kommt, ihn den Hradschin hinuntertreten zu können. Ihr beide gebt ein prächtiges Paar Krankenschwestern ab. Kümmert euch um ihn.«

Er wurde wieder gesund. Eines Tages fand ihn Kepler am Fenster in einem schmutzigen Hemd. Er wollte nicht reden, wollte sich nicht mal umdrehen, als wagte er nicht, diese verzückte Aufmerksamkeit für die Welt zu durchbrechen, die er fast verloren hätte, die dunstige Ferne, diese Wolken, das Sommerlicht, das auf seinem emporgereckten Gesicht spielte. Leise zog Kepler sich zurück, doch als er am Abend wiederkehrte, schaute ihn der Italiener an, als hätte er ihn nie zuvor gesehen und scheuchte ihn fort, als er die verkrustete Bandage an seinem Arm wechseln wollte. Er bat darum, essen und trinken zu dürfen. »Und wo ist der *nano*? Sagt ihm, er soll herkommen, ja?«

Für Kepler glichen die folgenden Tage dem grauen Erwachen aus einem Traum. Der Italiener betrachtete ihn weiterhin mit leerem Blick. Was hatte er erwartet? Keine Liebe, gewiß keine Freundschaft, nichts dergleichen Abgeschmacktes. Vielleicht eine Art ehrfurchtheischender Kameradschaft, die ihm Einlaß in jene Welt der Taten und der Intensität gewährte, in ein Italien des Geistes, dessen Abgesandter dieser Renegat war. Leben, Leben, das war es! Durch den Italiener schien er stellvertretend endlich die prächtige und berauschende Gemeinheit des wahren Leben kennenlernen zu können.

Mit derselben hemmungslosen Heuchelei, die Kepler so vertraut war, feierten die Brahes Felix' Genesung, als bedeutete sie den erste Hoffnungsschimmer in diesem Haus. Man holte ihn aus seinem kahlen Zimmer, gab ihm neue Kleider und führte ihn lächelnd hinaus in den Garten, wo die Familie an einem langen Tisch im Schatten der Pappeln beim Essen saß. Der Däne hieß ihn, zu seiner Rechten Platz zu nehmen. Doch obwohl man mit Trinksprüchen und Schulterklopfen begann, breitete sich bald trunkener Groll aus. Tycho, krank und halb besoffen, brachte die Sprache wieder auf den Tod des leidigen Elchs, fiel aber mitten in seinen wüsten Beschimpfungen vornüber auf den Teller und schlief ein. Der Italiener aß wie ein Hund mit eifersüchtiger und umsichtiger Hast: auch er kannte diese kapriziösen Dänen. Den Arm trug er in einer schwarzen Seidenschlinge, die ihm Tychos Tochter Elisabeth angefertigt hatte. Tengnagel drohte, ihn aufs Rapier zu fordern, sollte er sich nicht von ihr fernhalten, dann stand er auf, warf seinen Stuhl um und stakste davon. Felix lachte; der Junker wußte nicht, was alle anderen wußten, daß er nämlich die Dirne in Benatek längst gepimpert hatte. Ihretwegen war er jedenfalls nicht zurückgekommen. Der Hof in Prag war reich und wurde von einem Schwachkopf regiert, so hatte man ihm erzählt. Vielleicht fand Rudolph Verwendung für einen Mann mit seinen ungewöhnlichen Talenten? Der Zwerg fragte Kepler um Rat, und Kepler erwiderte mit gequältem Grinsen: »Na ja, ich mußte selbst ein Jahr warten, bis mein Herr eine Audienz für mich erwirkte, und seither bin ich gerade erst zweimal im Palast gewesen. Welchen Einfluß sollte ich da schon haben?«

»Aber bald werdet Ihr Einfluß haben«, flüsterte Jeppe, »früher als Ihr denkt.«

Kepler sagte nichts und wandte sich ab. Die prophetischen Gaben des Zwergs irritierten ihn. Plötzlich wachte Tycho Brahe wieder auf. »Man verlangt nach Euch, Herr«, sagte Jeppe leise.

»Ja, ich verlange nach Euch«, grollte Tycho und wischte sich die trüben Augen.

»Nun, hier bin ich.«

Doch Tycho starrte ihn nur matt und mit gleichsam bekümmertem Unwillen an. »Pah.« Er war zweifellos ein kranker Mann. Kepler wußte, daß der Zwerg lächelnd hinter ihm stand. Was sah dieses Geschöpf für ihre gemeinsame Zukunft voraus? Ein warmer Wind fuhr herab, und das abendliche Sonnenlicht lief umbrafarben an, als wäre es vom Wind geschlagen worden. Die Pappeln bebten. Plötzlich schien ihm alles am Rande einer Offenbarung zu zittern, als wären diese Zufälligkeiten von Licht, Wetter und menschlichem Tun über so etwas wie eine Sprache gestolpert. Felix flüsterte auf Elisabeth Brahe ein, bis ihre durchschimmernden Ohrläppchen vor Begeisterung glühten. Noch ehe das Jahr um war, würde er gehen, diesmal auf immer, da ihn die kaiserliche Patronage nicht länger interessierte, obwohl Jeppes Prophezeiung inzwischen erfüllt und der Astronom tatsächlich ein einflußreicher Mann geworden war.

⋆

Kepler wandte sich wieder seiner Arbeit über den Mars zu. Das Leben war erträglicher geworden. Christian Longomontanus, der Zänkereien müde, war nach Dänemark zurückgekehrt, und ihre Wette wurde mit keinem weiteren Wort erwähnt. Auch Tycho

Brahe ließ sich nur noch selten blicken. Gerüchte über die Pest und ein Vorrücken der Türken kamen auf, so daß ein häufiger Blick zu den Sternen hinauf nötig wurde. In wachsender Sorge hatte sich Kaiser Rudolph seinen Hofmathematiker aus Benatek in die Stadt geholt, doch selbst das Haus Curtius war ihm nicht mehr nahe genug, so daß sich der Däne nun ständig im Palast aufhielt. Das Wetter war phantastisch, die Tage verströmten ein Licht wie Moselwein, die Nächte waren glasklar. Manchmal saß Kepler mit Barbara im Garten, oder er spazierte mit Regina über den Hradschin, bewunderte die Häuser der Reichen und sah der kaiserlichen Kavallerie bei der Parade zu. Doch im August sorgte das Gerede von der Pest dafür, daß die großen Häuser geschlossen wurden, und selbst die Kavallerie fand einen Vorwand, sich woanders aufzuhalten. Der Kaiser zog auf seinen Landsitz Belvedere und nahm Tycho Brahe mit. Die süße Trauer des Sommers senkte sich über den verlassenen Hügel, und Kepler dachte daran, wie er sich als Kind gegen Ende einer seiner häufigen Erkrankungen auf wackligen Gliedern in die Stadt gewagt hatte, deren Straßen allein durch die Abwesenheit seiner Schulkameraden wie verzaubert schienen.

Mars gab plötzlich ein Geschenk preis, als Kepler mit verblüffender Ungeniertheit Kopernikus widersprach und mit Hilfe von Tychos Daten bewies, daß die Marsbahn nicht oszillierte, die Ebene des Planeten aber durch die Sonne ging und einen fixen Winkel mit der Erdbahn bildete. Es gab andere, kleinere Siege. Doch bei jedem weiteren Schritt sah er sich mit dem Rätsel des scheinbaren Schwankens der orbitalen Geschwindigkeit konfrontiert. Hilfesuchend wandte er sich an die Vergangenheit. Ptolemäus hatte das Prinzip der gleichförmigen Geschwindigkeit durch einen *punctum equans* gerettet, einen Punkt auf dem Durchmesser der Umlaufbahn, von dem aus die Geschwindigkeit einem erdachten Beobachter gleichförmig erscheinen würde (Kepler dachte sich diesen Beobachter gern als einen barschen alten Knaben mit eisernem Sextanten, tränenden Augen und einem selbstgefälligen, eingebildeten Gefühl der Gewißheit.) Kopernikus war von Ptolemäus' Taschenspielertrick empört gewesen und hatte den Ausgleichspunkt als blasphemisch unelegant abgelehnt, aber nichts gefunden, was sich an seine Stelle setzen ließ, eine unbeholfene Kombination von fünf gleichförmigen, epizyklischen Bewegungen ausgenommen, die er eine über der anderen anordnete. Dies waren zwar kluge und geschickte Manöver, mit denen die Phänomene auf bewundernswerte Weise bewahrt wurden, doch hatte sein berühmter Vorläufer, fragte sich Kepler, damit auch den tatsächlichen Stand der Dinge wiedergegeben? Diese Frage machte ihm zu schaffen. Gab es einen angeborenen Adel, der ihm fehlte und der den Sinn des Menschen über das bloß Empirische hinaus erhob? War seine Suche nach den Formen der physischen Realität unrettbar vulgär?

Eines Samstagabends traf er Jeppe und den Italiener in einem Wirtshaus auf der Kleinseite. Sie hatten sich mit zwei Küchenhilfen aus dem Palast zusammengetan, einem riesigen Serben mit einem Auge und einem kleinen, frettchenhaften Kerl aus Württemberg, der behauptete, mit Keplers Bruder an den ungarischen Feldzügen teilgenommen zu haben. Er hieß Krump. Der Serbe kramte in seinem Hosenbeutel, brachte einen Florin zum Vorschein und bestellte eine Runde Schnaps. Jemand spielte die Fiedel, und ein Trio Huren sang unanständige Lieder und tanzte dazu. Krump glotzte sie mit zusammengekniffenen Augen an und spuckte aus. »Die sind damit bis an den Rand voll, das sind sie«, sagte er, »ich kenne diese Sorte.« Doch der Serbe hatte ein Auge auf die herumhüpfenden Dirnen geworfen, stierte sie aus seinem einzigen, austernfarbenen Auge an und hämmerte im Takt mit der Faust auf den Tisch. Kepler bestellte eine neue Runde. »Ach nein«, sagte Jeppe. »Der Herr Mathematikus ist flüssig heute abend? War mein Herr so selbstvergessen, Euch Euren Lohn zu zahlen?« »Sieht so aus«, antwortete Kepler und fand, er war ein flotter Hund. Sie spielten Karten, und es gab noch mehr Schnaps. Der Italiener trug zum Schlapphut einen samtenen Rock. Kepler sah, wie er einen Buben unter der flachen Hand verschwinden ließ. Er gewann die Runde und grinste Kepler an, dann rief er nach einem neuen Lied, erhob sich und forderte die Huren mit einer tiefen Verbeugung zum Tanz auf. Das Stampfen ihrer Füße brachte die Kerzen auf dem Kneipentresen zum Zittern. »Ein fideler Bursche«, sagte Jeppe; Kepler nickte und grinste einfältig. Der Tanz artete in ein allgemeines Gehopse aus, und irgendwie waren sie plötzlich draußen in der Gasse. Eine Hure fiel, lag lachend auf dem Boden und strampelte mit ihren stämmigen Beinen in der Luft. Kepler lehnte sich an eine Mauer und sah durch das Wirtshausfenster, wie die ziegenbockigen Tänzer sich in einer Lichtpfütze drehten, und mit einem Mal kam aus dem Nirgendwo, aus dem Überall, aus der Fiedelmusik und dem flackernden Licht, dem Stampfen der Hacken, dem Tanzen im Kreis und den trunkenen Augen des Italieners, von daher kam ihm das schartige Bruchstück eines Gedanken. Falsch. Was war falsch? Das Prinzip. Eine der Huren begrabschte ihn. Ja, das war es. *Das Prinzip der gleichförmigen Bewegung war falsch.* Wie lustig, lächelnd drehte er sich zur Seite und erbrach sich geistesabwesend in einen Abfluß. Krump legte ihm eine Hand auf die Schulter. »Hört, mein Freund, wenn Ihr einen kleinen Ring kotzt, spuckt ihn nicht aus, es könnte Euer Arschloch sein.« Irgendwo hinter ihm lachte der Italiener. Falsch, Herrgott, ja!

Sie zogen weiter in das nächste Wirtshaus, dann in noch eines. Unterwegs verloren sie den Serben, dann taumelten Felix und der Zwerg Arm in Arm mit den Dirnen in die Dunkelheit davon, und Krump und der Astronom stolperten allein den Hradschin hinauf, fielen übereinander, brüllten und sangen tränenselige Lieder aus ihrem heimischen Württemberg. Als sie in den frühen Morgenstunden endlich ihr flüchtiges Quartier ausgemacht hatten, versuchte Kepler, im Geiste ein rotglühendes Auge fest auf das Bild einer herumtollenden Hure gerichtet, mit allerlei Gekicher und Geflüster Barbaras widerspenstige Figur in eine exotische Stellung zu manövrieren, zu welch genauem Zweck allerdings hatte er vergessen, als er elend und ausgetrocknet am nächsten Morgen aufwachte und nur die Lage ihrer breiten Hüfte und der würzige Geruch ihres Wassers im irdenen Topf unter dem Bett noch an das abgebrochene Experiment erinnerten. Eine Woche lang sprach sie kein Wort mit ihm.

Als sich einige Stunden darauf die Dämpfe der Kaschemme aus seinem Kopf verflüchtigt hatten, holte er wie ein mittelloser

Sammler den entwendeten Schatz der ihm eingegebenen Gedanken hervor, die alle darauf hinausliefen, daß das Prinzip der gleichförmigen Geschwindigkeit ein falsches Dogma war. Das mußte die einzige, die offensichtliche Antwort auf das Problem Mars sein und traf vermutlich für alle Planeten zu, doch zweitausend Jahre und länger hatte es den größten astronomischen Inquisitoren widerstanden. Und warum war ihm diese Verkündigung zuteil geworden, welcher vom Himmel herabgeschleuderte Engel hatte ihm ins Ohr geflüstert? Er staunte über das Geschehen, darüber, wie ein Teil seines Geistes insgeheim und im stillen weitergearbeitet hatte, während er gesoffen, herumgetollt und lustverseuchten Huren nachgestellt hatte. Er empfand eine ungewohnte Demut. Er mußte sich jetzt bessern, mußte sich zusammenreißen, mit Barbara reden und ihren Beschwerden zuhören, mit dem Dänen Geduld haben und seine Gebete aufsagen, wenigstens so lange, bis neue Probleme auftauchten.

Die ließen nicht lange auf sich warten. Daß er die gleichförmige Geschwindigkeit verwarf, stürzte alles in Unordnung, und wieder mußte er ganz von vorn beginnen. Doch er verlor nicht den Mut. Dies war immerhin echte Arbeit, die seiner durchaus würdig war. War es zuvor, im *Mysterium*, um abstrakte Spekulation gegangen, so ging es nun um die Realität selbst. Es gab genaue Beobachtungen eines sichtbaren Planeten, die Koordinaten waren in Zeit und Raum fixiert. Er hatte es mit Tatsachen zu tun, und das Studium des Planeten Mars war ihm gewiß nicht zufällig anvertraut worden. Christian Longomontanus, dieser eifersüchtige Narr, hatte darauf bestanden, die Mondbahn behalten zu dürfen; Kepler lachte, glaubte auch hier einen flüchtigen Blick auf die bebenden Enden von Engelsflügeln zu erhaschen, den erhobenen Zeigefinger. Denn jetzt wußte er, daß der Mars der Schlüssel zum Geheimnis des Weltwirkens war. Er glaubte, in straffer, heller Luft zu schweben, ein himmlischer Schwimmer. Und aus sieben Monaten wurden siebzehn.

Tycho sagte ihm, er sei verrückt: Das Prinzip der gleichförmigen Geschwindigkeit stand außer Frage. Als nächstes würde er noch behaupten, die Planeten bewegten sich nicht auf vollkommenen Kreisbahnen! Kepler zuckte die Achseln. Schließlich waren es des Dänen eigene Beobachtungen gewesen, die dieses Prinzip widerlegt hatten. Nein, nein, *nein*, und Tycho schüttelte den mächtigen, glatzköpfigen Schädel, es mußte eine andere Erklärung geben. Kepler war verwirrt. Warum sollte er eine andere Erklärung suchen, wenn er die richtige gefunden hatte? Da stand am Schalter seines Geistes ein Fakturist in schlecht sitzender Livree mit Stift und Schiefertafel in der Hand, der ihm keinerlei nachträgliche Zweifel gestattete. Tycho Brahe wandte sich von ihm ab; hatte bisher noch eine Chance bestanden, daß dieser Irre aus dem Schwabenland das Rätsel Mars für ihn löste, so war es damit nun vorbei. Kepler zupfte ihm am Ärmel, wartet, seht – wo ist mein Kompaß, ich habe meinen Kompaß verloren – die Sache ist so gut wie erledigt! Selbst wenn man unterschiedliche Geschwindigkeiten voraussetzte, mußte er, um die Bahn zu bestimmen, nur den Radius errechnen, die Richtung in Relation zu den Fixsternen jener Achse finden, die Aphel und Perihel verband, sowie die Position der Sonne auf dieser Achse finden, das orbitale Zentrum und den *punctum equans*, den er vorläufig beibehalten wollte, gleichsam als Hilfsmittel für seine Berechnungen. Natürlich konnte all dies nur durch Probieren gefunden werden, aber... aber so wartet doch! Doch Tycho murmelte vor sich hin und rauschte davon.

Er unternahm siebzig Versuche. Am Ende erhielt er aus neunhundert eng beschriebenen Seiten mit Berechnungen eine Reihe von Werten, die ihm mit einer Fehlerquote von zwei Bogenminuten die genauen Marspositionen angaben, so wie Tycho sie notiert hatte. Er stieg aus schrecklichen Tiefen empor und verkündete all denen seinen Erfolg, die ihm zuhören wollten. Er schrieb an Longomontanus in Dänemark und forderte die Begleichung ihrer Wette. Das Fieber, das er mit Versprechungen und Gebeten im Zaum gehalten hatte, umfing ihn nun wie einen umnachteten Liebhaber. Kaum hatte es sich ausgetobt, setzte er sich zu einem letzten Probeversuch wieder an seine Berechnungen. Es war nur ein Spiel, eine Art Suhlen im Triumph. Er wählte eine weitere Handvoll Beobachtungen aus, um sein Modell anzuwenden. Doch sie ergaben keinen Sinn. Wie er es auch drehte und wendete, immer irrte er sich um acht Bogenminuten. Er schleppte sich von seinem Tisch fort, dachte an Dolche, an Giftbecher, an den Sprung in die Tiefe, von der hohen Mauer des Hradschin herab. Und doch, in einem geheimen Winkel seines Herzens regte sich ein wahnwitziges Glücksgefühl bei dem Gedanken, alles bisher Getane einfach fortwerfen und neu beginnen zu können. Es war die Freude des Eiferers in seiner Zelle, die Geißel in der Hand. Und aus siebzehn Monaten wurden sieben Jahre, ehe die Sache getan ward.

Sein strapaziertes Hirn sprühte Funken überschüssiger Energie, und er ersann allerlei Drolliges und Raffiniertes. So entwickelte er eine Methode, den Inhalt eines Weinfasses durch konische Sektion zu ermitteln. Der Kellermeister des Kaisers war entzückt. Er untersuchte seine eigene Sehkraft und fertigte für sich eine kunstvolle Linsenbrille an, die ihm sein alter Freund Winckelmann in Linz zurechtschliff. Das prosaische Wunder des Wassers hatte ihn schon immer fasziniert; also erfand er Wasseruhren und entwarf eine neue Art Pumpe, von der die kaiserlichen Ingenieure begeistert waren. So manches Projekt sorgte für rege Heiterkeit unter den Brahes. Da war etwa sein Entwurf für einen automatischen Bodenputzer, angetrieben von der Saugkraft eines Blasebalgs mit zwei Ventilen, der am Sperrad dieses Gerätes befestigt wurde. Er fragte die Mägde in der Spülküche für seine Waschmaschine um Rat, eine riesige Tonne mit Paddeln, die von einer Tretkurbel gedreht wurden. Die Mägde liefen kichernd vor ihm davon. Dieserlei Dinge waren ein amüsanter Zeitvertreib, doch am Ende des Tages wartete stets das alte Problem des Planeten Mars auf ihn.

Am liebsten arbeitete er nachts, genoß die Stille, den Kerzenschimmer und die irgendwie aufmerksame Dunkelheit, dann die Dämmerung, die ihn immer wieder mit dem Eindruck überraschte, ihm würde ein flüchtiger Blick auf das noch neue und unbefleckte, andere Ende der Dinge gewährt. Im Haus Curtius hatte er sich in einer kleinen Kammer unter dem Dach vergraben, in die er sich zurückziehen konnte. Der Sommer verging. An einem frühen Oktobermorgen hörte er Schritte vor der Tür, und als er hinausspähte, sah er Tycho Brahe mit verschränkten Armen im Flur stehen und nachdenklich auf seine nackten, großen Füße starren. Er war im Nachthemd, hatte sich aber einen Mantel über die Schultern geworfen; am anderen Flurende geisterte Zwerg Jeppe umher. Sie wirkten wie zwei müde und entmutigte Sucher nach irgendeinem hoffnungslos verlorenen, kleinen Ding. Tycho blickte auf, sah Kepler und schien keineswegs überrascht.

»Schlaf«, sagte der Däne, »ich schlafe nicht.«

Wie auf ein Signal hin ertönte am Himmel draußen ein mächtiges Dröhnen. Kepler wandte den Kopf und lächelte. »Glocken«, sagte er. Tycho sah ihn finster an.

Keplers Zimmer glich einer vollgestopften Schachtel mit einer Pritsche, einem Stuhl und einem wackligen, mit Papieren übersäten Tisch. Tycho sackte auf dem Stuhl zusammen und pusselte an seinem Mantel herum; Jeppe huschte unter den Tisch. Am Fenster ließ sich plötzlich Regen hören: Der Himmel zerriß und fiel in wogenden Schwaden auf die Stadt herab. Kepler kratzte sich den Kopf und betrachtete zerstreut seine Fingernägel. Er hatte schon wieder Läuse.

»Kommt Ihr voran?« fragte Tycho und wies mit einem Kopfnicken auf das Papiergewühl neben seinem Arm.

»Oh ja, ein wenig.«

»Und Ihr haltet Euch immer noch an das kopernikanische System?«

»Es ist eine brauchbare Grundlage für meine Berechnungen...« War es nicht. »Doch«, sagte er grimmig, »ich halte es mit Kopernikus.«

Der Däne schien ihn nicht gehört zu haben. Er hatte den Blick abgewandt, sah zur Tür, wo an einem Haken eine modrige Hofuniform hing, vollständig mit Schärpe und Federhut, ein schlaffer Geist des früheren Hausherrn, des verstorbenen Vizekanzlers. Jeppe regte sich unter dem Tisch, brummelte vor sich hin. »Ich bin hergekommen, um mit Euch zu reden«, sagte Tycho. Kepler wartete, aber es kam kein Wort mehr. Er schaute auf die großen, gelben Füße des Dänen, die sich wie zwei blinde Tiere an die Dielen klammerten. Zu seiner Zeit hatte Tycho die Position von tausend Sternen bestimmt und eine Weltenlehre aufgestellt, die eleganter als die von Ptolemäus war. Sein Buch von 1572 über einen neuen Stern hatte ihn in ganz Europa berühmt gemacht.

»Ich habe«, sagte Kepler, griff nach einem Stift und starrte ihn stirnrunzelnd an, »ich habe eine kleine Entdeckung bei den Planetenbewegungen gemacht.«

»Daß sie letztlich doch gleichförmig sind?« Tycho mußte lachen.

»Nein«, sagte Kepler. »Aber wie es scheint, bestreicht der Radiusvektor eines jeden Planeten gleiche Flächen in gleichen Zeiten.« Er blickte Tycho an. »Ich halte das für ein Gesetz.«

»Moses Mathematikus«, sagte Jeppe und kicherte.

Noch immer fiel der Regen, aber die Wolken im Osten zeigten einen schimmernden Riß. Am Fenster war ein plötzliches Flügelschlagen zu hören. Keplers Stahlfeder aber wollte sich von der Sintflut draußen nicht übertreffen lassen und spritzte mit gebärendem Kreischen einen fetten, schwarzen Fleck auf seine Papiere.

»Glocken«, sagte Tycho leise.

An jenem Abend wurde er betrunken von einem Mahl im Hause des Barons Rosenberg heimgebracht, erleichterte sich in den Saalkamin und weckte jedermann mit seinem Gebrüll und dem Gestank nach verbrannter Pisse. Er verpaßte dem Zwerg einen Tritt und taumelte nach oben in sein Bett, aus dem die vor Wut schnatternde Frau Christine bereits geflohen war. Kaum hatte sich der Haushalt wieder zur Ruhe begeben, da richtete sich der Herr schon wieder auf, rief nach Licht und seinem Narren und verlangte Wachteleier und Weinbrand. Gegen Mittag des nächsten Tages bat er Kepler an sein Bett. »Ich bin krank.« Er hielt einen Becher Bier in der Hand, und das Bett war mit Kuchenkrümeln übersät.

»Dann solltet Ihr vielleicht nicht so viel trinken«, sagte Kepler sanft.

»Pah. Irgendwas ist in meinem Gedärm geplatzt: Schaut her!« Er wies mit grimmigem Stolz auf eine Schale mit blutigem Urin zu Keplers Füßen. »Gestern abend bei Rosenbergs war meine Blase drei Stunden bis zum Platzen voll, und ich konnte nicht vom Tisch aufstehen, weil ich nicht unhöflich erscheinen wollte. Ihr wißt ja, wie es bei derlei Gelegenheiten zugeht.«

»Nein«, sagte Kepler, »weiß ich nicht.«

Tycho zog ein finsteres Gesicht und nahm einen großen Schluck Bier. Einen Augenblick lang schaute er Kepler durchdringend an. »Habt auf meine Familie acht, sie wird Euch behindern wollen. Paßt auf Tengnagel auf, er ist ein Narr, aber ehrgeizig. Und behütet mir meinen Zwerg.« Er schwieg. »Vergeßt mich nicht und denkt an all das, was ich für Euch getan habe. Laßt es nicht aussehen, als hätte ich vergebens gelebt.«

Lachend ging Kepler zu seinem Zimmer hinauf. All das, was er für mich getan hat! Barbara war vor ihm oben und stocherte in seinen Sachen herum. Er zwängte sich an ihr vorbei an den Tisch und stürzte sich brummend auf seine Papiere.

»Wie geht es ihm?« fragte sie.

»Wie? Wer?«

»Wer wohl!«

»Ach, es ist nichts. Zuviel Wein.«

Einen Augenblick blieb sie stumm, stand hinter ihm mit verschränkten Armen und erwog Greueltaten. »Wie kannst du nur«, sagte sie schließlich, »wie kannst du nur so...so...«

Er drehte sich zu ihr um. »Was?«

»Hast du je daran gedacht, was aus uns wird, wenn er stirbt?«

»Gütiger Gott, Weib! Er hat wie immer mit seinen feinen Freunden gegessen und zuviel getrunken, war zu faul, aus seinem Sessel aufzustehen, um zu pinkeln, und hat seiner Blase zuviel zugemutet. Morgen ist alles vorbei. Gesteht mir doch zu, daß ich genügend von der Baderei verstehe, um eine tödliche Krankheit erkennen zu können, wenn –«

»Du erkennst gar nichts!« kreischte sie und fauchte ihm einen feinen Schauer Spucke ins Gesicht. »Lebst du denn überhaupt, du mit deinen Sternen und deinen kostbaren Theorien, deinen Gesetzen für dies und das und und und...« Dicke Tränen quollen ihr aus den Augen, die Stimme brach, und sie flüchtete aus der Kammer.

Mit Tycho ging es rasch bergab. Noch in derselben Woche

wurde Kepler erneut in sein Zimmer gerufen, in das sich Angehörige der Familie drängten, Schüler und Hofgesandte, verhalten und stumm wie eine Versammlung im Zwielicht am Rande eines Traumes. Tycho thronte im Lampenlicht auf seinem hohen Bett. Die Haut hing in Falten vom eingeschrumpften Gesicht herab, die Augen blickten trübe. Er nahm Keplers Hand. »Vergeßt mich nicht. Laßt es nicht aussehen, als hätte ich vergebens gelebt.« Kepler wußte nicht, was er sagen sollte, und grinste unbeherrscht, nickte und nickte immer wieder. Frau Christine zupfte am Stoff ihres Rockes und sah sich wie betäubt um, als versuchte sie, sich an etwas zu erinnern. Der Zwerg, das Gesicht tränenverschmiert, wollte aufs Bett krabbeln, aber jemand hielt ihn zurück. Zum erstenmal fiel Kepler auf, daß Elisabeth Brahe schwanger war. Tengnagel lauerte an ihrer Schulter. Draußen vor der Kammertür kam es zu einem Tumult, dann platzte Felix herein und spuckte jemandem über die Schulter einige italienische Brocken zu. Er eilte ans Bett, schob Kepler beiseite und griff nach der Hand des Dänen. Doch der Däne war tot.

Er wurde nach einem utraquistischen Gottesdienst in der Teynkirche in Prag beerdigt. Das Haus auf dem Hradschin schien schmerzhaft überrascht, als wäre ein Flügel plötzlich und lautlos in sich zusammengefallen. Eines Morgens stellte man fest, daß der Italiener verschwunden war und Jeppe mit sich genommen hatte, niemand wußte, wohin. Kepler dachte ebenfalls daran abzureisen, doch wo sollte er hin? Und dann kam eine Nachricht aus dem Palast, die ihm mitteilte, daß man ihn in der Nachfolge des Dänen zum kaiserlichen Mathematiker berufe.

*

Es hieß, Kaiser Rudolph sei harmlos, wenn auch ein wenig verrückt, doch als für Kepler schließlich der Augenblick gekommen war, ihm zum ersten Mal gegenüberzutreten, zerquetschte ein Anfall von Furcht des Astronomen Herz mit heißer Faust. Das war zehn Monate vor dem Tod des Dänen gewesen. Kepler hatte sich da schon fast ein Jahr in Böhmen aufgehalten, doch Tychos herrische Art war für gewisse Andeutungen nicht sonderlich empfänglich. Er hatte bloß mit den Achseln gezuckt und vor sich hin gesummt, als Kepler zu sagen wagte, daß ihm diese Einführung lange Zeit vorenthalten geblieben sei. »Seine Majestät ist... schwierig.«

Sie rollten den Hradschin hinauf und bogen zwischen die hohen, zum Tor führenden Mauern ein. Überall um sie her lag der gleichmäßig verteilte Schnee: eine große, weiße Fläche, nur unterbrochen von den schwarzen Furchen der Straßen, den farblosen Mauern. Der Himmel hatte die Farbe eines Hasenfells. Ihr Pferd stolperte über das Preßeis, und ein hundertfüßiger Bettler huschte vor und riß am Kutschfenster den Mund zu tonlosen Verwünschungen auf. Schwerfällig schlitternd kamen sie auf der Holzbrücke vor dem Tor zum Stehen. Das Pferd stampfte, schnaubte und blies Dampfkegel aus seinen geblähten Nüstern, und Kepler steckte den Kopf aus dem Fenster. Die Kälte war nadelscharf. Der Torwächter, ein fetter, pelzumhüllter Kerl, watschelte aus seinem Häuschen und redete mit dem Fahrer, dann winkte er sie durch. Tycho warf ihm eine Münze hin.

»Ach«, sagte der Däne, »ach, wie ich dieses Land hasse.« Er machte sich am Schafsfell auf seinen Knien zu schaffen. Sie fuhren jetzt durch die Palastgärten. Schwarze Bäume glitten langsam vorüber, die kahlen Äste wie in bassem Erstaunen über die Kälte in die Höhe gereckt. »Warum habe ich Dänemark bloß je verlassen?«

»Weil...«

»Nun?« Er starrte ihn unheilvoll an, forderte ihn heraus. Kepler seufzte.

»Ich weiß es nicht. Erzählt es mir.«

Tycho lenkte den Blick nach draußen in den Dunst. »Uns Brahes ist von der königlichen Familie übel mitgespielt worden. Mein Onkel Jorgen Brahe hat König Frederick vor dem Tod durch Ertrinken im Sund bei Kopenhagen gerettet und dabei den Tod gefunden, habt Ihr das gewußt?« Das hatte er. Die Geschichte war schon oft erzählt worden. Der Däne steigerte sich in einen kapitalen Anfall von Empörung. »Und doch war dieser junge Schnösel Christian so verwegen, mich aus meinem

Inselreich zu verbannen, aus meinem sagenhaften Uraniborg, das mir ein königlicher Freibrief zugesichert hatte, als er noch ein rotznasiger Schreihals auf den Knien seiner Amme war – habt Ihr *das* gewußt?« Ach, das hatte er, das hatte er und auch noch mehr. Wie ein türkischer Despot hatte Tycho auf Hveen geherrscht, bis selbst der sanfte König Christian es nicht länger gutheißen konnte. »Ja ja, Kepler, die Treulosigkeit der Prinzen!« und er starrte auf den Palast, der ihnen aus dem eisigen Licht des Nachmittags entgegenglitt.

Man hieß sie vor dem Audienzsaal warten. Andere waren vor ihnen an der Reihe, düstere, deprimierte Gestalten, die zum Seufzen neigten und immer wieder aufs neue die Beine kreuzten. Es war bitterkalt; Keplers Füße fühlten sich taub an. Seine Erwartung war dem grauen Gewicht der Langeweile gewichen, als der Kammerdiener, ein makellos gekleideter, fader kleiner Mann rasch vor sie trat, dem Dänen etwas zuflüsterte und sogleich ein heißer Druck auf Keplers Brust lastete, als hätten seine Lungen einen Bruchteil vor ihm vom Herannahen des ersehnten und gefürchteten Augenblicks Wind bekommen und rasch einen tiefen Atemzug getan, um diesen Schock abzufedern. Er mußte urinieren. Ich glaube, ich muß jetzt gehen und – wollt Ihr mich bitte entschuldigen –?

»Wußtet Ihr«, fragte der Kaiser, »wußtet Ihr, was uns einer unserer Mathematici erzählt hat: daß man, vertauscht man die Zahlen einer jeglichen Zehnerzahl und zieht das Ergebnis dieses Tausches vom Original ab – oder vice versa, je nachdem, welches die größere Zahl ist –, daß man dann immer eine in allen Fällen durch neun teilbare Restsumme erhält? Ist das nicht wunderbar? Durch neun, jedesmal.« Er war ein kleiner, plumper, matronenhafter Mann mit melancholischen Augen. Ein großes Kinn ruhte wie eine Taube im kurzen, weichen Barthaar. Sein Benehmen glich einer Mischung aus Eilfertigkeit und träger Distanz. »Aber Ihr, mein Herr, der Ihr selbst ein Mathematiker seid, Ihr werdet sicherlich nichts Bemerkenswertes daran finden, daß sich Zahlen auf eine uns seltsame und erstaunliche Art verhalten, nicht wahr?«

Eifrig vertauschte Kepler Zahlen in seinem Kopf und zog sie voneinander ab. War dies etwa eine Probe, der alle unterzogen wurden, die bei Hof zum ersten Mal ihre Aufwartung machten? Mit schlaffen Wangen leise keuchend, beobachtete ihn der Kaiser mit zermürbender Intensität. Kepler fühlte sich, als würde er langsam und bedachtsam verschlungen. »Ein Mathematiker, das bin ich, Euer Majestät, ja«, er lächelte zaghaft. »Trotzdem gebe ich zu, daß ich Euch keine Erklärung für dieses Phänomen geben kann ...« Er diskutierte über Mathematik mit dem Herrscher des Heiligen Römischen Reiches, dem Erwählten Gottes und dem Träger der Krone von Karl dem Großen. »Vielleicht haben Euer Majestät selbst eine Antwort parat?«

Rudolph schüttelte den Kopf. Einen Augenblick grübelte er schweigend nach, ein Zeigefinger tastete über seine Unterlippe. Dann seufzte er.

»Es liegt ein Zauber in den Zahlen«, sagte er, »der jeglicher rationalen Erklärung trotzt. Dessen seid Ihr Euch doch in Eurer Arbeit sicherlich bewußt, nicht wahr? Vielleicht macht Ihr Euch diesen Zauber gelegentlich sogar zunutze?«

»Ich würde nie versuchen«, sagte Kepler mit einer Entschiedenheit und Vehemenz, die ihn selbst überraschten, »ich würde es nie versuchen, irgendwas mit dem Zauber der Zahlen zu erklären; überdies halte ich es auch gar nicht für möglich.«

In dem anschließenden Schweigen hörte er Tycho Brahe hinter sich hüsteln.

Rudolph nahm seinen Gast auf einen Rundgang durch den Palast und seine Wunderkammern mit. Kepler wurden allerlei mechanische Apparaturen gezeigt, lebensechte Wachsfiguren und aufziehbare Puppen, seltene Münzen und Bilder, exotische Schnitzereien, pornographische Manuskripte, ein Pärchen Berberaffen und ein riesiges, dürres Biest aus Arabien mit einem Buckel, sandfarbenem Fell und einer Miene unauslöschlicher Melancholie, riesige, schummrige Laboratorien und alchemistische Höhlen, ein hermaphroditisches Kind, eine steinerne Statue, die singen konnte, setzte man sie der Hitze der Sonne aus, so daß Kepler schwindlig wurde vor Überraschung und abergläubischem Entsetzen. Als sie von einem Wunder zum nächsten schritten, sammelte sich in ihrem Gefolge ein Trupp murmelnder Höflinge, feingliedrige Männer und kunstvoll drapierte Frauen, die der Kaiser nicht weiter beachtete, die aber wie eine Reihe Marionetten von ihm abhängig waren; sie gaben sich allesamt überaus nonchalant, doch durch ihre bemühte Mattigkeit schien sich eine straff gespannte Saite stummen Schmerzes zu ziehen, die jedem von ihnen, so wie Glas, wenn man darüberstreicht, einen winzigen Ton entlockte, der mit dem dumpfen Geschrei der Affen verschmolz, dem wortlosen Blick des androgynen Kindes. Da lauschte er aufmerksam und meinte, aus allen Enden des Palastes die vielen verzauberten Gefangenen des kaiserlichen Zauberers leise singen, leise lamentieren zu hören.

Sie kamen in einen großen Saal mit Wandteppichen, vielen Bildern und einer prächtigen Gewölbedecke. Der Boden wies ein Schachbrettmuster schwarzer und weißer Fliesen auf. Fenster blickten hinab auf die schneebedeckte Stadt, zu der die Bodenfliesen einen seltsamen Widerhall zu bilden schienen, nur sah es aus, als gäbe es da draußen im nebligen Winterlicht nichts als ein Durcheinander von Trümmern. Einige Personen standen umher, reglos wie Statuetten, erstaunlich herausgeputzt in Spitze, in gelben, himmelblauen und fleischfarbenen Tönen. Dies war der Thronsaal. Tassen mit klebriger, brauner Flüssigkeit und Tabletts mit Bonbons wurden hereingetragen. Der Kaiser aß nicht, noch trank er etwas. Er schien sich hier unwohl zu fühlen, blickte zu seinem Thron hinüber und machte einige kleine, abwehrende Gesten, als hockte dort ein lebendiges Ding, das er überraschen und unterwerfen mußte, ehe er es besteigen konnte.

»Seid Ihr auch der Ansicht«, fragte er, »daß die Menschen sich stärker durch den Einfluß der Himmelskörper als durch jenen der Institutionen und der Gewohnheiten unterscheiden? Würdet Ihr dieser Auffassung beipflichten, mein Herr?«

Etwas Rührendes ging von diesem plumpen, kleinen Mann mit dem schlaffen Mund, den gehetzten Augen und seiner eifrigen Aufmerksamkeit aus. Doch dies war der Kaiser! War er gar ein wenig schwerhörig?

»Ja«, sagte Kepler, »ja, ich stimme Euch zu; doch Horoskope aufstellen, Euer Majestät, das ist unerfreuliche und widrige Arbeit.« Er hielt inne. Was war das? Wer hatte was von Horoskopen gesagt? Doch dem Dänen zufolge hatte Rudolph zustimmend genickt, als er um ein kaiserliches Gehalt für Kepler gebeten wurde, und nun mußte ihm zu verstehen gegeben werden, daß er sich mit einigen Florins im Jahr keinen weiteren Hexenmeister für seine Sammlung kaufen konnte. »Natürlich«, fuhr er fort, »glaube ich, daß die Sterne, nun, daß sie uns beeinflussen und daß es einem Herrscher gestattet ist, sich ihren Einfluß hin und wieder auch zunutze zu machen. Doch, mit Verlaub, Herr, es gibt da Gefahren...« Der Kaiser wartete, lächelte unbestimmt, nickte und schaffte es dennoch, ihm einen leisen, aber unmißverständlich frostigen Eindruck von Warnung zu vermitteln. »Ich meine, Euer Majestät, es gibt«, mit absichtlicher Betonung, während Tycho Brahe die Ingredienzen für ein weiteres, ermahnendes Hüsteln zusammenräusperte, »es besteht die Gefahr, daß der Herrscher zu sehr von jenen in seiner Nähe beeinflußt wird, die sich die Sache des Sternenzaubers zu ihrem Geschäft gemacht haben. Ich denke dabei an diesen Engländer Kelley und an den Engelbeschwörer Dee, die kürzlich, wie man mir berichtete, Eu – Euren Hof mit einigen Tricks täuschen konnten.«

Rudolph hatte sich langsam von ihm abgewandt, auf dem Gesicht immer noch das schmerzliche, leere Lächeln, immer noch nickend; Tycho Brahe aber sprang sogleich auf und begann, laut über etwas anderes zu reden. Kepler war verärgert. Was erwartete man von ihm? Er war kein kriecherischer Höfling, keiner, der Hände küßte und Hofknickse machte.

Der Tag verblaßte, Laternen wurden angezündet, und es erklang Musik. Endlich begab sich Rudolph auf seinen Thron. Er war die einzige Sitzgelegenheit im Saal. Kepler taten die Füße weh. Von diesem Tag hatte er sich viel erhofft, und alles war schiefgelaufen. Er hatte sein Bestes gegeben, sich aufrecht und ehrlich zu erweisen, doch vielleicht wurde dies gar nicht von ihm verlangt. In dieses Reich unerträglicher Zeremonien und endlosen Theaters paßte Johannes Kepler nur schlecht hinein. Die Streichermusik seufzte unaufhörlich, ein unaufdringliches Wimmern. »Es war die Vorhersagbarkeit astronomischer Ereignisse«, sagte der Däne, »die mich zu dieser Wissenschaft verführt hat, denn ich sah natürlich ein, wie nützlich solche Vorhersagen für Seefahrer und Kalendermacher sein würden, ebenso wie für Könige und Prinzen...« Doch seine Bemühungen fruchteten nichts, Rudolphs Kinn war auf die Brust gesunken, er hörte nicht mehr zu. Er stand auf und berührte Kepler am Arm, dann ging er mit ihm ans große Fenster. Unter ihnen verschwand die Stadt im Dämmerlicht. Stumm standen sie einen Augenblick da, schauten hinunter auf die kleinen Lichter, die hier und dort aufflackerten. Kepler fühlte auf einmal eine Woge der Zärtlichkeit für diesen sanften, traurigen Mann, spürte den Wunsch, ihn vor allem Bösen dieser Welt zu beschützen.

»Man hat uns gesagt, Ihr hättet wunderbare Arbeiten vollbracht«, murmelte der Kaiser. »Uns liegt an solchen Dingen. Und wenn wir mehr Zeit hätten...« Er seufzte. »Ich mag die Welt nicht. Ich wünsche mir immer sehnlicher, ich könnte über sie hinaus, über diese...diese...« Seine Hand deutete mit vager Geste auf den Saal in seinem Rücken. »Manchmal denke ich daran, mich in Lumpen zu hüllen und unters Volk zu gehen. Ich kenne es nicht, versteht Ihr. Doch wo, frage ich Euch, wo ließen sich hier schon Lumpen finden?« Mit einem schwachen, entschuldigenden Lächeln betrachtete er Kepler. »Ihr seht, welche Probleme ich habe.«

»Natürlich, gewiß doch.«

Rudolph runzelte die Stirn und schien nicht über seinen Gast, sondern über sich selbst verärgert. »Was habe ich gesagt? Ja: diese Tafeln, die Herr Brahe aufzustellen wünscht, haltet Ihr das für ein lohnendes Unterfangen?«

Kepler kam sich wie ein tolpatschiger Jongleur vor, der hastig hierhin und dorthin sprang, während ihm die Bälle in alle Richtungen davonhüpften. »Sie würden alles enthalten, Euer Majestät, was es in unserer Wissenschaft zu wissen gibt.«

»Fakten, meint Ihr, Zahlen?«

»Alles, was es zu wissen gibt.«

»Ja?«

»Tychos Tafeln würden die Grundlage einer neuen Himmelsphysik bilden. Herr Brahe ist ein bedeutender und sorgsamer Beobachter. Das von ihm gesammelte Material ist ein unbezahlbarer Schatz. Die Tafeln müssen erstellt werden, es wird sie geben, und die, die nach uns kommen, werden die Namen all jener preisen, die geholfen haben, sie zuwege zu bringen.«

»Ich verstehe, aha«, sagte er hüstelnd. »Ihr seid ein Österreicher, Herr Kepler?«

»Schwaben ist mein Geburtsland; doch ich war einige Jahre in Graz, ehe ich –«

»Ach ja, Graz.«

»Ich wurde jedoch von dort vertrieben. Der Erzherzog Ferdinand –«

»Graz«, sagte Rudolph noch einmal. »Ja, unser Vetter Ferdinand ist überaus gewissenhaft.«

Kepler schloß die Augen. Sein Vetter, natürlich.

Die Musik schwieg, und zum Abschied reichte man ihnen ein letztes Glas. Tycho griff nach Keplers Arm, schien ihn in seiner Faust zerquetschen zu wollen. Sie verbeugten sich und zogen sich rückwärts zur Tür zurück, die sich langsam hinter ihnen öffnete. Kepler blieb stehen, runzelte die Stirn, trottete wieder nach vorn, noch ehe ihn der Däne aufhalten konnte, und murmelte dabei: »Neun, natürlich neun! Einen Augenblick, Euer Majestät. Seht, Herr, es ist wegen der Neunen, ich meine vielmehr, weil wir mit der Grundzahl Zehn rechnen, deshalb ist das Ergebnis immer durch neun teilbar. Würden wir mit der Grundzahl Neun rechnen, dann wäre es die Acht, also wäre alles durch acht teilbar, und so fort. Versteht Ihr?« und dabei schlug er mit triumphierend fröhlicher Miene eine Acht in die Luft. Doch Kaiser Rudolph starrte ihn nur irgendwie traurig an und sagte nichts. Als sie hinausgingen, zischte Tycho Brahe wütend durch die Zähne und fiel über Kepler her. »Das Falsche habt Ihr gesagt, immer nur das Falsche!«

Durch das Lampenlicht am Tor fielen einige zerstreute Schneeflocken. Die Hufe hallten auf den kalten Steinen wider, und irgendwo zu ihrer Linken rief ein Wachposten. Der Däne an Keplers Seite schnaubte, rang nach Luft und gab sich Mühe, das unhandliche Paket seiner Wut in den Griff zu bekommen. »Habt Ihr denn keinen Sinn für für für«, keuchte er, »keine Ahnung von – von gar nichts? Also, manchmal habe ich heute wirklich geglaubt, Ihr wolltet, *wolltet* ihn verärgern.«

Kepler erwiderte nichts. Tycho brauchte ihm nicht zu sagen, wie miserabel er sich aufgeführt hatte. Und dennoch war er mit sich nicht unzufrieden, schließlich hatte er selbst den Schaden nicht angerichtet, das war der andere Kepler gewesen, der ihm an den Fersen haftete, dieser verrückte Kerl, dessen Spuren in seinem Leben jene blauen Flecken waren, die unweigerlich überall dort auftauchten, wo Johannes, der Sanfte, nur einen schwachen Daumenabdruck seines Protestes hinterlassen hatte.

»Na ja, letztlich ist es sowieso egal«, sagte Tycho müde. »Ich habe ihn trotz Eurer Tolpatschigkeiten davon überzeugt, daß Ihr bei der Erstellung der Tafeln mitarbeiten sollt. Ich werde sie die *Tabulae Rudolphinae* nennen. Er glaubt nämlich, daß die Nachwelt deshalb seinen Namen rühmen wird!«

»Ja?«

»Und er will Euch zweihundert Florins jährlich gewähren, doch Gott allein weiß, ob Ihr sie jemals zu Gesicht bekommt, ist er doch weder für seine Großzügigkeit noch für prompte Bezahlung bekannt.«

Die Kutsche hielt auf der Brücke an, und Kepler blickte lange in die vermeintliche Leere dort draußen. Wie würde seine Zukunft aussehen, gebunden an einen Beschützer, der des Schutzes bedurfte? Er dachte an den kummervollen König, eingesperrt unter immerwährender Bewachung in seinem Eispalast. Zornig hieb ihm Tycho einen Ellbogen in die Rippen. »Habt Ihr nichts dazu zu sagen?«

»Oh – danke.« Die Kutsche ruckte an und rollte in die Dunkelheit. »Er mag die Welt nicht.«

»Was?«

»Der Kaiser, er hat mir erzählt, daß er die Welt nicht mag. So lauteten seine Worte. Ich fand das seltsam.«

»Seltsam? *Seltsam?* Mein Herr, Ihr seid ebenso verrückt wie er.«

»Wir sind uns ähnlich, ja, gewissermaßen...«

In jener Nacht wurde er krank. Ein tückisches Fieber, das der Galle entsprang und an den Gedärmen vorbei in seinen Kopf drang. Barbara zwang ihn, ein heißes Bad zu nehmen, obwohl er ein völliges Untertauchen für unnatürlich und tollkühn hielt. Zu seiner Überraschung aber brachte ihm diese Tortur vorübergehend Erleichterung. Doch die Hitze schnürte ihm die Eingeweide zusammen; er nahm ein starkes Abführmittel und ließ sich selbst zur Ader. Nach sorgsamer Untersuchung seiner Exkremente beschloß er, daß er zu jenen seltenen Subjekten zählte, deren Gallenblase eine direkte Öffnung in den Magen besitzen. Dies war eine interessante Entdeckung, allerdings waren solche Menschen seines Wissens in der Regel recht kurzlebig. Die Sterne deuteten zur Zeit eine Katastrophe an. Dabei hatte er noch so viel zu tun! Der Kaiser schickte ihm Genesungswünsche. Damit war es entschieden: Er würde nicht sterben. Endlich ließ das Fieber nach. Er fühlte sich wie eine hübsch verpackte Fliege, die das Netz einer Spinne schmückt. Der Tod hatte ihn sich für ein künftiges Festmahl aufgehoben.

Gab es für ihn aus diesem letzten Fieberanfall eine Lektion zu lernen? Er lebte nicht, wie er leben sollte. Seine Vernunft riet ihm, er müsse lernen, Rede und Gedanken für sich zu behalten, müsse das Katzbuckeln üben. Er machte sich eifrig an die Rudolphinischen Tafeln, stellte nach Tychos Papieren endlose Zahlenkolonnen zusammen, um sie dann zu übertragen. Zuinnerst bedeutete ihm die Vorhersagbarkeit astronomischer Ereignisse überhaupt nichts; was kümmerten ihn die Seefahrer, die Kalendermacher, was Fürsten und Könige? Der irre Träumer in ihm rebellierte. Er dachte an jene Vision, die ihm in Baron Hoffmanns Garten zuteil geworden war und sah sich erneut vom Geheimnisvollen des Alltäglichen bestürmt. *Singt den Engeln das Lob der Welt*! Er hegte nur eine ungenaue Vorstellung davon, was dies bedeuten mochte. Und er erinnerte sich an den ersten Zank mit Tycho, an diese Farce der Flucht von Benatek und an die schändliche Rückkehr.

Würde es ihm mit Rudolph ähnlich ergehen? Er schrieb an Mästlin: *Ich rede nicht, wie ich schreibe; ich schreibe nicht, wie ich denke; ich denke nicht, wie ich denken sollte; und so geht alles in tiefster Dunkelheit vonstatten.* Woher kamen diese Stimmen, diese seltsamen Redewendungen? Es war, als hätte die Zukunft in ihm ihren Ausdruck gefunden.

III
Dioptrik

Plötzlich blieb er mitten auf den vertrauten Straßen von Weil der Stadt stehen und blickte sich leicht erstaunt um. Es war alles noch da, die schmalen Häuser, das Fachwerk, die Türme und schindelgedeckten Dächer, die Wetterfahne, irgendwie war alles noch intakt und wußte nichts davon, daß es in seiner Erinnerung schon vor langer Zeit zu einem Wachsmodell geschrumpft war. In der Morgenluft vermengten sich die Gerüche nach Brot und Mist und Rauch – dieser Geruch! –, und überall schien ein undeutlicher Lärm zu einer wichtigen Ankündigung anschwellen zu wollen, um dann stets wieder zu verstummen. Die Linden am Klingelbrunner Pfad wandten ihren einfältigen Blick von den Pfützen klebriger Knospen ab, die sie die Nacht zuvor verschüttet hatten. Die Gesichter auf den Straßen verwirrten ihn, vertraut, doch unfaßbar jung, bis er schließlich begriff, daß er nicht seine früheren Schulkameraden, sondern deren Söhne sah. Dort ist die Kirche, da der Marktplatz. Hier ist das Haus.

Es gab einen Riesenradau, als die Kutsche hielt, die Kinder balgten sich, der Säugling kreischte auf Barbaras Schoß; und Kepler kam es vor, als wollte die sprachlose Aufruhr in seinem Herzen um ihn herum Gestalt annehmen. Die Haustür war verschlossen, die oberen Fensterläden vorgezogen. Hatte der Zauber seiner langen Abwesenheit hier nun doch noch gewirkt und alles verschnürt und verschwinden lassen? Doch da öffnete sich bereits die Tür, und sein Bruder Heinrich ließ sich mit verlegenem Lächeln blicken und nickte und verbeugte sich allseits in krampfhafter Scheu. Sie umarmten sich und redeten beide zugleich, worauf Kepler mit einem raschen Blick auf die gestärkten Spitzen seines geklöppelten Eckenkragens einen Schritt zurückwich. Regina, inzwischen zu einer jungen Frau herangewachsen, hielt das Baby auf dem Arm, und Barbara versuchte, Susanna zu erwischen, um ihr einen Klaps zu geben, aber Susanna sprang flink davon und stieß dabei den kleinen Friedrich zu Boden, der sich an der Stufe das Knie aufschlug, einen Augenblick mit offenem Mund verstummte, um dann plötzlich loszuheulen, und ein schwarzer Hund trottete über die Straße auf sie zu und begann sie wütend anzubellen, als wollte er sie noch aufhetzen. Heinrich lachte, ließ einen Mund voller gelber Stumpen sehen und winkte sie ins Haus. Die alte Frau am Feuer warf einen Blick über ihre Schulter, brummte vor sich hin und verschwand sogleich in der Küche. Kepler tat, als hätte er sie nicht gesehen.

»Nun...!« sagte er, lächelte im Kreis und klopfte zerstreut auf seine Taschen, als suchte er jenen Schlüssel an seinem Leib, der ihm diese Knäuel von Gefühlen aufsperren konnte. Es war ein kleines, niedriges, dunkles und kärglich möbliertes Haus, von dem ein gelblicher Geruch nach Katzen ausging, der sogleich als ein riesiger, rotbrauner Kater Gestalt annahm, ein Vieh, das sich mit fast gehässiger Inbrunst an Keplers Bein rieb. Über einem offenen Feuer aus Weißdornscheiten brodelte es in einem schwarzen Kessel. Kepler nahm seinen Hut ab. »Nun!«

Heinrich schloß die Tür und drückte seinen Rücken dagegen, wortlos, doch mit strahlendem Gesicht. Die Kinder benahmen sich plötzlich ganz feierlich. Barbara stierte überrascht und voller Abscheu umher, und Kepler sank das Herz, als er an jene Geschichten dachte, die er ihr ehedem von seinen Vorfahren erzählt hatte, von dem berühmten Kaspar von Kepler und seinem Familienwappen. Nur Regina benahm sich ungezwungen und wiegte das Baby in den Armen. Heinrich versuchte, sie alle ausgiebig zu betrachten, ohne sie direkt anzuschauen. Der arme, traurige, harmlose Heinrich! Kepler spürte, wie leise der Motor einer inneren Maschine ansprang; o Gott, er durfte nicht weinen. Also runzelte er die Stirn und stapfte in die Küche. Die alte Frau, seine Mutter, machte sich an einem dressierten Kapaun auf dem Tisch zu schaffen.

»Hier seid Ihr«, sagte er, »wir sind da.«

»Das sehe ich.« Sie blickte nicht auf. »Noch bin ich weder blind noch taub.« Sie hatte sich nicht verändert. So schien sie gewesen zu sein, seit er sich an sie erinnern konnte, klein und krumm und alt, mit einer Haube auf dem Kopf und einem braunen Kittel um den Leib. Ihre Augen waren blaßblau. Drei graue Haare sprossen auf ihrem Kinn. Ihre Hände.

★

Lachhaft, einfach lachhaft – sie brauchte ihn nur anzuschauen, und aus Samt, zarter Spitze und spitzen Schuhen wurde ein Narrenkostüm. Dabei war er nicht anders gekleidet, als es dem Kaiserlichen Mathematiker geziemte, doch warum hatte er seinen Aufzug auf der langen Reise mit eifersüchtiger Sorgfalt wie ein wundersames, juwelenbesetztes Ei gehütet, wenn nicht, um sie zu beeindrucken? Und nun kam er sich lächerlich vor. Sonnenlicht strömte durch das schmale Fenster in ihrem Rücken, und er konnte den Garten sehen, die Obststräucher, die scharrenden Hühner und den zerbrochenen Holzstuhl. Wieder versetzte ihm die Vergangenheit einen leichten, flüchtigen Schlag. Dort draußen war seine Zuflucht vor endlosen Streitigkeiten und Prügeleien gewesen, dort draußen hatte er getrödelt und geträumt, sich nach der Zukunft gesehnt. Seine Mutter wischte sich ihre Hände an der Schürze ab. »Na, dann komm rein, komm!«, als wäre er derjenige gewesen, der sich zurückgehalten hatte.

Naserümpfend sah sie Barbara an und wandte ihre Aufmerksamkeit dann den Kindern zu.

»Das ist Susanna«, sagte Kepler, »und hier ist Friedrich. Komm, sag Gott segne dich zu deiner Oma.« Frau Kepler musterte sie, als stünden sie zum Verkauf. Kepler brach der Schweiß aus. »Susanna ist schon sieben, und Friedrich ist drei oder vier, ja, vier, ein großer Junge – und«, wie ein Jahrmarktschreier, »das hier ist unser Jüngster, der kleine Ludwig! Wißt Ihr, sein Taufpate ist Johann Georg Gödelmann, Sachsens Gesandter am Prager Hof.«

Regina trat vor und zeigte ihr den Kleinen.

»Ziemlich blaß«, sagte die alte Frau. »Ist er krank?«

»Aber nicht doch, nein. Ihr, ähm, erinnert Euch an Regina? Meine...unsere...«

»Sicher, die Schreinertochter.«

Und alle, selbst die Kinder, blickten die junge Frau einen Moment schweigend an. Sie lächelte.

»Wir kommen gerade aus Heidelberg«, sagte Kepler. »Dort wird mein Buch gedruckt. Und vorher waren wir noch in Frankfurt auf der Messe, zur Messe, ich meine, in... in Frankfurt.«

»Bücher, wie?« brummte Frau Kepler und rümpfte erneut die Nase. Sie beugte sich über den brodelnden Kessel auf dem Feuer, rührte darin herum, und in dem verlegenen Schweigen wechselten plötzlich alle ihren Platz, machten kleine Sprünge und blieben abrupt wieder stehen, so daß Kepler ganz nervös wurde. Es erstaunte ihn, wie gut die Alte sie immer noch beherrschte, diese Kunst des Marionettenspiels. Heinrich schob sich vor und stellte sich neben sie. Als sie sich aufrichtete, eine Hand haltsuchend auf seinen Arm legte, und Kepler das verlegene Lächeln seines Bruders, seinen Stolz und seine Fürsorge sah, versetzte es ihm einen Stich, der ihn selbst überraschte. Frau Kepler blinzelte ins Feuer. »Ein Wunder, daß du Zeit für uns hast, wo du doch so beschäftigt bist.«

Heinrich lachte. »Aber Mutter!« Er fuhr sich heftig mit der Hand durch die wenigen Haare auf seinem Kopf und grinste entschuldigend. »Johann ist jetzt ein bedeutender Mann, wißt Ihr. Ich sagte, du bist jetzt sicher ein bedeutender Mann«, wiederholte er, als wäre Kepler taub, »wegen der Bücher und so, nicht? Arbeitest für den Kaiser persönlich!«

Barbara saß am Tisch und schnarchte friedlich vor sich hin.

»O ja«, sagte Kepler und kehrte seiner Mutter und ihrem Sohn, die Seite an Seite vor ihm standen, den Rücken zu, da ihn plötzlich ein leiser Widerwillen vor diesem Schauspiel familiärer Ähnlichkeit packte, diesen kurzen Beinen, den flachen Brustkörben und blassen, spitzen Gesichtern, diesen mißlungenen Prototypen seines eigenen Gesichtes, die zwar nicht hübsch, in einzelnen Zügen aber vollständig ausgeführt waren. »O ja«, sagte er und versuchte zu lächeln, brachte aber nur eine Grimasse zustande. »Ich bin ein bedeutender Mann!«

*

Eifrig verdrückten sie den Kapaun und fielen dann über den Bohneneintopf aus dem dreibeinigen Kessel her. Heinrich wurde zum Bäcker geschickt und kam mit einem Sack Brotlaibe zurück, mit Brötchen für die Kinder und einem Krug Wein. Er hatte sich im Weinladen Zeit gelassen, grinste verschlagener als zuvor und wollte Barbara zu einem Schluck überreden, doch sie schüttelte nur den Kopf und wandte sich von ihm ab. Seit ihrer Ankunft hatte sie kein Wort geredet. Der Säugling rekelte sich schlafend auf ihrem Schoß. Die alte Frau hockte auf einem Stuhl am Feuer, löffelte ihre Schale Eintopf, murmelte vor sich hin und grinste hin und wieder verstohlen. Die Kinder hatte man unter Reginas Aufsicht an den Küchentisch gesetzt. Kepler mußte plötzlich an einen lang vergangenen, strahlenden Ostersonntag denken, als sein Großvater noch lebte, einer jener Tage, die sich im Gedächtnis festgesetzt hatten, obwohl nichts Besonderes geschehen war, nur hatten all die absichtslosen Einzelheiten, das helle Licht, das Kratzen des neuen Mantels, der Klang der Glocken, stolz und irre, zusammen eine fast spürbare Gestalt angenommen, ein großes Luftzeichen wie eine Wolke, ein Windstoß oder ein Regenschauer, das sich aller Deutung entzog und doch reich an Bedeutung und Verheißung schien. War das... Glück? Verstört und bestürzt saß er da, in Gedanken versunken, und sah den Schatten zu, die über den gespannten Weinmeniskus in seinem Becher zogen.

Er war damals in Maulbronn gewesen, der letzten seiner zahlreichen Schulen. Der Zufall in Gestalt der unpersönlichen Gönnerschaft der Herzöge von Württemberg hatte ihm zu einer ausgezeichneten Bildung verholfen. Mit fünfzehn beherrschte er Latein und Griechisch und kannte sich in der Mathematik aus. Die Familie sah sich überrascht vom Wechselbalg in ihrer Mitte und meinte, all diese Lernerei sei nicht gut, sie ruiniere seine Gesundheit, als hätten sie jemals allein an seine Gesundheit gedacht. In Wahrheit hielten sie seine Gelehrsamkeit für einen Verrat an jenem trügerischen Bild, das die Keplers als Nachfahren eines robusten Bürgergeschlechtes zu verkörpern meinten. Jene Zeit war die Blütezeit der Familie gewesen. Großvater Sebaldus war Bürgermeister von Weil der Stadt, und sein Sohn Heinrich, Keplers Vater, der seine ausschweifenden Wanderungen eine Weile eingestellt hatte, führte eine Schenke in Ellmendingen. Das Glück währte nur kurz. Die Schenke ging bankrott, und Heinrich Kepler und seine Familie zogen zurück nach Weil, wo der Bürgermeister sich in zwielichtige Rechtsstreitigkeiten verstrickt hatte, die ihn kurz darauf in den Ruin trieben. Heinrich brach bald erneut auf, diesmal, um sich Herzog Albas Söldnerhorden anzuschließen. Johannes sollte ihn niemals wiedersehen. Großvater Sebaldus wurde sein Vormund. Ein rotgesichtiger, fetter, alter Taugenichts, der Johannes für seinen verzogenen, kleinen Sprößling hielt.

Damals war es eng im Haus. Sein Bruder Heinrich war da, ein unbeholfener, maulfauler Junge, seine Schwester Margarete sowie Christoph, der Säugling, von dem niemand glaubte, daß er noch lange zu leben hatte, und die vier oder fünf erwachsenen Töchter und Söhne von Sebaldus, dann Sebald, der jüngere, ein entlaufener Jesuit, der oben eingesperrt in einem Zimmer lag und mit den Pocken kämpfte, Tante Kunigunde, deren bekloppter Gatte sie schon damals heimlich vergiftete, und die arme, vom Schicksal gezeichnete Katharine, die Liebhaberin schöner Dinge, die heute längst eine umherziehende Bettlerin war. Sie alle hatten dieselbe, verrückte Ader. Und was sie für einen Lärm veranstalteten, zusammengepfercht in dem stinkigen, kleinen Haus! Sein Leben lang sollte Kepler immer wieder unter Tinnitus leiden, dem Widerhall jener Jahre, wie er glaubte, Jahre, die noch immer in seinem Kopf nachklangen. Und die schlechten Augen waren ein Andenken an die vielen Maulschellen, die jeder Hausinsasse, selbst die jüngsten, an ihn austeilte, wenn es kein lohnenderes Opfer zu bestrafen gab. Glück? Wo hätte Glück in all dem einen Platz finden sollen?

★

Rülpsend, ein wenig schwankend, einen Becher Wein in der Faust und ein rührseliges, verschwörerisches Lächeln im Gesicht, kam Heinrich zu ihm und kauerte sich neben den Sessel seines Bruders.

»Das ist ein Fest, he?« schnaufte er lachend. »Du solltest uns öfter besuchen kommen.«

Von seinen überlebenden Geschwistern mochte Kepler nur Heinrich. Margarete war eine Transuse, so langweilig wie der Pastor, den sie geheiratet hatte, und Christoph, Zinngießermeister in Leonberg, war schon als Kind ein unerträglicher Schnösel gewesen. Dennoch waren sie einfältige Gemüter: Ließ sich dasselbe von Heinrich behaupten? Er glich einem fröhlichen, harmlosen Vieh, das kleinste Ferkel im Wurf, das die weichherzige Bäuerin vor dem Spaten des Bauern bewahrt hatte. Dabei war er im Krieg gewesen. Welch unvorstellbare Greuel, welche Plündereien und Vergewaltigungen hatten diese sanften, braunen Augen zu ihrer Zeit mitangesehen? Behutsam lenkte Kepler seine Gedanken von derlei Fragen fort. Er empfand eine eigenartige Sehnsucht nach *diesem* Heinrich, dem vierzigjährigen Kind, eifrig, unansehnlich und stets enorm von dieser Welt amüsiert, die er nie ganz zu handhaben gelernt hatte.

»Du hast also ein Buch drucken lassen – ein Geschichtenbuch, ja?«

»Ach was, nein«, sagte Kepler und starrte in seinen Wein. »Ich bin nicht gut im Erzählen von Geschichten. Es geht um eine neue Himmelsphysik, die ich erfunden habe.« Es klang absurd. Heinrich nickte ernst und spannte die Schultern, als bereite er sich darauf vor, in die brodelnde Weite des funkelnden Verstandes seines Bruder einzutauchen. »... Und alles in Latein«, fügte Kepler hinzu.

»Latein! Ha, und hier bin ich und kann nicht mal unser eigenes Deutsch lesen.«

Kepler schaute ihn an, suchte aber vergebens nach einer Spur Ironie in seiner ehrfürchtigen Miene. Heinrich wirkte erleichtert, als hätte ihn das Latein von einer Last befreit.

»Und jetzt schreibe ich noch eines über Linsen und Ferngläser und darüber, wie man sie für die Sternbeobachtung verwenden kann –«, leise fügte er dann noch hinzu: »– Aber wie geht es dir, Heinrich?«

Doch Heinrich tat, als hätte er ihn nicht gehört. »Du machst es für den Kaiser, nicht? All diese Bücher, die du schreibst, er bezahlt dich dafür, stimmt's? Ich habe ihn mal gesehen, den alten Rudolph –

»Der Kaiser ist eine Null«, fauchte Kepler, »ein altes Waschweib, unfähig zum Regieren.« Heinrich war Epileptiker. »Red mir nicht über diesen Mann!«

Heinrich blickte zur Seite, nickte. Unter allen Übeln, mit denen er geschlagen war, machte ihm die Fallsucht am meisten zu schaffen. Sein Vater hatte versucht, sie aus ihm herauszuprügeln. Diese Bilder gehörte zu den ersten, an die Kepler sich erinnern konnte, der Junge, den ein Anfall zu Boden streckt, die trommelnden Fersen, der schaumbedeckte Mund und der betrunkene Soldat, der sich über ihn beugt, die Schläge auf ihn niederregnen läßt und den Teufel anschreit, er solle sich zeigen. Einmal hatte der Vater versucht, das Kind an einen umherziehenden Türken zu verkaufen. Heinrich rannte fort, entkam nach Österreich und Ungarn, lief sogar hinauf bis in die Niederlande; er war Straßensänger, Hellebardier und Bettler. Mit fünfunddreißig hatte er schließlich sich und seinen Teufel hierher zurück zu seiner Mutter Haus in Weil der Stadt geschleppt. »Wie geht es dir, Heinrich?«

»Ach, nicht übel, gar nicht übel, weißt du. Die alten Anfälle...« Er lächelte treuherzig und rieb mit einer Hand über die kahle Stelle auf seinem Kopf. Kepler reichte ihm seinen leeren Becher. »Genehmigen wir uns noch einen Schluck Wein, Heinrich.«

*

Traurig gingen die Kinder hinaus in den Garten. Er sah ihnen durch das Küchenfenster zu, wie sie an den Johannisbeeren und den Kohlstrünken vom letzten Jahr vorbeizogen. Friedrich stolperte und fiel vornüber ins Gras. Einen Augenblick darauf raffte er sich in mühevollen Stadien wieder auf, eine winzige Patschhand, ein Schock Haare, in dem sich ein braunes Blatt verfangen hatte, ein verzogener Mund. Wie halten sie das nur aus, diese hilflosen Expeditionen in eine Riesenwelt? Susanna stand da und betrachtete ihn mit zufriedenem Hohnlächeln, während er sich aufrappelte. Sie hatte etwas Grausames an sich. Im Aussehen glich sie Barbara, war ebenso aufgedunsen hübsch, hatte den gleichen schmalen, leuchtenden Mund und ihre unzufriedenen Augen. Der Junge wischte sich die Nase am Ärmel ab und watschelte ihr folgsam durch das Gras hinterher. Ein Fleck auf dem Glas ließ ihn plötzlich verschwimmen und machte ihn im Okular von Keplers Herzen zu etwas Gedehntem und momentan Aufgebauschtem. Gerade als er alle Hoffnung auf Kinder aufgegeben hatte, war Barbara in nahezu unziemlicher Fruchtbarkeit aufgeblüht. Doch er traute ihnen nicht mehr, dachte, sie würden sterben wie die anderen; daß sie überlebten, verblüffte ihn stets aufs neue. Und dennoch fühlte er sich vor ihnen hilflos und unbeholfen, als hätte ihre Geburt den Vorgang des Gebärens nicht beendet, sondern nur auf ihn übertragen. Das Herz ging ihm über vor Liebe.

Er dachte an seinen eigenen Vater. Es gab nicht viel zu erinnern: eine schwielige Hand, die ihn schlug, Fetzen eines betrunken gegrölten Liedes, ein zerbrochenes Schwert, rostig, so hieß es, vom Blut eines Türken. Was hatte *ihn* getrieben, welch unfaßbaren Sehnsüchte hatten in *seinen* Gedärmen gekollert und rumort? Hatte er geliebt? Doch *was*? Das Stampfen der Füße beim Marschieren, den metallischen Gestank von Angst und Ungeduld auf dem Schlachtfeld bei Morgengrauen, die viehische Wärme, das Delirium in den Schenken am Wegesrand? Was? War es möglich, die bloße Tat zu lieben, den Schauder endlosen Tuns? Das Fenster fügte sich vor seinem nachdenklichen Blick wieder zusammen. Dies war die Welt, dieser Garten, seine Kinder, diese Welpen. Ich bin ein kleines Geschöpf, meine Horizonte sind nah. Und wie ein plötzlicher Eiswasserguß kam ihm der Gedanke an den Tod, in der Hand den Stummel eines rostigen Schwertes.

»... Und? Wollen wir?«

Er fuhr zusammen. »Was?«

»*Herrje*, hörst du denn nie zu?« Der Säugling auf ihrem Arm stieß einen erstickten, sondierenden Schrei aus. »Wollen wir tatsächlich in diesem ... diesem Haus wohnen? Ist hier Platz genug für uns?«

»Eine ganze Familie, Generationen haben hier einmal gelebt...«

Sie starrte ihn an. Sie hatte am Tisch ein wenig geschlafen, ihre Augen waren geschwollen, und an ihrem Kinn war ein heller Fleck. »Denkst du je über –« »Ja.« »– diese Dinge nach, sorgst du dich darum, tust du das?«

»*Ja.* Verbringe ich nicht jede wache Stunde mit Sorgen und Vorbereitungen und – tue ich das nicht?« Wie ein Kloß stieg Selbstmitleid in ihm auf. »*Was verlangst du denn noch von mir?*«

Tränen traten ihr in die Augen, und das Baby reagierte wie auf ein Stichwort und begann zu brüllen. Die Tür zum Vorderzimmer glich einem Ohr, das sich eifrig zu ihnen vorbeugte. Kepler legte eine Hand an die Stirn. »Laß uns nicht streiten.«

Die Kinder kamen aus dem Garten. Sie blieben stehen und spürten das Pochen in der Luft. Der Säugling greinte. Als Barbara ihn ruckartig wie in einer uhrwerkhaften Imitation von Zärtlichkeit zu wiegen begann, wandte Kepler sich um und erschreckte die Kinder mit seinem irren Grinsen. »Nun, Susan, Friedrich: Wie gefällt euch Omas Haus?«

»Im Garten liegt eine tote Ratte«, sagte Susanna, Barbara schluchzte, und Kepler dachte daran, daß all dies irgendwo schon einmal geschehen war.

★

Ja, es war alles, alles schon einmal geschehen. Wieso nahm er bei jeder Heimkehr an, alles verändert vorzufinden? War er so sehr von sich überzeugt, daß er glaubte, die Ereignisse seines neuen Lebens würden eine magische, erlösende Wirkung auf sein altes, hier in Weil zurückgelassenes Leben haben? Seht ihn doch an. In kaiserlichem Putz hatte er sich ausstaffiert, stolzierte in seine Vergangenheit und nahm an, allein seine Beförderung reiche aus, um einen Misthaufen von einem Wust von Rosen überwuchern zu lassen. Kaum aber war er durch die Tür, begriff er, daß der Trick nicht funktionierte, und nun konnte er bloß dastehen und schwitzen, Kaninchen und Papierblumen aus seinem glitzernden Mantel fallen lassen, eine komische Nummer, doch sein glotzäugiges Publikum war zu verlegen, um darüber lachen zu können.

Und doch war Heinrich beeindruckt, und seine Mutter, so behauptete er, sei es auch. »Ständig redet sie von dir – o ja! Und dann will sie wissen, warum ich nicht so sein kann wie du. Ich! Na ja, ich sage ihr, du weißt schon, Mutter, sage ich, Johann ist eben – Johann!« und schlug seinem Bruder auf die Schulter, schniefte, Tränen in den Augen, als hätte er einen seiner seltenen und gewagten Witze gerissen. Kepler lächelte trübsinnig und merkte, daß es letztlich genau das war, was an ihm nagte, daß seine Leistungen für sie nur etwas waren, was ihm widerfahren war, ein großartiger und etwas absurder Zufall, der aus heiterem Himmel gerade ihren Johann getroffen hatte.

Gähnend stieg er die enge Treppe hinauf. Hatte die alte Frau ihm eine ihrer raffinierten Mixturen in den Wein geschüttet? – oder etwa in den Eintopf? Kichernd, gähnend und augenreibend, trat er geduckt ins kleine, hintere Schlafzimmer. Dieses Haus war wirklich für die Keplers gebaut worden, alles in Miniaturformat, die niedrigen Decken, die Stühle, das kurze Bett. Der Boden war mit grünen Binsen bestreut und eine Wasserschüssel nebst Handtüchern bereitgestellt. Handtücher! Also hatte sie sein Besuch doch nicht gänzlich unberührt gelassen. Das Nachmittagslicht stahl sich über das Fensterbrett durch die trüben Scheiben. Barbara schlief bereits, lag auf dem Rücken mitten im Bett wie eine riesige Statue, auf dem himmelwärts gewandten Gesicht ein Ausdruck gelinden Erstaunens. Der Säugling an ihrer Seite glich einer winzigen, rosigen Faust in einem Wickelbündel. Susanna und Friedrich kuschelten sich im Rollbett aneinander. Friedrich schlief, hatte die Augen aber nicht gänzlich geschlossen, die Pupillen waren nach innen gekehrt, und bläuliche Halbmonde lugten gespenstisch unter den geteilten Lidern hervor. Kepler beugte sich über ihn und dachte mit ahnungsvoller Ergebenheit, daß er eines Tages gewiß für das Glück zahlen müsse, das ihm dieses Kind bereitete. Friedrich war sein Liebling.

Lange lag er zwischen Schlaf und Wachen, die Hände über der Brust gefaltet. Eine eingesperrte Fliege tanzte gegen die Fensterscheibe wie eine winzige Maschine, der eine ungeheuerlich komplizierte Aufgabe übertragen worden war, und in der Ferne brüllte jämmerlich eine Kuh, vermutlich nach dem Kalb, das ihr der Hirte fortgenommen hatte. Seltsam, wie tröstlich und vertraut diese Geräusche klangen, die doch nur von Panik und Schmerz kündeten. Wie wenig wir empfinden! Er seufzte. Neben ihm regte sich das Kleine, rülpste im Schlaf. Die Jahre fielen von ihm ab wie Seilschlingen, die in einen Brunnen fallen. Unter ihm war Dunkelheit, eine Ahnung von Wasser. Er mochte jetzt selbst ein Kind sein. Wie eine Statue, die sich vor das Fenster einer Kutsche schiebt, erhob sich mit einem Mal Großvater Sebaldus vor ihm, jünger und kräftiger, als Johannes ihn jemals gekannt hatte. Und da waren noch andere, eine ganze Galerie stocksteifer, stummer Figuren, die auf ihn niederschauten. Immer tiefer sank er. Das Wasser war warm. Dann begann in der fleischgewordenen Dunkelheit ein mächtiger, langsamer Puls zu schlagen.

⋆

Cholerisch zuerst, dann mißtrauisch – er wußte nicht, wo er sich befand – wollte er an seinem Traum festhalten. War er als Kind in namenloser Angst aufgewacht, war er reglos, mit zitternden Augenlidern liegengeblieben und hatte versucht, einen eingebildeten Beobachter im Zimmer davon zu überzeugen, daß er noch schlief, und so war es ihm manchmal durch eine Art einfühlender Magie gelungen, unbemerkt in die bessere Welt des Schlafes zurückzugleiten. Diesmal klappte es nicht.

Das war es, wovon er geträumt hatte, von seiner Kindheit. Und von Wasser. Warum träumte er so oft von Wasser? Barbara lag nicht mehr neben ihm, und das Rollbett war leer. Die Sonne schien immer noch durchs Fenster. Ächzend stand er auf und spritzte sich aus der Schüssel Wasser ins Gesicht. Dann hielt er inne, vornübergebeugt und ins Leere starrend. Was tat er hier, in Mutters Haus? Doch wäre es ebenso zwecklos, woanders zu sein. Er war ein schlaffer Fleischsack in einer sinnentleerten Welt. Er sagte sich, es liegt am Wein und am unruhigen Schlaf, die ihm sein Gespür für Verhältnismäßigkeit verschwimmen ließen, konnte sich aber nicht überzeugen. Welches war die wirklichere Wirklichkeit: die notwendigen Gewißheiten des Alltags oder diese trostlose Wehrlosigkeit?

Als Junge hatte er an einem frühen Sommermorgen in der Küche einmal eine Schnecke beobachtet, die draußen am Fenster hochkroch. Dieser Augenblick fiel ihm wieder ein, wunderbar deutlich, das seichte Licht im Garten, der Tau, die Rosenknospen am baufälligen Abort, diese Schnecke. Was hatte sie veranlaßt, so hoch hinaus zu kriechen, welch unvorstellbar blaue Vision vom Fliegen hatte sich im Glas gespiegelt? Der Junge hatte Schnecken zertrampelt, hatte sich am Krachen gefreut und am leisen Knirschen, hatte sie gesammelt, Wettrennen mit ihnen veranstaltet und sie eingetauscht, doch nie zuvor hatte er sich eine Schnecke genau angeschaut. In großzügiger Umarmung an die Scheibe gedrückt bot die Kreatur den gekräuselten, graugrünen Unterleib seinem Blick dar, während der Kopf vom Glas fortstrebte, blind von Seite zu Seite pendelte und mit den Fühlern herumfuhr, als ertaste er ungeheure Formen in der Luft. Doch was Johannes zutiefst faszinierte, war die Art zu kriechen. Er hätte gräßliche Konvulsionen erwartet, statt dessen strömte eine endlose Abfolge gleicher, kleiner, sanfter Wellen wie ein sichtbarer Herzschlag durch ihren Leib. Wie hatte ihn diese achtlose, doch so praktische Schönheit verblüfft.

Danach hatte er begonnen, die Dinge genauer zu betrachten, Fliegen und Flöhe, Ameisen, Käfer, die Weberknechte, die im Dämmerlicht zaghaft das Fensterbrett befingerten, diese unglaublichen Glieder, dünn wie ein Faden, die gazehaften, mit phantastischen Karten bemalten Flügel – *wozu* waren sie da, diese Winzlinge, deren Leben bloß eine unbeholfene Art des Sterbens zu sein schien? Die Welt strömte dahin und veränderte sich: Kaum hatte er eines ihrer Fragmente ausgemacht, wurde es zu etwas anderem. Ein Zweig streckte plötzlich klebrige, boshafte Flügel aus, und mit einem Satz, einem betäubten Sprung schwang er sich in die Luft; ein kupferfarbenes, leuchtendrotes Blatt auf dem gesprenkelten Pfad wandelte sich in einen Schmetterling, trunken, ein wenig irr, zwei starrende Augen auf den Flügeln und einen Leib von der Farbe getrockneten Blutes. Seine schmerzenden Augen vermehrten die Verwirrung. Die Grenzen der Dinge verschwammen, so daß er nicht sicher wußte, wo das fühlende Leben dem bloß Anorganischen wich. Sonnenblumen, die Gesichter zur Sonne gereckt, lebten die? Und wenn nicht, was meinte es dann, dieses Lebendigsein? Nur von den Sternen wußte er gewiß, daß sie tot waren, und doch waren sie es in ihrer glitzernden Ordnung, die ihm das deutlichste Gefühl von Lebendigkeit gaben.

Er schüttelte sich wie ein nasser Hund. Ein mächtiges Gähnen, das seine Kiefer auseinanderriß, bis die Gelenke knackten, ließ ihn innehalten, und als Regina ihren Kopf ins Zimmer steckte, sah sie ihn schwankend vor sich stehen, den Mund weit aufgerissen, die Augen geschlossen, als wollte er zu einem gewaltigen Lied anheben.

*

Hilflos starrte er sie aus tränenden Augen an und lächelte.

»Mama hat mich geschickt, um dich aufzuwecken«, sagte sie.

»Aha.«

Warum, so fragte er sich, fand er nur solchen Gefallen an ihrem offenen Blick; wie schaffte sie es, diesen Blick wie ein Signal des Beistandes und Verständnisses wirken zu lassen? Sie glich einem wundersamen und rätselhaften Kunstwerk, und er war es zufrieden, dazustehen und sie mit einem verträumten Lächeln zu betrachten, ohne einen Gedanken an die Absichten des Künstlers zu verschwenden. Wollte er versuchen, ihr zu erzählen, was er fühlte, wäre das so überflüssig wie der Versuch, mit einem Bild zu reden. Ihre Innerlichkeit, die Kepler bereits fasziniert hatte, als sie noch ein Kind gewesen war, hatte sich zu einem stillen, schönen Gleichgewicht entwickelt. Sie besaß keinerlei Ähnlichkeit mit ihrer Mutter. Sie war groß und hellblond, hatte ein strenges, schmales Gesicht. Manchmal meinte Kepler, durch sie einen Blick voll der Bewunderung und des Bedauerns auf ihren toten Vater zu erhaschen, den er doch nie kennengelernt hatte. Sie wäre hübsch gewesen, hätte sie Hübschsein für ein lohnendes Unterfangen gehalten. Mit neunzehn war sie gut in Latein und kannte sich sogar ein wenig in der Mathematik aus; er selbst hatte sie unterrichtet. Sie kannte seine Arbeiten, hatte ihm aber nie gesagt, was sie davon hielt, und er hatte sie nie gefragt.

»Außerdem«, sagte sie, trat ins Zimmer und zog die Tür hinter sich zu, »wollte ich mit dir reden.«

»Ach ja?« fragte er mit leisem Erschrecken. Einen Augenblick lang wirkten sie beide verlegen. Außer dem Bett gab es keine Sitzgelegenheit, und so gingen sie ans Fenster. Unter ihnen lag der Garten, dahinter ein kleiner Anger mit Ulme und Ententeich. Der Abend lag hell im Sonnenlicht, Wolken trieben am Himmel. Ein Mann ging mit zwei Kindern an der Hand über die Wiese. Kepler, noch immer nicht ganz wach, haschte nach einem anderen Zipfel seiner Erinnerung. Einmal hatte er auf dem Teich ein Papierschiffchen segeln lassen; an einem Sommerabend wie diesem waren sein Vater und Heinrich vor langer Zeit mit ihm ans Wasser gegangen... Wie in einem geschickten Arrangement hielten die drei Gestalten am schlammigen Ufer, und als würde eine Linse vors Auge gleiten, erkannte er Heinrich, Susanna und den Jungen. Er lachte. »Sieh doch, wer da ist. Ich habe gerade daran ged...«

»Ich werde heiraten«, sagte Regina und schaute ihn rasch mit einem gespannten, fragenden Lächeln an.

»Heiraten?« sagte er.

»Ja. Er heißt Philip Ehem, stammt aus einer ehrwürdigen Augsburger Familie und ist Gesandter am Hofe des Kurfürsten Friedrich...« Sie schwieg. Beim Klang dieses großartigen, eigens vor ihm ausgebreiteten Stammbaumes hatte sie die Augenbrauen sarkastisch in die Höhe gezogen. »Ich hätte es *Euch* gern früher gesagt, aber...«

Kepler nickte. »Ja.« Ihm war, als zöge jemand an den Fäden, an denen er hing. Er hörte das Lachen der Kinder von fern wie Schwalben über den Anger ziehen. Es würde Ärger mit Barbara geben, wenn sie sich nasse Füße holten. Nasse Füße gehörten zu ihren sich rasch vermehrenden Schreckensbildern. In einer Zimmerecke hinter Reginas Kopf baumelte eine beerenschwarze Spinne von der Decke. »Ehem, hast du gesagt?«

»Ja, er ist natürlich Lutheraner.«

Er wandte sein Gesicht ab. »Ich verstehe.« Er war eifersüchtig.

⋆

Oh, wie seltsam: über sich schockiert zu sein, entsetzt, doch nicht überrascht. Wo zuvor nur Zärtlichkeit gewesen war – eine verdächtig heftige Zärtlichkeit vielleicht – und manchmal ein leises, gegenstandsloses Begehren, da stand in seinem Herzen nun plötzlich ein ausgewachsenes Geschöpf, vollständig bis ins Detail, sogar mit einer Vergangenheit versehen, ein Geschöpf, das im Licht blinzelte und zögernd an der immer noch unzertrennten Nabelschnur zog. All die Jahre hatte es in ihm gesteckt, war unbemerkt zu dieser überraschenden Inkarnation herangewachsen. Und was sollte er nun damit anfangen, mit dieser ungerufenen Göttin, die auf ihrer Muschelschale aus unschuldiger See emporgestiegen war? Doch was blieb ihm anderes übrig, als ein schiefes Lächeln aufzusetzen, sich am Kopf zu kratzen, zum Fenster hinausblinzeln, so zu tun, als wenn er Heinrich wäre und zu sagen: »Nun, heiraten, ja, das ist ... also, tja ...«

Regina wurde rot.

»Ich weiß, wir rücken etwas plötzlich damit heraus«, sagte sie, »das mag sein. Aber ich – *wir* – haben uns entschlossen, und so scheint es keinen Grund für einen Aufschub zu geben.« Ihre Stirn lief dunkel an. »Es gibt«, ein rasches Gemurmel, »keinen *zwingenden* Grund zur Eile, wie *sie* wohl glauben will und bestimmt auch behaupten wird.«

»Sie?«

»Sie, ja, die ein großes Theater machen wird.«

Die Angelegenheit war in seinem Kopf bereits vollbracht, er sah es wie ein Gemälde in heraldischen Farben vor sich: die feierliche Braut und ihr hoch gewachsener, grimmig dreinblickender Gatte, fliegende Wimpel, und vom Himmel strömende, fette, wohlwollende Sonnenstrahlen hinter der Schriftrolle, die da verkündete: *factum est*! Und darunter, ganz allein in einer zugigen Unterwelt, Kepler inconsolabilis, der sich wand unter einem buckligen Teufel, den Huf im Nacken. Langsam wandte er sich vom Fenster ab. Regina hatte ihn aufmerksam beobachtet, doch nun senkte sie den Blick und musterte ihre gefalteten Hände. Sie lächelte, belustigt, zugleich verlegen und stolz, als hätte sie eine wunderbare, wenn auch ein wenig lächerliche Tat vollbracht.

»Ich wollte Euch fragen«, sagte sie, »ob Ihr –«

»Ja?« und noch ehe er es fassen konnte, stieß auf den vibrierenden Flügeln dieses kleinen Wortes etwas auf sie herab. Sie runzelte die Stirn, studierte seine Miene mit größerer Aufmerksamkeit; hatte sie, o mein Gott, hatte der fiebrige Flügelschlag ihre Wange gestreift?

»Ihr seid ... nicht einverstanden?« fragte sie.

»Ich, ich, ich –«

»Ich hatte nämlich gedacht, daß Ihr es sein würdet, hatte gehofft, Ihr würdet es sein und würdet bei ihr ein Wort für uns einlegen.«

»Bei deiner Mutter? Ja, natürlich werde ich mit ihr reden«, und er stürzte an ihr vorbei, redete im Vorübergehen und blieb auf der Treppe noch einmal stehen: »Natürlich rede ich mit ihr, ja, ich sage es ihr, sage ihr – was eigentlich?«

Sie starrte ihn verwundert an. »Na, daß ich heiraten will.«

»Ach ja, daß du heiraten willst. Ja.«

»Ich glaube, Ihr seid doch nicht einverstanden.«

»Aber natürlich bin ich ... natürlich ...«, rückwärts ging er die Treppe hinunter und umfaßte dabei mit ausgebreiteten Armen einen riesigen, glänzenden, schwarzen Ball aus Kummer und Schuld.

⋆

Barbara kniete am Kamin, legte dem Säugling eine neue Windel um und verzog bei dem lehmigen Gestank ihr Gesicht. Ludwig lag unter ihr, strampelte mit den dürren Beinchen und krähte. Sie sah Kepler über die Schulter an. »Dachte ich mir's doch«, sagte sie bloß.

»Du wußtest Bescheid? Aber wer ist dieser Kerl?«

Sie seufzte und hockte sich auf ihre Hacken. »Du kennst ihn«, sagte sie müde. »Aber du erinnerst dich natürlich nicht an ihn. Er war in Prag, da hast du ihn getroffen.«

»Aha, jetzt fällt es mir wieder ein.« Das tat es nicht. »Natürlich erinnere ich mich an ihn.« Wie taktvoll von Regina, die gewußt hatte, daß er ihn vergessen haben würde. »Aber sie ist doch noch so jung.«

»Ich habe mit sechzehn zum erstenmal geheiratet. Was ist dabei?« Er sagte nichts. »Es überrascht mich, daß es dir etwas ausmacht.«

Verärgert kehrte er ihr den Rücken zu, öffnete die Küchentür und stand einer Vettel mit schwarzer Haube gegenüber. Sie starrten sich an, und die Frau wich verwirrt vor ihm zurück. Am Küchentisch saß noch eine Frau, ungeheuer dick, mit Schnurrbart, vor sich einen Becher Bier. Seine Mutter machte sich am eisernen Ofen zu schaffen. »Kathar*ina*«, trällerte die erste Hexe. Die Dicke musterte ihn einen Augenblick lang gleichgültig und nahm dann einen Schluck. Der Kater hockte neben ihr in Habachtstellung auf dem Tisch, peitschte mit dem Schwanz und blinzelte ihn an. Frau Kepler drehte sich nicht um. Wortlos zog Kepler sich zurück und schloß langsam, leise die Tür.

»Heinrich –!«

»Das sind doch nur ein paar alte Frauen, die sie besuchen kommen, Johann.« Er grinste kläglich und schob die Hände in die Taschen seiner Kniebundhose. »Sie leisten ihr Gesellschaft.«

»Sag mir die Wahrheit, Heinrich. Treibt sie...« Über den Säugling gebeugt, eine Nadel im Mund, hielt Barbara in ihrer Bewegung inne; Kepler nahm seinen Bruder am Arm und dirigierte ihn ans Fenster. »Treibt sie immer noch ihr altes Gewerbe?«

»Ach was, nein. Hin und wieder doktert sie ein bißchen herum, mehr nicht.«

»Mein Gott.«

»Sie wirbt um keine Kundschaft, Johann. Aber sie kommen trotzdem, vor allem die Frauen.« Wieder grinste er, zwinkerte ihm zu und schloß ein Augenlid wie einen offenen Fensterladen. »Erst gestern war ein Kerl hier –«

»Ich will –«

»– ein Schmied, groß wie ein Ochse, ist ganz aus Leonberg rübergekommen, und auf den ersten Blick hättest du nicht geglaubt, daß er –«

»Ich will nichts davon wissen, Heinrich!« Er starrte durch das Fenster, kaute an seinem Daumennagel. »Mein Gott«, murmelte er erneut.

»Ach, ist doch nichts dabei«, sagte Heinrich. »Und sie ist besser als so manch teurer Arzt, das kann ich dir sagen.« Ärger machte seine Stimme rauh, stellte Kepler nachdenklich fest: Warum brachte man *ihm* keine solch schlichte Loyalität entgegen? »Sie hat mir einen Brei für mein Bein angerührt, der hat besser geholfen als das, was der Kurpfuscher in der Armee je dafür getan hat.«

»Dein Bein?«

»Tja, in Ungarn wurde ich verletzt, und die Wunde suppt immer noch. Ist aber nichts Schlimmes.«

»Laß mich mal sehen.«

Heinrich warf ihm einen durchdringenden Blick zu. »Ist nicht nötig. Sie kümmert sich schon darum.«

Ihre Mutter schlurfte aus der Küche. »Also«, murmelte sie, »wo habe ich ihn bloß liegenlassen.« Sie zeigte auf Barbaras spitze kleine Nase. »Hast du ihn gesehen?« Barbara achtete nicht auf sie.

»Was ist denn, Mutter?« fragte Kepler.

Sie lächelte ihn einfältig an. »Na, gerade habe ich ihn noch gehabt, und jetzt ist er weg, mein kleiner Beutel mit Fledermausflügeln.«

Ein Kichern drang aus der Küche, in der die beiden Vetteln zu sehen waren, wie sie kreischten und sich vor Vergnügen in die Rippen stupsten. Selbst die Katze schien zu lachen.

*

Regina kam zögernd die Treppe herunter. »Ihr streitet euch doch nicht meinetwegen, oder?« Verständnislos starrten sie sie an. Frau Kepler huschte grinsend zurück in die Küche.

»Was hat es mit diesen Fledermausflügeln auf sich?« fragte Barbara.

»Das war ein Witz«, fauchte Kepler, »ein Witz, Himmelherrgott!«

»Fledermausflügel, ach nein? Und was kommt als nächstes?«

»Die läßt sich von keinem zum Narren halten«, warf Heinrich tapfer ein und versuchte, nicht zu lachen.

Kepler warf sich in einen Sessel am Fenster und trommelte mit den Fingern auf den Tisch. »Heute nacht bleiben wir nicht hier«, murmelte er. »Es gibt da ein Gasthaus in Richtung Ellmendingen. Und morgen machen wir uns auf den Weg nach Hause.«

Barbara lächelte triumphierend, besaß aber Feingefühl genug, jetzt nichts zu sagen. Kepler funkelte sie wütend an. Die drei alten Frauen kamen aus der Küche. Auf dem Schnäuzer der Dicken war ein Schaumrand zu sehen. Die Dünne wollte den großen Mann ansprechen, der in Trübsinn versunken am Fenster saß, aber Frau Kepler versetzte ihr einen Stoß in den Rücken. »Hi, hi, ich glaube, Eure Mama will uns loswerden, Herr!«

»Pah!« sagte Frau Kepler und stieß fester zu. Sie gingen hinaus. »Nun«, sagte die alte Frau zu ihrem Sohn gewandt, »du hast sie vertrieben. Bist du nun zufrieden?«

Kepler starrte sie an. »Ich habe doch kein Wort gesagt.«

»Ganz recht.«

»Für Euch wäre es besser, wenn sie und ihresgleichen Euch nicht mehr besuchen kämen.«

»Was weißt du denn schon davon?«

»Ich kenne sie, kenne die Sorte! Ihr –«

»Ach, sei still. Was weißt du schon, kommst her und rümpfst die Nase. Wir sind nicht gut genug für dich, das ist es doch.«

Heinrich hüstelte. »Bitte, Mutter. Johann hat nur dein Bestes im Sinn.«

Kepler betrachtete die Decke. »Dies sind schlimme Zeiten, Mutter. Ihr solltet vorsichtig sein.«

»Du aber auch!«

Er zuckte die Achseln. Als Junge hatte er mit der schönen Vorstellung gespielt, daß sie alle eines Nachts rasch und spurlos verschwänden, in einem Erdbeben etwa, und daß er frei und unbeschwert zurückbleiben würde. Barbara beobachtete ihn, Regina ebenso.

»Wir hatten an Michaelis ein Feuer«, sagte Heinrich, um das Thema zu wechseln. »Herrje«, rief er und schlug sich aufs Knie, »hat die alte Dame getanzt, als das Feuer in Gang kam, nicht wahr, Mama?«

»Wer war's?« fragte Kepler.

»Eine verfluchte, alte Närrin war's«, warf Frau Kepler rasch ein und stierte Heinrich erbost an. »Hat der Pfarrerstochter einen Liebestrank bereitet. Die hatte den Scheiterhaufen wirklich verdient, das hatte sie.«

Kepler fuhr sich mit der Hand über die Augen. »Es wird noch mehr Verbrennungen geben.«

Seine Mutter drehte sich zu ihm um. »Ganz recht, das wird es! Und nicht nur hier. Was ist mit deiner Gegend, mit diesem Böhmen und all seinen Papisten, he? Ich habe gehört, drüben verbrennen sie die Leute gleich scheffelweise. Sei *du* also bloß vorsichtig.« Sie stapfte in die Küche. Kepler ging ihr nach. »Kommst her und hältst mir Predigten«, brummte sie. »Was weißt du denn schon? Ich habe schon Kranke geheilt, da warst du nicht größer als das Kind da draußen und hast dir noch in die Hosen geschissen. Und jetzt sieh dich an, liegst dem Kaiser auf der Tasche und pinselst ihm magische Kreise auf. Ich doktere an der Welt herum, aber *du* hältst den Rüssel zum Himmel hoch und denkst, dir kann nichts passieren. Pah! Du machst mich krank, du!«

»Mutter...«

»Ja?«

»Ich mache mir nur Sorgen um Euch, das ist alles.«

Sie schaute ihn an.

*

Alles wirkte da draußen wie von einer Art verstohlenem Wissen erfüllt. Eine Weile blieb er am Brunnen auf dem Marktplatz stehen. Die Gesichter der steinernen Wasserspeier blickten ihn mit unterdrückter Schadenfreude an, spritzten dicke Strahlen aus gespitzten, grünen Lippen, als frönten sie einer kunstvollen Tollerei, von der sie sich abkehren würden, sobald er ihnen den Rücken zuwandte. Großvater Sebaldus hatte stets behauptet, daß eines dieser Steingesichter nach seinem Ebenbild gemeißelt worden sei. Kepler hatte ihm immer geglaubt. Vertrautheit zeigte sich um ihn her wie ein höhnisch kichernder Geist. Was wußte er schon? War es nicht möglich, daß das Leben, sein eigenes Leben, auch ohne sein Tun weiterging, so wie das Uhrwerk des Körpers weiterlief, wenn der Verstand schläft? Während er sich wieder aufmachte, versuchte er sich einzuschätzen, starrte mißtrauisch mit zusammengekniffenen Augen auf seine eigenen Dimensionen, suchte nach der verräterischen Schwellung, die vielleicht all das geheime Leben verwahrte. Die trüben Gefühle, die Reginas Verlobung wachgerufen hatten, waren nur ein Teil davon: Zu welch anderen Extravaganzen hatte er sich verpflichtet und zu welchen Kosten? Er fühlte sich irgendwie verraten, fand es aber keineswegs unangenehm, sah sich eher wie einen alten Bankier, dem vom geliebten Sohn auf geniale Weise Geld veruntreut wurde. Ein Duft nach warmem Brot drang ihm in die Nase, als er an einer Bäckerei vorbeiging; der Bäcker trommelte allein auf einen riesigen Teigfladen ein. Mit lautem Ruf schüttete eine Magd Wasser aus einem der oberen Fenster und verfehlte Kepler um Haaresbreite. Wütend blickte er hinauf, und einen Augenblick glotzte sie ihn an, dann schlug sie die Hand vor den Mund und wandte sich lachend an jemanden, der ungesehen hinter ihr im Zimmer stand, der Sohn des Hauses, Heinrich Völliger, der, siebzehn und reich bepickelt, mit zitternden Händen auf sie zu kroch.... Kepler ging weiter und grübelte über all die Jahre seiner so trügerisch ausgeglichenen Bücher.

Er kam zum Anger. Der Abend ruhte hier, bronzefarben und ruhig atmend sonnte er sich wie ein erschöpfter Akrobat im Nachglimmen wunderbarer Licht- und Wettergroßtaten. Die Ulme hing aufmerksam über ihrem Spiegelbild im Teich und lauschte majestätisch. Die Kinder waren noch da. Sie grüßten ihn mit grämlichen Blicken und hätten ihn am liebsten nicht gekannt: Sie hatten ihren Spaß. Susanna spazierte langsam davon, die Hände hinterm Rücken, so lächelte sie in gleichsam seliger Idiotie auf eine Reihe verwirrter und komisch besorgter Küken herab, die sich um ihre Füße scharten. Friedrich trottete zum Wasserrand, einen mächtigen Stein in der Hand. Seine Schuhe und Strümpfe waren patschnaß, und er hatte es sogar geschafft, sich Schlamm auf die Augenbrauen zu schmieren. Der Stein fiel mit flachem Klatschen auf das Wasser. »Schau doch die Krone, Papa, schau! – Hast du das gesehen?«

»Das ist der König, ganz recht«, sagte Heinrich. Er war gekommen, die Kinder heimzuholen. »Er springt auf, wenn du was ins Wasser wirfst, und dann kannst du seine Krone mit all den Diamanten sehen. Stimmt doch, nicht wahr, Johann? Ich habe ihm das erzählt.«

»Ich will nicht heim«, sagte das Kind, drehte den Fuß liebevoll in den Schlamm und zog ihn mit köstlich saugendem Geräusch wieder heraus. »Ich will hier bei Onkel Heinrich bleiben und bei meiner Oma.« Nachdenklich kniff er die Augen zusammen. »Die haben nämlich ein Schwein.«

Auf der Teichoberfläche glättete sich die gekräuselte Seide. Winzige, durchscheinende Fliegen webten ein unsichtbares Netz zwischen den gespiegelten Ästen der Ulme, und die Wasserläufer flitzten über die seichten Stellen auf derart zarten Beinen, daß sie die Wasserhaut nicht mal eindellten. Myriadenfaches, verschwenderisches Leben! Kepler setzte sich ins Gras. Es war ein langer Tag gewesen, angefüllt mit kleinen Entdeckungen. Was sollte er wegen Regina tun? Und was wegen seiner Mutter, die immer noch ihrer gefährlichen Kunst nachging. Was sollte er tun. Und als hätte die Erinnerung etwas zu bedeuten, dachte er an Felix, den Italiener, der mit den trunkenen Huren in einer Gasse auf der Kleinseite tanzte. Die große, lärmende Last der Dinge stupste ihn an, das Leben selbst zupfte an seinem Ärmel. Er lächelte und starrte hinauf in die Zweige. War es möglich, war dies, war *dies* das Glück?

IV
Harmonice Mundi

LORETTOPLATZ
AUF DEM HRADSCHIN
Prag

Aschermittwoch, 1605

David Fabricius: in Friesland

Hochverehrter Freund! Laßt ab von Eurer Suche nach einer neuen Marstheorie: Sie ist erstellt. Ja, mein Buch ist fertig, beinahe jedenfalls. Ich habe so sehr daran gelitten, ich hätte zehn Mal darüber sterben können. Doch mit Gottes Hilfe habe ich es durchgestanden und kann nun sagen, daß ich es zufrieden bin und wohl versichert sein darf, die *neue Astronomie* wahrlich aus der Taufe gehoben zu haben. Wenn ich nicht lauthals jubiliere, dann nicht deshalb, weil ich letzte Zweifel an meinen Entdeckungen hegte, sondern eher wegen jener sich mir plötzlich einstellenden Vision von den tiefgreifenden Auswirkungen dessen, was ich geschaffen habe. Unsere Vorstellungen von der Welt und ihrem Wirken, mein Freund, werden niemals mehr dieselben sein. Das ist ein niederschmetternder Gedanke und Ursache einer düsteren und trübsinnigen Stimmung, wie sie sich für diesen Tag so recht geziemt. Das versprochene Rezept meiner Frau für den Osterkuchen lege ich bei.

Ihr, ein Kampfgefährte, wollt wissen, wie es um mich steht. Sechs Jahre habe ich im Toben und Tumult der Schlacht ausgeharrt, den Kopf gesenkt, in Einzelheiten vergraben; erst jetzt darf ich zurücktreten, mir einen umfassenderen Blick zu gönnen. Daß ich gewonnen habe, daran zweifle ich nicht, wie gesagt. Ich frage mich nur, welcher Art Sieg ich errang und welchen Preis ich und unsere Wissenschaft und vielleicht alle Menschen dafür zu zahlen haben. Kopernikus zögerte dreißig Jahre, ehe er sein majestätisches Werk veröffentlichte, und zwar allein deshalb, wie ich glaube, weil er um die Wirkung auf den Verstand der Menschen fürchtete, denen er die Erde aus dem Mittelpunkt der Welt entrückte und zu einem bloßen Planeten unter vielen Planeten machte; doch das, was ich tat, ist vielleicht noch radikaler, denn ich habe die Form der Dinge selbst verändert – natürlich rede ich davon, daß unsere Vorstellungen von den himmlischen Formen und Bewegungen, an die wir seit Pythagoras festhalten, grundsätzlich falsch sind. Auch die Verkündung dieser Neuigkeit wird hinausgezögert werden, doch nicht zufolge irgendeiner kopernikanischen Verschämtheit meinerseits, sondern dank der Knauserei meines Herrn, des Kaisers, die mich außerstande setzt, mir einen anständigen Drucker zu leisten.

Mein Ziel ist die *Astronomia nova*, um mit ihrer Hilfe aufzuzeigen, daß die himmlische Maschine kein göttliches, lebendes Geschöpf ist, sondern eine Art Uhrwerk (und wer glaubt, ein Uhrwerk habe eine Seele, teilt des Schöpfers Ruhm dem Geschaffenen zu), da fast alle vielfältigen Bewegungen durch eine einzige, magnetische und substantielle Kraft hervorgerufen werden, so wie ein einfaches Gewicht alle Bewegungen einer Uhr erzeugt. Am wichtigsten jedoch ist, daß mich in erster Linie weder die Form noch die Beschaffenheit dieses himmlischen Uhrwerks kümmert, sondern seine *Realität*. Und da ich mich nicht mehr damit zufriedengab, wie es die Astronomie Jahrtausende tat, mathematische Entsprechungen für planetarische Bewegungen zu finden, versuchte ich, diese Bewegungen *aus ihren physischen Ursachen* heraus zu erklären. Derlei hat vor mir nie jemand versucht; nie zuvor hat jemand seine Gedanken auf solche Bahnen gelenkt.

Nun, Herr, Ihr habt einen Sohn! Welch eine große Überraschung. Ich legte diesen Brief kurz zur Seite, um mich drängenden Angelegenheiten zu widmen – mein Weib ist wieder einmal krank –, da traf inzwischen der Brief eines gewissen Johannes Fabricius aus Wittenberg über gewisse solare Phänomene ein, und dieser Mann empfahl sich mir im Namen meiner Freundschaft zu Euch, seinem Vater! Ich gestehe, ich bin erstaunt und auch ein wenig bestürzt, denn in meinen Briefen habe ich stets zu Euch gesprochen, als wäret ihr der jüngere Mann, so daß ich mich nun frage, ob ich nicht hin und wieder gar in den Ton des Lehrherrn verfallen bin, der seinen Zögling unterweist! Ihr müßt mir vergeben. Wir hätten uns einmal kennenlernen sollen. Ich glaube, ich bin nicht nur in körperlicher Hinsicht kurzsichtig. Stets aufs neue widerfährt mir ein solcher Schrecken, wenn das Ding vor meiner Nase sich plötzlich als ein anderes erweist als jenes, für das ich es hielt. Ebenso erging es mir mit der Marsbahn. Ich werde Euch wieder schreiben und kurz die Geschichte meines Kampfes mit dem Planeten wiedergeben; es dürfte Euch erheitern.

Vale
Johannes Kepler

WENZELSKOLLEG
Prag

November 1607

Johann Georg Herwart von Hohenburg: in München

Entschuldigen Sie, mein lieber guter Herr, daß sich meine Antwort auf Euren letzten, hochwillkommenen Brief so lang verzögert hat. Die Angelegenheiten des Hofes verschlingen wie stets all meine Zeit und meine Energie. Seine Majestät wird täglich kapriziöser. Zu Zeiten vergißt er meinen Namen und schaut mich mit diesem Stirnrunzeln an, das allen, die ihn kennen, so wohlvertraut ist, ein Blick, als würde er mich überhaupt nicht kennen; dann ergeht plötzlich ein drängender Ruf, und ich muß mit meinen Sternkarten und astrologischen Tafeln zum Palast hasten. Denn er setzt große Stücke auf diese Sternenguckerei, die ich, wie Ihr wohl wißt, für ein höchst zweifelhaftes Geschäft halte. Er verlangt geschriebene Berichte über diverse Angelegenheiten, so fragt er etwa nach dem Geburtshoroskop von Kaiser Augustus und nach dem von Mohammed, will eine Zusammenfassung des Schicksals, das dem türkischen Reich bevorsteht, und natürlich interessiert ihn, was alle Welt bei Hofe dieser Tage so erregt, nämlich das ungarische Problem: Immer unverhohlener greift sein Bruder nach der Macht. Außerdem ist da diese langweilige Sache mit der sogenannten Feurigen Trigonale und der Verschiebung der großen Konjunktion von Jupiter und Saturn, die angeblich einst die Geburt Christi und die von Karl dem Großen vorhersagte. Da nun weitere achthundert Jahre vergangen sind, fragt sich jedermann, welch großes Ereignis nun bevorsteht. Ich behauptete, dieses *große Ereignis* habe bereits stattgefunden, als Kepler nach Prag kam, glaube aber nicht, daß seine Majestät diesen Scherz zu schätzen wußte.

In solcherlei Atmosphäre rief vor drei Jahren der Neue Stern eine gewaltige Unruhe hervor, die immer noch anhält. Wie erwartet, geht das Gerede von einem Weltenbrand und dem Tag des Jüngsten Gerichtes. Mit nichts weniger als der Ankunft eines großen neuen Königs würde man sich zufriedengeben: *nova stella, novus rex* (diese letzte Forderung gibt Matthias zweifellos einigen Auftrieb!). Natürlich muß ich in dieser Angelegenheit auch allerlei Wortgeklingel hervorbringen. Eine beschwerliche und lästige Arbeit. Der Verstand, der es gewohnt ist, mathematische Beweise aufzustellen, nun aber die Fehlerhaftigkeit der Grundlagen der Astrologie bedenken soll, sperrt sich wie ein störrisches Lasttier lange, lange Zeit gegen diese neue Aufgabe, bis er, von Schlägen und Flüchen angetrieben, den Fuß schließlich voran in eine Pfütze setzt.

Meine Stellung ist prekär. Rudolph hat sich den Händen von Hexenmeistern und allerlei Scharlatanen anvertraut. Ich halte die Astrologie dagegen eher für ein politisches als für ein prophetisches Werkzeug und finde, man sollte Sorge tragen, daß sie nicht nur aus dem Senat sondern auch aus den Köpfen all derer verbannt werde, die den Kaiser in seinem höchsten Interesse beraten. Doch was kann ich tun, wenn er darauf besteht? Längst haust er wie ein Einsiedler im Palast, verbringt seine Tage allein mit seinem Spielzeug und seinen hübschen Ungeheuern und versteckt sich vor den Menschen, die er fürchtet und denen er mißtraut, unfähig, auch nur die einfachste Entscheidung zu treffen. Morgens, wenn der Stallbursche im Hof die spanischen und italienischen Rösser alle Gangarten vorführen läßt, hockt er am Fenster seiner Kammer trübsinnig wie ein impotenter Treuloser, der einen Harem beglotzt, und nennt dies auch noch seine *Ertüchtigung*! Doch trotz allem ist er, wie ich gestehen muß, keineswegs untätig. Er scheint mittels einer gewissen archimedischen Bewegung zu operieren, die so dezent ist, daß sie das bloße Auge kaum wahrzunehmen vermag und die im Laufe der Zeit dennoch selbst in der großen Masse eine Veränderung bewirkt. Irgendwie funktioniert der Hof. Vielleicht liegt es einfach nur an der den Organismen eigenen nervösen Energie, die alles in Gang hält, so wie das Huhn noch herumflattert, nachdem ihm der Kopf abgeschlagen wurde. (Welch ketzerisches Gerede.)

Ich muß wohl gar nicht erst erwähnen, daß man mit meinem Lohn in Rückstand ist. Mittlerweile schuldet man mir an die

2000 Florins, und ich habe nur wenig Hoffnung, diese Schulden je bezahlt zu bekommen. Die königlichen Schatzkammern sind nahezu erschöpft durch des Königs Sammelwut, aber auch durch den Krieg mit den Türken und die Anstrengungen, das Reich vor den aufrührerischen Verwandten zu schützen. Es bekümmert mich, auf die Einkünfte aus dem bescheidenen Vermögen meiner Frau angewiesen zu sein. Mein hungriger Magen gemahnt mich ein wenig an ein Hündlein, das zu dem Herrn aufschaut, der ihm früher Futter gab. Doch wie stets bin ich keineswegs verzagt und setze all mein Vertrauen auf Gott und meine Wissenschaft. Das Wetter hier ist grauenhaft.

Euer Diener, mein Herr,
Joh: Kepler

AEDES CRAMERIANIS
Prag

April, 1608

Dr. Michael Mästlin: in Tübingen

Grüße. Tengnagel, dieses Schwein. Ich kann die Feder kaum halten vor lauter Wut. Ihr würdet nicht glauben, wie weit die Falschheit dieses Mannes geht. Natürlich ist er auch nicht schlimmer als der Rest der verfluchten Tychonidenbande – bloß lauter. Ein wiehernder Esel, das ist dieser Kerl, eitel, aufgeblasen und unrettbar blöde. Ich *bringe* ihn um, möge Gott mir verzeihen. Der einzige Lichtblick in all dieser horrenden Düsterkeit meines Gewerbes ist, daß man ihm die zwanzigtausend Florins (oder dreißig Silberlinge) noch nicht gezahlt hat, für die er Tycho Brahes unersetzlichen Instrumente an den Kaiser verkauft hat, obwohl der Däne in seinem Grab noch nicht erkaltet war. (Jährlich erhält er tausend Florins Zinsen auf seine Schuld, zweimal so viel wie mein Gehalt als Kaiserlicher Mathematiker.) Ich gestehe, daß ich mir bei Tychos Tod die Gelegenheit der mangelnden Umsicht der Erben zunutze machte und rasch die Beobachtungen in meine Obhut nahm; Ihr könntet auch sagen (*sie* tun das jedenfalls), ich hätte sie entwendet. Wer will mir daraus einen Vorwurf machen? Die Instrumente, einst das Wunder der Welt, sind über halb Europa verteilt, verrosten und zerfallen in Stücke. Der Kaiser hat sie vergessen, und Tengnagel ist mit seinen jährlichen fünf Prozent zufrieden. Hätte ich die Unmenge der wunderbar genauen und unschätzbaren Beobachtungen, deren Ansammlung Tycho sein Leben gewidmet hat, demselben Schicksal aussetzen sollen?

Der Anlaß für diesen Zwist ist in der argwöhnischen Art und den schlechten Gewohnheiten der Brahes zu suchen, andererseits aber auch in meiner leidenschaftlichen und spottlustigen Veranlagung. Man muß zugeben, daß Tengnagel schon seit einiger Zeit gewichtige Gründe hatte, gegen mich Argwohn zu hegen: Ich war im Besitz der Beobachtungen und weigerte mich, diese den Erben auszuhändigen. Doch das rechtfertigt nicht, mich derart zu hetzen. Wißt Ihr, daß er Katholik wurde, damit der Kaiser ihm eine Stellung bei Hofe gewähren kann? Das verrät doch den wahren Charakter dieses Mannes. (Seine Dame Elisabeth stachelt ihn an – aber nein, von ihr will ich nicht reden.) Jetzt ist er Appellationsrat und kann mir daher seine Bedingungen mit kaiserlichem Nachdruck diktieren. Er verbot mir, auch nur ein Wort drucken zu lassen, das auf den Beobachtungen seines Schwiegervaters beruhte, ehe ich nicht die Rudolphinischen Tafeln fertiggestellt hatte; dann aber bot er mir an, ich könne drucken, was ich wolle, vorausgesetzt, ich setzte seinen Namen neben meinem eigenen auf die Titelseiten meiner Werke, so daß er ohne alle Arbeit den halben Ruhm erhielte. Ich stimmte zu, falls er mir ein Viertel jener tausend Florins abgäbe, die er vom Kaiser erhält. Das war ein geschickter Schachzug von mir, denn Tengnagel, getreu seinem Charakter, fand jährlich zweihundertfünfzig Florins natürlich einen viel zu hohen Preis für die Unsterblichkeit. Als nächstes setzte er es sich dann in seinen Dickschädel, daß er selbst die gewaltige Aufgabe übernehmen und die Tafeln fertigstellen wolle. Ihr werdet lachen, Magister, denn das ist natürlich Unsinn, da der Junker weder über die Fähigkeiten für diese Aufgabe noch über die nötige Zielstrebigkeit verfügt. Mir ist auch vorher schon aufgefallen, daß es viele gibt, die glauben, sie könnten meine Arbeit ebensogut, nein besser erledigen, hätten sie nur Zeit und Interesse genug, sich den kleinlichen Problemen der Astronomie zu widmen. Ich lächle, wenn ich sie so herumtönen höre, bloß Wind und Pisse. Sollen sie es doch versuchen!

Zum Glück war Tengnagel eitel genug, dem Kaiser zu versprechen, er würde das Werk in vier Jahren vollenden: Und während dieser Zeit saß er auf den Beobachtungen wie ein Hund an der Krippe, der selbst zwar kein Heu frißt, aber den anderen auch nichts zukommen läßt. Seine vier Jahre sind nun um, und er hat nichts geschafft. Deshalb beeile ich mich mit meiner *Astronomia nova*, deren Druck Vogelin in Heidelberg endlich begonnen hat. So weit, so gut. Doch nun besteht der Tölpel darauf, daß das Buch ein von ihm geschriebenes und unterzeichnetes Vorwort enthalten müsse! Ich wage nicht einmal daran zu denken, was für ein

Geschwätz er schreiben wird. Er behauptet, ich benutze Tychos Beobachtungen einzig, um des Dänen Theorie der Welt zu widerlegen, doch weiß ich bloß, daß er sich nur für klingende Münze interessiert. Ach, was für ein niederträchtiger und bösartiger Narr er doch ist.

K

GUTENBERGPLATZ
Heidelberg

Mittsommernacht 1609

Helisäus Röslin, Arzt zu Hanau-Lichtenberg: in Buchsweiler im Elsaß

Ave. Ich besitze Euren interessanten und lehrreichen *Discurs von heutiger Zeit Beschaffenheit*, der neben reicher Spekulation vielerlei angenehme und wehmütige Erinnerungen an jene brüderlichen Debatten in mir auslöste, deren wir in unseren Studententagen in Tübingen pflegten. Ich beabsichtige, zu gegebener Zeit, mit einer öffentlichen Antwort auf meine Vermerke zur Nova von 1604 zu reagieren, die Ihr mit Geschick und Leidenschaft in Frage gestellt habt, doch zuerst möchte ich Euch einige Worte im Privaten sagen, nicht allein um unserer langen Freundschaft willen, sondern auch um gewisse Dinge zu klären, die ich im Druck wohl nicht erwähnen werde. Meine Stellung hier in Prag wird mit jedem Tag prekärer. Seine königliche Hoheit traut längst nicht jedem und ist besonders wachsam gegenüber Vertretern jener Wissenschaft, die Ihr so energisch verteidigt und auf die er so große Stücke hält. Ich würde sie lieber eine *Pseudowissenschaft* nennen. Bitte vernichtet diesen Brief, sobald Ihr ihn gelesen habt.

Ich billige Euch, mein lieber Röslin, einen *instinctus divinus* zu, eine besondere Erleuchtung hinsichtlich des Verständnisses himmlischer Phänomene, die mit astrologischen Gesetzmäßigkeiten jedoch nichts zu schaffen haben. Schließlich läßt sich nicht bestreiten, daß Gott es manchmal sogar reinen Einfaltspinseln gewährt, seltsame und wunderbare Dinge zu verkünden. Niemand sollte leugnen, daß kluge und selbst heilige Dinge aus Narretei und Gottlosigkeit erwachsen können, so wie aus unreinen und ekligen Wesen die hübsche Schnecke, die Auster oder der Seidenspinner aus Raupendreck hervorgeht. Selbst aus dem stinkenden Misthaufen kann die fleißige Henne ein goldenes Korn scharren. Den Großteil der astrologischen Vorschriften halte ich für Mist, was aber nun die Körner betrifft, die sich aus dem Haufen scharren ließen, so verhält es sich damit schon etwas problematischer.

Das Wesentliche meiner Auffassung ist schnell gesagt: Daß die Himmel etwas in den Menschen bewirken, ist klar zu sehen, doch was genau sie tun, bleibt ein Geheimnis. Ich glaube, daß die *Aspekte*, also die Konfigurationen der Planeten zueinander, für das Leben der Menschen eine besondere Bedeutung haben. Doch von guten und schlechten Aspekten zu reden, halte ich für unsinnig. In Sachen Himmel gibt es die Frage gut und schlecht nicht: hier gelten nur die Kategorien harmonisch, rhythmisch, schön, stark, schwach und ungeordnet. Die Sterne nötigen zu nichts; sie schaffen den freien Willen nicht ab; sie entscheiden auch nicht über das Schicksal des Einzelnen, aber sie drücken der Seele ihren spezifischen Charakter auf. Von allen Konstellationen des Himmels oder auch von der Art der Strahlen, die zur Erde strömen, erhält der Mensch im ersten Aufflammen seines Lebens Charakter und Struktur und behält sie bis zu seinem Grabe bei. Dieser Charakter hinterläßt wahrnehmbare Spuren im Fleisch, aber auch in Anlage und Benehmen, Neigungen und Sympathien. So wird der eine lebhaft, gut, fröhlich, der andere schläfrig, träge, obskurantisch; Qualitäten, die mit dem schönen und genauen, den weitläufigen oder ungesehenen Konfigurationen sowie mit den Farben und Bewegungen der Planeten korrespondieren.

Doch worauf fußen diese Kategorien schön und unschön, stark und schwach etcetera? Nun, auf dem Schnitt der Kreise, wie ihn die Wissenden ziehen, darstellbare, gleichmäßige Polygone also, wie ich sie in meinem *Mysterium cosmographicum* angeführt habe: die harmonischen, uranfänglichen Beziehungen, wie sie im göttlichen Sein angedeutet sind. So sind alle beseelten Wesen, ob nun menschlich oder nicht, aber auch die Fauna der Welt durch den jeweiligen, ihnen zugehörigen Instinkt vom Himmel beeinflußt. All ihr Tun wird berührt, individuell geprägt und auch von den hier unten vorhandenen Lichtstrahlen geführt, die von allen Objekten wahrgenommen werden, ganz so wie Geometrie und Harmonie, die mittels Bewegung zwischen ihnen entstehen, so wie die Herde von den Rufen des Hirten gelenkt wird, die Pferde am

Wagen vom Geschrei des Kutschers und der Tanz der Bauern vom Gellen der Sackpfeife. *Daran* glaube ich, und nichts von Eurem Hokuspokus kann mich eines anderen belehren.

Ich hoffe, diese offenen deutschen Worte haben Euch nicht verletzt, mein lieber Röslin. In meiner Zuneigung habt Ihr immer einen festen Platz, auch wenn ich Euch manchmal anfauche oder nach Euch schnappe, wie es nun einmal die Art ist von

Eurem Freund und Kollegen
Johannes Kepler

HAUS CRAMER

Prag

September 1609

Für Katharina und Heinrich Kepler: in Weil der Stadt
(In deren Anwesenheit vom Notaren G. Raspe vorzulesen. Gebühr anbei.)

Liebe Familie: Ich schreibe Euch, um Euch zu sagen, daß wir sicher und wohlbehalten wieder daheim angekommen sind. Friedrich hat sich erkältet, ist aber ansonsten gesund und kräftig. Die Vorbereitungen für die Hochzeit unserer lieben Regina sind weit gediehen: Sie zeigt sich in derlei Dingen wundersam begabt. Ihr erwählter Gatte ist ein ansehnlicher und ehrenwerter Mann und gutsituiert. Diese Woche kam er, um uns seine Aufwartung zu machen. Natürlich ist er zuvor schon hier gewesen, doch kam er das erstemal als Verlobter. Ich finde ihn ein wenig steif und frage mich, ob er nicht recht halsstarrig sein kann, doch alle waren überaus höflich. Regina wird sicherlich gut von ihm behandelt, da mache ich mir keine Sorgen, vielleicht wird sie sogar glücklich mit ihm. Nach der Hochzeit ziehen sie in die Oberpfalz nach Pfaffenhofen. Es heißt, dort herrsche die Pest.

Wir wohnen immer noch im alten Haus Cramer, und ich denke, wir werden vorläufig auch hier bleiben müssen. Das Quartier ist akzeptabel, wohnen wir doch auf der Brücke und haben so den Fluß zu unserem Nutzen. Das Gebäude ist aus Stein, was die Gefahr mindert, daß ein Feuer ausbricht, etwas, vor dem ich mich, wie Ihr wißt, schon immer gefürchtet habe. Außerdem befinden wir uns in einem guten Stadtviertel. In der Altstadt im Wenzelskolleg, in dem wir zuvor lebten, war es doch anders: Die Straßen waren unzumutbar, schlecht gepflastert und stets mit allerlei Unrat übersät, die Häuser erbärmlich, mit Stroh oder lehmbeschmiertem Flechtwerk bedeckt, und es herrschte ein Gestank, der die Türken hätte vertreiben können. Unser Hauswirt hier ist allerdings ein unmanierlicher Grobian, und ich habe so manche Auseinandersetzung mit ihm, die sich auf meine Verdauung schlägt. Barbara sagt, ich solle mir nichts aus ihm machen. Warum nur, frage ich mich, benehmen sich die Menschen so schlecht zueinander? Was können sie diesem Gezänk und Gekeife abgewinnen? Ich glaube, es gibt so manchen in der Welt, der sich selbst nur erträgt, indem er seine Mitmenschen leiden läßt. Dies gilt ebenso für den Hauswirt, der seine Mieter plagt, wie für den Ungläubigen, der seine Sklaven zu Tode martert: Nur im Ausmaß unterscheidet sich das Übel, nicht in ihrem Wesen. An eben solche Dinge denke ich, wenn meine Pflichten bei Hofe und meine Studien mir überhaupt Zeit zum Nachdenken gewähren. Dabei komme ich kaum zur wissenschaftlichen Arbeit, denn gesundheitlich geht es mir nicht gut, habe häufig Fieber und leide an entzündetem Gedärm, und mein Verstand liegt zumeist wie gelähmt in einem erbärmlichen Frost danieder. Doch ich will mich nicht beklagen. Gott ist gut.

Wir bewegen uns hier in Prag inmitten einer ausgezeichneten Gesellschaft. Der Kaiserliche Rat und Erste Sekretär der Hofkammer, Johannes Polz, hat mich gern. Sein Weib und die ganze Familie ist hier in Prag berühmt wegen ihrer österreichischen Eleganz und vornehmen adeligen Art. Es dürfte ihrem Einfluß zuzuschreiben sein, wenn ich eines Tages in dieser Hinsicht einige Fortschritte mache, wie weit ich davon auch noch entfernt bin (es ist durchaus nicht dasselbe, ein bekannter Mathematiker und ein bedeutender Mann der Gesellschaft zu sein!). Doch trotz der Armseligkeit meines Haushalts und meiner niederen Stellung, darf ich im Haus Polz nach Belieben aus und ein gehen – man sagt, daß sie dem Adel angehören! Ich habe auch andere gesellschaftliche Verbindungen. Die Frauen zweier kaiserlicher Hatschiere waren Patinnen bei Susannas Taufe. Stefan Schmid, der kaiserliche Schatzmeister; Matthäus Wacker, Referendar des kaiserlichen Konsistoriums, und Seine Exzellenz Joseph Hettler, der badische Gesandte, sie gaben allesamt die Paten für unseren Friedrich ab. Und bei der Feier für unseren kleinen Ludwig waren die Pfalzgrafen Philip Ludwig und sein Sohn Wolfgang Wilhelm von Pfalz-Neuburg anwesend. Ihr seht, wir beginnen, unseren Aufstieg in der großen Welt zu machen! Trotzdem vergesse ich mein eigen Blut nicht. Ich denke oft an Euch und bekümmere mich um Euer

Wohlergehen. Ihr müßt um einander Sorge tragen und lieb zueinander sein. Denkt an meine warnenden Worte, Mutter, die ich in unserem letzten Gespräch an Euch richtete. Halte Deine Mutter in Ehren, Heinrich. Und in Euren Gebeten denkt an

Euren Sohn und Bruder
Johannes

(Herr Raspe, allein für Eure Augen: achtet mir auf das Treiben von Frau Kepler, wie ich Euch gebeten habe, und haltet mich auf dem laufenden. Ich werde Euch für diese Dienste entlohnen.)

AEDES CRAMERIANIS
Prag

März 1610

Signor Prof. Giorgio Antonio Magini: in Bologna

Ich finde, es ist, als wachte man auf und sähe zwei Sonnen am Himmel. Das ist natürlich nur so eine Redensart. Zwei Sonnen wären ein Wunder oder Zauberwerk, wohingegen *dies* durch das menschliche Auge und durch den menschlichen Verstand zuwege gebracht wurde. Mir scheint, es gibt Zeiten, in denen plötzlich, nach Jahrhunderten des Stillstandes, die Dinge allesamt gleichsam mit erstaunlicher Geschwindigkeit zusammenfließen, so daß auf allen Seiten Ströme entspringen und ihren Lauf vereinen und dieses große Zusammenströmen wie ein mächtiger Fluß dahineilt, der mit seiner Flut all die zerbrochenen und jämmerlichen Trümmer unserer Mißverständnisse fortspült. Keine zwölf Monate ist es her, daß ich meine *Astronomia nova* veröffentlichte, die bis ins Unkenntliche unsere Vorstellungen vom himmlischen Wirken änderte: Und nun diese Neuigkeiten aus Padua! Zweifellos seid Ihr in Italien längst damit vertraut, und ich weiß, daß selbst die erstaunlichsten Dinge in kürzester Zeit gewöhnlich wirken können, doch für uns ist es noch immer neu, wunderbar und gar etwas beängstigend.

Die Kunde wurde mir von meinem Freund Matthäus Wacker überbracht, dem Referendar des kaiserlichen Konsistoriums und Rat des Kaisers, der es wiederum vom kürzlich eingetroffenen toskanischen Gesandten wußte. Wacker kam gleich damit zu mir. Es war ein strahlender, doch böiger Tag mit einer Ahnung von Frühling in der Luft, ein Tag, an den ich mich stets erinnern werde, so wie man sich nur an eine Handvoll Tage aus seinem Leben erinnert. Ich sah aus dem Fenster meines Arbeitszimmers die Kutsche des Rates über die Brücke rattern und den alten Wakker, wie er den Kopf aus dem Fenster streckte und den Kutscher zur Eile antrieb. Schickt eine solche Aufregung, wie sie ihn an diesem Tag ergriffen hatte, ihre Boten voraus? Denn noch als ich ihn näher kommen sah, fühlte ich eine nervöse Unruhe in mir, obwohl ich nichts von dem wußte, was er mir zu berichten hatte. Ich eilte nach unten und stand an der Tür, als die Kutsche hielt. Herr Wacker brabbelte bereits auf mich ein, bevor ich ihn noch verstehen konnte. Galileus aus Padua hatte ein zweilinsiges *perspicillum* – eigentlich ein gewöhnliches holländisches Fernrohr – auf den Nachthimmel gerichtet und mit Hilfe einer dreißigfachen Vergrößerung *vier neue Planeten entdeckt.*

Ich empfand eine wundersame Rührung, als ich dieser merkwürdigen Erzählung lauschte. Ich fühlte mich zuinnerst aufgewühlt. Wacker war voller Freude und fiebriger Erregung. Einen Augenblick lachten wir beide in unserer Verwirrung, im nächsten fuhr er mit seinem Bericht fort, und ich hörte aufmerksam zu – wir konnten kein Ende finden. Wir nahmen uns an die Hände und tanzten umher, und Wackers kleiner Hund, den er mitgebracht hatte, rannte um uns herum und kläffte gellend, bis er, von unserer Freude wie überwältigt und gleichsam außer sich, aufsprang und verliebt mein Bein umklammerte, so wie es der Hunde Art, sich die Lefzen leckte und wie irrsinnig grinste, so daß wir nur noch lauter lachten. Dann gingen wir hinein und setzten uns, ein wenig ruhiger nun, zu einer Kanne Bier an den Tisch.

Ist dieser Bericht wahr? Falls ja, welcher Art sind diese neu entdeckten Himmelskörper? Sind sie die Begleiter von Fixsternen oder gehören sie in unser Sonnensystem? Herr Wacker, obwohl Katholik, hängt der Ansicht des unglückseligen Brunos an, demzufolge die Sterne Sonnen sind, unendlich in ihrer Zahl, die das grenzenlose All füllen, und Galileos Entdeckung ist für ihn der entsprechende Beweis, die vier neuen Körper hält er für die Begleiter von Fixsternen, so daß, mit anderen Worten, der Paduer ein neues Sonnensystem gefunden hätte. Wie Ihr wißt, ist ein unendliches Universum für mich undenkbar. Außerdem halte ich es für unmöglich, daß diese Planeten unsere Sonne umkreisen, da die von mir in meinem *Mysterium* dargelegte Geometrie nur fünf Planeten im Sonnensystem erlaubt, nicht mehr. Daher denke ich, daß das, was Galileo sah, *Monde sind, die Plane-*

ten umkreisen, so wie unser Mond die Erde umkreist. Das ist die einzig plausible Erklärung.

Vielleicht habt Ihr, der Ihr dem Ort dieser Entdeckungen näher seid, bereits die korrekte Erklärung vernommen – vielleicht habt Ihr die neuen Phänomene gar selbst gesehen! Ach, wäre ich in Italien! Der toskanische Gesandte de Medici, der Wacker diese Neuigkeiten mitteilte, hat dem Kaiser ein Exemplar von Galileos Buch überreicht. Ich hoffe, es bald in Händen halten zu können. Dann werden wir ja sehen!

Schreibt, berichtet mir alle Neuigkeiten!
Kepler

Prag

April 1610

Georg Fugger, legatus imperatorius: *in Venedig*

Laßt Euch durch mein Schweigen und das Warten auf meine Antwort nicht zu der Annahme verführen, ich stimmte allem zu, was Ihr in Eurem letzten Brief geschrieben habt, und da Eure Position in diesen Dingen von besonderer Bedeutung ist – schließlich steht Galileo in Diensten der Venetianischen Republik – hielt ich es für ratsam, meine gegenwärtigen Studien zu unterbrechen und Euch sofort zu schreiben. Glaubt mir, mein lieber Herr, Eure Bemerkungen darüber, wem der Vorrang gebühre, mir oder dem Paduer, haben mich tief bewegt, doch ich trage keinen Wettlauf mit ihm aus, daß ich der anfeuernden Rufe und parteilichen Einflußnahme bedürfte. Jedenfalls stimmt, was Ihr sagt, daß er nämlich in diesen Entdeckungen und Behauptungen dringend des Segens des Kaiserlichen Mathematikers bedarf, und vielleicht ist dies wirklich der einzige Grund, wie Ihr anmerkt, aus dem er sich mir genähert hat. Doch warum auch nicht? Vor gut einem Dutzend Jahren, ehe ich berühmt war und als ich mein *Mysterium* gerade erst veröffentlicht hatte, habe *ich* mich *ihm* genähert. Es stimmt, damals hat er sich meinethalben keine große Mühe gegeben. Vielleicht war er zu sehr mit der eigenen Arbeit beschäftigt, vielleicht hielt er auch nicht viel von meinem Büchlein. Ja, ich weiß, er steht im Ruf, arrogant und undankbar zu sein, doch was soll's? Wissenschaft, mein Herr, ist nicht wie die Diplomatie, sie schreitet nicht mit Kopfnicken, Augenzwinkern und gedrechselten Komplimenten voran. Und meine Gewohnheit ist es immer schon gewesen, das zu preisen, was andere in meinen Augen Gutes geleistet haben. Nie schmähe ich anderer Leute Werk aus Eifersucht, nie schmälere ich anderer Leute Wissen, wenn es mir selber mangelt. Gleichermaßen vergesse ich es nie, wenn ich etwas Besseres geleistet oder etwas entdeckt habe. Gewiß hatte ich mir von Galileo viel erhofft, als meine *Astronomia nova* herauskam, doch die Tatsache, daß er mir mit keinem Wort antwortete, wird mich nun nicht davon abhalten, meine Feder zur Hand zu nehmen, auf daß er gewappnet sei gegen die übellaunigen Kritikaster aller Neuheit, die für unmöglich halten, was sie nicht wissen, und als gräßliche Gottlosigkeit ansehen, was jenseits der gewohnten Grenzen der aristotelischen Philosophie liegt. Ich spüre kein Bedürfnis danach, *ihm die Federn zu rupfen*, wie Ihr es formuliertet, sondern möchte nur anerkennen, was von Wert, und in Frage stellen, was zweifelhaft ist.

Niemand, Euer Exzellenz, sollte sich von der Kürze und scheinbaren Einfachheit des Büchleins von Galileo irreführen lassen. Der *Sidereus nuncius* ist ein überaus bedeutsames und bewundernswertes Werk, wie selbst ein flüchtiger Blick auf seine Seiten beweisen wird. Es stimmt allerdings, daß nicht alles, wie Galileo behauptet, darin gänzlich neu ist – der Kaiser selbst hat schon ein Fernglas auf den Mond gerichtet! Und auch andere haben vermutet, ohne allerdings Beweise dafür vorlegen zu können, daß die Milchstraße sich bei genauerer Betrachtung in einen Haufen zahlloser, zu Trauben versammelter Sterne auflöst. Selbst die Existenz planetarer Satelliten (denn eben hierfür halte ich die *vier neuen Planeten*) ist nicht sonderlich erstaunlich, umkreist denn nicht auch die Erde ein Mond? Warum also sollten die anderen Planeten keine Monde haben? Doch besteht ein großer Unterschied darin, über das Vorhandensein einer Myriade unsichtbarer Sterne zu spekulieren, oder darin, ihre Stellung auf Sternkarten zu verzeichnen, darin, geistlos durch eine Linse den Mond anzustarren, oder festzustellen, daß er sich nicht aus der *quinta essentia* der Schulgelehrten, sondern aus einem der Erde recht ähnlichen Stoff zusammensetzt. Kopernikus war nicht der erste, der behauptete, daß die Sonne nicht im Zentrum der Welt hockt, doch er *war* der erste, der ein entsprechendes Konzept aufstellte und so dem ptolomäischen Zeitalter ein Ende setzte. So hat auch Galileo in diesem Pamphlet klar und gelassen (und mit einer ruhigen Genauigkeit, von der ich reumütig bekenne, noch so manches lernen zu können!) eine Vision der Welt niedergelegt, die den Aristotelikern einen derartigen Schlag in ihre Bäuche verpassen wird, daß sie wohl noch lange nach Luft schnappen werden.

Über den *Sidereus nuncius* wird bei Hofe viel geredet, wie vermutlich inzwischen überall. (Hätte doch die *Astronomia nova* auch eine derartige Aufmerksamkeit erregt!) Der Kaiser gönnte mir gnädig einen Blick in sein Exemplar, doch ansonsten mußte ich meine Neugier mehr recht als schlecht zügeln, bis Galileo selbst mir vor einer Woche das Buch sandte, zugleich mit der Bitte um meine Ansicht, die er, so vermute ich, zu veröffentlichen gedenkt. Der Kurier kehrt am neunzehnten nach Italien zurück, mir bleiben daher gerade nur vier Tage für meine Antwort. Ich muß also nun schließen in der Hoffnung, daß Ihr mir meine Hast vergebt – und daß Ihr meine obige Antwort auf Euer ergreifendes und überaus geschätztes Bemühen darum, mich zu unterstützen, nicht mißversteht. In diesen Fragen der Wissenschaft, versteht Ihr, geht es nicht um den Einzelnen, sondern um die Arbeit. Ich mag Galileo nicht, aber ich muß ihn bewundern.

Ich habe mich übrigens gefragt, ob Ihr während Eures kürzlichen Aufenthaltes in Rom etwas von Tychos Zwerg und seinem Gefährten, einem Mann namens Felix, gehört habt. Ich erhielte gern Neuigkeiten von ihnen, so Ihr denn welche habt.

Ich bleibe, mein Herr,
Euer Diener;
Johannes Kepler

März 1611

Dr. Johannes Brengger: in Kaufbeuren

Eine Düsternis breitet sich aus, und wir fürchten das Schlimmste. In der kleinen Welt unseres Hauses ist eine große Tragödie über uns hereingebrochen, und zutiefst verwirrt durch unseren Kummer glauben wir unwillkürlich, daß sie in irgendeinem Zusammenhang mit den gräßlichen Ereignissen in der größeren Welt steht. Ich glaube, es gibt Zeiten, in denen Gott müde wird, und dann nutzt der Teufel seine Chance und stürzt mit all seiner Wut und grausamen Bösartigkeit auf uns herab und bringt Verwüstung für hoch und niedrig gleichermaßen. Wie lang, mein lieber Doktor, scheinen jene glücklichen Tage vorbei, in denen wir mit solcher Inbrunst und Begeisterung über die Angelegenheiten unserer neugeborenen Lehre von der Optik korrespondierten! Seid bedankt für Euren letzten Brief, doch ich fürchte, zur Zeit bin ich nicht in der Lage, auf die interessanten Fragen einzugehen, die Ihr aufwerft – ein andermal vielleicht werde ich mich ihnen zuwenden und sie mit jenem Nachdruck beantworten, deren sie bedürfen. Ich habe jetzt kein Herz für die Arbeit. Außerdem wird meine Zeit größtenteils von den Pflichten bei Hofe aufgebraucht. Die Eigenheiten des Kaisers ähneln mehr und mehr schlichtem Irresein. Er vermauert sich in den Palast, verbirgt sich vor den Blikken seiner gehaßten Mitmenschen, während zugleich sein Reich zerfällt. Österreich, Ungarn und Mähren hat ihm sein Bruder Matthias schon abgenommen, der sich darauf vorbereitet, den Rest an sich zu reißen. Während des ganzen letzten Sommers tagte in dieser Stadt bis in den Herbst hinein eine Versammlung der Fürsten, die auf Versöhnung zwischen den Brüdern drängten. Doch trotz seiner Launen und Seltsamkeiten bewies Rudolph eine eiserne Halsstarrigkeit. In dem Bemühen, Matthias und die Fürsten zu zügeln, vielleicht aber auch, um die religiösen Freiheiten wieder aufzuheben, die ihm in einer königlichen Charta von den hiesigen lutherischen Abgeordneten abgerungen worden waren, verbündete er sich mit seinem Verwandten Leopold, dem Bischof von Passau und Bruder des üblen Erzherzogs Ferdinand von der Steiermark, meinem alten Feind. Leopold, natürlich ebenso abscheulich und verräterisch wie der Rest der Familie, marschierte mit seiner Armee gegen uns und hält einen Teil der Stadt besetzt. Böhmische Truppen sammeln sich gegen ihn, und von schrecklichen Exzessen auf beiden Seiten ist die Rede. Matthias, so heißt es, ist nun auf Bitten der Volksvertreter – wie auch auf Bitten Rudolphs! – mit einer österreichischen Armee auf dem Weg hierher. All dies kann nur damit enden, daß der Kaiser seinen Thron verliert, und so habe ich mich nach einer Zuflucht andernorts umgetan. Gewisse einflußreiche Leute drängen mich, nach Linz zu kommen. Ich meinerseits kann nicht umhin, mit einer gewissen Sehnsucht nach meinem heimischen Schwabenland zu schielen. Ich schickte eine Bittschrift an den Herzog von Württemberg, meinem einstigen Mäzen, doch setze ich nur wenig Hoffnung auf ihn. Schwer ist der Gedanke, daß man in seinem eigenen Heimatland nicht willkommen ist! Man hat mir auch Galileis alten Stuhl in Padua angeboten, der durch seine Abreise nach Rom frei wurde. Galileo hat mich persönlich dafür empfohlen. Die Ironie des Ganzen ist mir nicht entgangen. Italien – das schmeckt mir nicht. Linz böte daher die vielversprechendste Aussicht. Eine engstirnige und provinzielle Stadt, doch gibt es Menschen dort, die ich kenne, aber auch einen ganz besonderen Freund. Mein Weib wäre froh, in ihr heimisches Österreich zurückkehren und dieses Prag verlassen zu können, das sie nie gemocht hat. Sie ist ernstlich krank gewesen, litt an ungarischem Fieber und an epileptischen Anfällen, doch sie trug diese Heimsuchungen mit Fassung, und alles hätte gut gehen können, hätten unsere Kinder nicht kurz darauf die Blattern bekommen. Das älteste und das jüngste haben überlebt, aber Friedrich, unser geliebter Sohn, erlag der Seuche. Er wurde sechs Jahre alt, ein harter Tod für das Kind. Er war blond, eine Hyazinthe des Morgens in den ersten Frühlingstagen, unsere Hoffnung, unsere Freude. Ich gestehe, Doktor, manchmal sind mir Gottes Wege unbegreiflich. Selbst als der Junge auf dem

Totenbett lag, ließ sich vom Stadtrand der Lärm der Schlacht vernehmen. Wie kann ich Euch meine Gefühle angemessen ausdrükken? Ein solcher Kummer ist mit nichts auf der Welt zu vergleichen. Ich muß jetzt schließen.

Kepler

GASTHOF ZUM GOLDENEN GREIF
Prag

Juli 1611

Frau Regina Ehem: in Pfaffenhofen

O, meine liebe Regina! Angesichts der Katastrophen, die uns befallen haben, sind Worte unzureichend, und Schweigen wird zum wahrhaftigsten Ausdruck unserer Gefühle. Und dennoch, wie immer es auch um mich steht, Du mußt einen Bericht dieser letzten Wochen haben. Wenn ich unbeholfen bin, herzlos oder kalt wirke, dann weiß ich, Du verstehst, daß Trauer und Scham mich daran hindern, meine Empfindungen angemessen auszudrücken.

Wer kann schon sagen, wann die Krankheit Deiner Mutter genau begann? Ihr war ein Leben randvoll mit Schwierigkeiten und Kümmernissen beschieden. Es stimmt, es verlangte sie nie nach materiellen Dingen, wie sehr sie mir auch den Mangel an Erfolg in der großen Welt der Gesellschaft vorwarf, die zu betreten sie sich nie erträumt hatte. Doch mit zweiundzwanzig zweifache Witwe zu sein, das war gewiß nicht leicht, wie auch nicht der Verlust unseres erstgeborenen Kindes und nun der Tod unseres lieben Friedrichs. In letzter Zeit pflegte sie heimlich Andachten zu halten und wurde nie ohne ihr Gebetbuch gesehen. Auch ihr Gedächtnis war nicht mehr, was es einmal gewesen war, und manchmal lachte sie völlig grundlos auf oder weinte plötzlich, wie vom Kummer gepackt. Auch ihre Mißgunst hatte zugenommen, und ständig beklagte sie ihr Los, verglich sich mit den Frauen der Räte und kleinen Hofbeamten, die ihr in weit größerem Luxus zu leben schienen als sie, die Frau des Kaiserlichen Mathematikers. All dies beschäftigte sie natürlich, doch was hätte ich tun können?

Ihre Krankheit im letzten Winter, dieses Fieber und die Fallsucht haben mich mächtig erschreckt, doch war Deine Mutter beherzt und kräftig und bewies eine Entschlossenheit, die alle erstaunte, die sie kannten. Der Tod des Kindes im Februar war ein schrecklicher Schlag. Als ich Ende Juni von einer Reise nach Linz zurückkehrte, traf ich sie erneut daniederliegend an. Die österreichischen Truppen hatten Seuchen in die Stadt geschleppt, und Deine Mutter hatte sich den gefleckten Typhus geholt, hier auch Ungarisches Fieber genannt. Vielleicht hätte sie noch dagegen ankämpfen können, wäre ihre Kraft nicht verbraucht gewesen. Betäubt von den Greueltaten der Soldateska und dem blutigen Kampf in der Stadt, verzehrt von Hoffnungslosigkeit wegen der Zukunft und einem unstillbaren Sehnen nach ihrem Liebling, dem eben erst verlorenen Sohn, verschied sie schließlich am Dritten dieses Monats. Als ihr ein sauberes Hemd angezogen wurde, fragte sie mit ihren letzten Worten: Ist dies das Kleid der Erlösung? Sie dachte an Dich in ihren letzten Stunden und hat oft von Dir gesprochen.

Schuldgefühle und Reue nagen an mir. Unsere Ehe war von Anfang an vergällt, wurde sie doch gegen unseren Willen unter unheilvollen Vorzeichen geschlossen. Deine Mutter hatte einen verzagten und reizbaren Charakter. Sie warf mir vor, daß ich mich über sie lustig machte. Immer wieder störte sie mich zur Unzeit bei der Arbeit, um Haussachen mit mir zu erörtern. Und ich verlor die Geduld, wenn sie mir immer neue Fragen stellte, habe sie aber nie eine Närrin gescholten, auch wenn sie vielleicht glaubte, daß ich sie dafür hielt, denn sie ist gar sehr empfindlich gewesen. In letzter Zeit hat sie stetiger Erkrankungen halber ihr Gedächtnis im Stich gelassen, und ich habe ihr mit viel Anmahnungen und Erinnerungen allerhand Überdruß getan, ließ sie sich doch von niemandem etwas sagen und war aber oft nicht in der Lage, allein zurechtzukommen. Manchmal war ich sogar hilfloser als sie, gab aber im Streit nicht nach, unwissend wie ich war. Kurz und gut, sie war von Natur aus zunehmend reizbar, und ich habe sie zu meinem Bedauern immer wieder verärgert, doch ließen mich meine Studien manchmal alle Rücksicht vergessen. War ich grausam zu ihr? Wenn ich sah, wie sie sich meine Worte zu Herzen nahm, hätte ich mir lieber einen Finger abgebissen, als ihr weiteren Anlaß zu Kummer zu geben. Was mich nun betrifft, so wurde ich nicht gerade mit Liebe überhäuft, doch habe ich sie nicht gehaßt. Und wie Du weißt, habe ich jetzt niemanden, mit dem ich reden kann.

Denke an mich, liebes Kind, und bete für mich. Ich bin in dieses Gasthaus umgezogen – Du erinnerst Dich an den Goldenen Greif? –, da ich das Haus nicht länger ertrug. Die Nächte sind am schlimmsten, und ich schlafe nicht. Was soll ich tun? Ich bin ein Witwer mit zwei kleinen Kindern, und um mich herum herrscht die turbulente Unordnung des Krieges. Ich werde Dich baldmöglichst besuchen. Könntest Du doch herkommen, aber der Gefahren sind einfach zu viele. Ich zeichne, wie in den alten Tagen, als

Dein Papa

Post scriptum: Ich habe das Testament Deiner Mutter geöffnet. Sie hat mir nichts hinterlassen. Meine Grüße an Deinen Gatten.

Kunstadt in Mähren

April 1612

Johannes Fabricius: in Wittenberg

Gegrüßet seid Ihr, edler Sohn eines edlen Vaters. Vergebt mir mein langes Schweigen auf Eure zahlreichen, höchst willkommenen und faszinierenden Briefe. Ich wurde in diesen letzten Monaten durch allerlei Angelegenheiten sowohl privater wie öffentlicher Natur ziemlich in Beschlag genommen. Sicherlich sind Euch die bewegenden Ereignisse bekannt, zu denen es in Böhmen kam, Ereignisse, die mit all ihren Folgen zu meiner regelrechten Verbannung aus Prag führten. Vorübergehend halte ich mich hier in Kunstadt im Haus einer alten Bekannten meines verstorbenen Weibes auf, einer gutherzigen Witwe, die mir anbot, sich um meine mutterlosen Kinder zu kümmern, bis ich in Linz Quartier gefunden und mich eingerichtet habe. Ja, ich bin unterwegs nach Linz, um dort den Posten eines Landschaftsmathematikers zu übernehmen. Ihr seht, wie tief ich gesunken bin.

Das vergangene Jahr war das schlimmste, das ich je erlebt habe; ich bete nur, dergleichen nicht noch einmal erleiden zu müssen. Wer wollte glauben, daß einem Menschen in so kurzer Zeit so viele Unglücksfälle widerfahren können? Erst verlor ich meinen geliebten Sohn, dann meine Frau. Man sollte meinen, dies sei genug, doch scheint es, wenn das Unglück kommt, dann kommt es in schrecklichen Scharen. Der Einmarsch der Passauer Truppen in Prag war es, der jene Seuchen brachte, die meinen kleinen Sohn und mein Weib dahinrafften; dann kam der Erzherzog Matthias mit seinen Mannen, und mein Schirmherr und Beschützer wurde vom Thron gestürzt: Rudolph, dieser arme, traurige, gute Mann! Ich tat mein Bestes, ihn zu retten. Beiden Seiten in diesem Streit war an Sterndeutungen sehr gelegen, wie dies bei Soldaten und Staatsmännern wohl stets der Fall ist, und als Kaiserlicher Mathematiker und Hofastronom war man eifrig auf meine Dienste bedacht. Obwohl ich in Wahrheit meinen Interessen besser gedient hätte, wäre ich auf die Seite der Feinde übergelaufen, blieb ich meinem Herrn treu und ging sogar so weit, vor Matthias vorzugeben, daß die Sterne Rudolph begünstigten. Natürlich hat es nichts genutzt. Der Ausgang dieser Schlacht war vor ihrem Beginn entschieden. Nach seiner Abdankung im Mai blieb ich an Rudolphs Seite. Er war trotz allem gut zu mir gewesen, wie konnte ich ihn da im Stich lassen? Der neue Kaiser ist mir allerdings nicht feindselig gesinnt und hat mich erst im letzten Monat in meiner Stellung als Mathematiker bestätigt. Doch Matthias ist kein Rudolph; in Linz werde ich besser aufgehoben sein.

Dort werde ich besser aufgehoben sein – zumindest rede ich mir das ein. In Oberösterreich gibt es wenigstens Leute, die mich und meine Arbeit zu würdigen wissen. Soviel läßt sich von meinen Landsleuten nicht gerade behaupten. Habt Ihr vernommen, wie ich mich bemühte, nach Deutschland zurückzukehren? Vor kurzem wandte ich mich erneut an Friedrich von Württemberg und flehte ihn an, mir, wenn schon keine Professorenstelle für Philosophie, so doch eine bescheidene politische Stellung zu verschaffen, auf daß ich ein wenig Frieden und etwas Platz fände, in Ruhe und Stille meinen Studien nachzugehen. Die Amtsstube des Kanzlers war nicht abgeneigt und deutete sogar an, man zöge mich für den Stuhl der Mathematik in Tübingen in Betracht, da Dr. Mästlin alt geworden sei. Doch das Konsistorium war anderer Ansicht. Es erinnerte sich, daß ich in einer früheren Bittschrift ehrlich genug gewesen war, davor zu warnen, daß ich die Konkordienformel nicht bedingungslos unterschreiben könne. Außerdem wurde die alte Anschuldigung hervorgezerrt, derzufolge ich dem Calvinismus zuneige. Letztlich aber lief alles darauf hinaus, daß ich endgültig von meinem Heimatland abgewiesen wurde. Vergebt mir, aber hiermit überantworte ich die Herren Konsistorialräte allesamt den Abgründen der Hölle.

Ich bin einundvierzig, und ich habe alles verloren: meine Familie, meinen ehrenhaften Ruf, sogar mein Land. Jetzt sehe ich einem neuen Leben entgegen und weiß nicht, welche Schwierigkeiten mich erwarten. Doch ich verzage nicht. Ich habe Großes geleistet, ein Werk, dessen wahren Wert man eines Tages schon noch erkennen wird. Meine Aufgabe ist nicht beendet. Das Bild von der Harmonie der Welt schwebt mir immer vor Augen und treibt mich voran. Gott wird mich nicht verlassen. Ich werde überleben. Vom großen Dürer aus Nürnberg trage ich die Kopie jenes Kupferstichs bei mir, der da heißt Ritter mit Tod und Teufel, ein Bild stoischer Erhabenheit und Seelenstärke, das mir großen Trost zu spenden vermag: denn so muß man leben, das Gesicht der Zukunft zugewandt, gleichgültig gegenüber allen Schrecknissen und von närrischen Hoffnungen nicht getäuscht.

Ich lege einen alten, nicht abgeschickten Brief bei, den ich unter meinen Papieren fand. Er wendet sich Dingen wissenschaftlichen Interesses zu, und Ihr sollt ihn haben, denn ich fürchte, es wird einige Zeit vergehen, ehe ich mir ein Herz fassen und mich derartigen Spekulationen wieder hingeben kann.

Euer Kollege
Joh. Kepler

Prag

Dezember 1611

Johannes Fabricius: in Wittenberg

Ach, mein lieber junger Herr, wie glücklich bin ich, von Euren Nachforschungen über die Natur dieser rätselhaften Sonnenflekken zu hören. Ich bin nicht nur voll der Bewunderung für die Strenge und Genialität Eurer Untersuchungen, sie versetzen mich darüber hinaus auch aus diesen verhaßten Zeiten in eine freundlichere Zeit meines Lebens. Ist es wirklich erst fünf Jahre her? Was bin ich für ein Glückspilz, daß ich als erster in diesem Jahrhundert die Flecken beobachtete! Ich sage dies nicht, um Euer Feuer zu kühlen, wenn ich mich so ausdrücken darf (noch möchte ich mich in Scheiners und Galileos langweiligen Streit über die Frage einmischen, wem der Vorrang für diese Entdeckung gebührt), sondern nur, weil ich mich gleichsam vergewissern will, daß es eine Zeit gegeben hat, in der ich glücklich und, fast könnte man sagen, in aller Unschuld meinen wissenschaftlichen Studien nachging, ehe die Katastrophen dieses schrecklichen Jahres über mich hereinbrachen.

Das erste Mal beobachtete ich das Phänomen der Sonnenflekken im Mai des Jahres 1607. Wochenlang hatte ich angestrengt den Lauf des Merkur am Abendhimmel verfolgt. Berechnungen zufolge sollte dieser Planet am neunundzwanzigsten Mai in eine untere Konjunktion mit der Sonne eintreten. Da am Abend des siebenundzwanzigsten ein heftiger Sturm aufkam und mir schien, daß diese Konstellation Ursache einer solchen Wetterstörung sei, fragte ich mich, ob die Konjunktion nicht früher eingetreten war. Also machte ich mich am Nachmittag des achtundzwanzigsten daran, die Sonne zu beobachten. Damals bewohnte ich einige Zimmer im Wenzelskolleg, dessen Rektor, Martin Bachazek, mein Freund war. Bachazek, ein begeisterter Amateur, hatte auf dem Dachboden des Kollegs einen kleinen hölzernen Turm errichten lassen, und dorthin hatten wir uns an jenem Tag zurückgezogen. Sonnenstrahlen schimmerten durch die dünnen Ritzen in den Ziegeln, und in einen dieser Strahlen hielten wir ein Stück Papier, auf dem sich ein Abbild der Sonne zeigte. Und wahrhaftig, auf dem strahlenden Bild der Sonne entdeckten wir einen kleinen Klecks, ziemlich schwarz und etwa so groß wie ein vertrockneter Floh. Da wir überzeugt waren, Merkur vor der Sonne vorbeiziehen zu sehen, befiel uns die größte Aufregung. Um einen Irrtum zu vermeiden und um sicherzugehen, daß es kein Flecken im Papier war, bewegten wir das Blatt hin und her, so daß das Licht darüber wanderte: und überall erschien der schwarze Fleck zusammen mit dem Licht. Ich verfaßte gleich einen Bericht und ließ ihn auch von meinem Kollegen unterzeichnen. Dann eilte ich zum Hradschin und schickte einen Kammerdiener mit der Nachricht zum Kaiser, denn diese Konjunktion war natürlich für Seine Majestät von größtem Interesse. Darauf begab ich mich zur Werkstatt von Jost Bürgi, dem Hofmechaniker. Er war ausgegangen, und so bedeckte ich mit Hilfe eines seiner Assistenten ein Fenster und ließ das Licht durch ein kleines Loch in einer Zinnplatte fallen. Wieder war der Klecks zu sehen. Und wieder suchte ich eine Bestätigung für meinen Bericht und ließ ihn mir von Bürgis Assistenten unterzeichnen. Das Dokument liegt vor mir auf dem Tisch, und dort lese ich die Unterschrift: *Heinrich Stolle, Uhrmachergeselle, von eigener Hand.* Wie gut ich mich an all das erinnere!

Natürlich habe ich mich geirrt, wie so oft; ich hatte, wie Ihr wißt, nicht den Durchgang des Merkur beobachtet, sondern einen *Sonnenflecken.* Habt Ihr, so frage ich mich, eine Erklärung für die Entstehung dieses Phänomens? Seit jenem Tage habe ich es noch oft gesehen, bin aber zu keiner Erklärung gekommen, die mich zufriedenstellen konnte. Vielleicht sind sie eine Art Wolken, wie es sie an unserem Himmel gibt, doch wunderbar schwarz und schwer und daher leicht zu sehen. Oder sind sie Ausbrüche brennenden Gases, die von der feurigen Oberfläche aufsteigen? In mir jedoch wecken sie mein äußerstes Interesse nicht wegen der Frage nach ihrer Entstehung, sondern weil sie durch ihre Form und offensichtliche Bewegung zur Genüge die Rotation der Sonne beweisen, die ich in meiner *Astronomia nova* zwar vorausgesetzt, aber nicht bewiesen habe. Ich staune, wieviel ich in jenem Buch ohne die Hilfe des Teleskops erreichen konnte, das Ihr in Eurer Arbeit zu solch großem Nutzen verwandt habt.

Was sollten wir ohne unsere Wissenschaft anfangen? Selbst in diesen schrecklichen Zeiten ist sie ein großer Trost. Um meinen Herrn Rudolph ist es von Tag zu Tag seltsamer bestellt; ich glaube, er lebt nicht mehr lang. Manchmal scheint er nicht zu wissen, daß er kein Kaiser mehr ist. Ich rede ihm diesen Traum nicht aus. Welch trauriger Ort ist doch diese Welt. Wer möchte sich da nicht zu den klaren und stillen Höhen himmlischer Beobachtung aufschwingen?

Nehmt Euch mein schlechtes Beispiel nicht zu Herzen, sondern schreibt mir bald zurück. Ich bin, mein Herr,

Euer Johannes Kepler

GASTHOF ZUM GOLDENEN GREIF
Prag

September 1611

Frau Regina Ehem: in Pfaffenhofen

Liebe Regina, das Leben, so schien es mir immer, ist eine formlose, sich ständig wandelnde Masse, eine Kugel geschmolzenen Glases etwa, die uns hingeworfen wurde und die wir mit bloßen Händen und ohne die Hilfe selbst der gröbsten Werkzeuge in eine vollkommene Form bringen müssen, damit wir es in uns erhalten können. Das, so glaubte ich, sei unsere Aufgabe hier auf Erden, die Verwandlung des äußeren Chaos in vollkommene innere Harmonie, in ein ideales Gleichgewicht. Falsch, falsch: denn unsere Leben enthalten uns, *wir* sind der Makel im Kristall, das Staubkorn, das aus der sich drehenden Kugel hinausgeschleudert werden muß. Es heißt, daß ein Ertrinkender sein gesamtes Leben blitzartig vorüberziehen sieht, ehe er seinen Geist aushaucht: doch warum sollte dies nur für den Tod im Wasser gelten? Ich schätze, es gilt für alle Todesarten. Im letzten Augenblick werden wir endlich die verborgene, innerste Form all dessen wahrnehmen, was wir gewesen sind, all unseres Tuns und Denkens. Der Tod ist das vervollkommnende Medium. Diese Wahrheit – denn dafür halte ich es – hat sich mir in den letzten Monaten mit Macht aufgedrängt. Sie ist die einzige Antwort, die diesem Verrat, diesen Katastrophen und Schmerzen einen Sinn verleiht.

Ich will Dich, liebes Kind, für unsere gegenwärtigen Meinungsverschiedenheiten nicht verantwortlich machen. Es gibt welche in Deiner Nähe, einen ganz besonders, das weiß ich, der selbst einen trauernden, siechenden Mann in der Stunde seiner Not nicht in Frieden lassen will. Deine Mutter war noch nicht kalt im Grabe, als das erste herrische Sendschreiben Deines Gatten eintraf und mich wie ein Schlag in den Magen traf. Nun schreibst *Du* selbst in dieser höchst ungewöhnlichen Manier. Das ist nicht der Ton Deiner Stimme, an die ich mich mit Zärtlichkeit und Liebe erinnere; so würdest Du nicht zu mir reden, hättest Du die Wahl.

Ich kann nur annehmen, daß man Dir die Worte diktiert hat. Und so wende ich mich nicht an Dich, sondern spreche durch Dich zu jemand anderem, dem direkt zu schreiben, ich nicht über mich bringen kann. Soll er die Ohren spitzen. Diese erbärmliche Sache soll zu aller Zufriedenheit geklärt werden.

Wie kannst Du mir unterstellen, daß ich die Zahlung dieser Beträge verzögere? Was kümmert mich das bloße Geld, ich, der ich verloren habe, was mir weit kostbarer als eines Kaisers Schatzkammer mit Gold war, meine Frau meine ich und meinen geliebten Sohn? Daß mein Weib Barbara beschloß, mich in ihrem Testament nicht zu erwähnen, schmerzt mich, doch ist es meine Absicht, ihren Willen zu erfüllen. Zwar fehlt es mir im Augenblick an Kraft, den Stand der Dinge gründlich zu prüfen, doch weiß ich ungefähr, wie es um Frau Keplers Vermögen steht und was davon noch übrig ist. Als ihr Vater starb und das Anwesen Mühleck geteilt wurde, besaß sie etwa dreitausend Florins in Gütern und Besitz. Sie war daher nicht so reich, wie man uns glauben ließ – doch das ist eine andere Geschichte. Nach dem Tod von Jobst Müller fuhr ich mit Frau Kepler nach Graz und verbrachte keine geringe Zeit und nicht wenige Mühen damit, ihr Erbe in Geld zu verwandeln. Die steierischen Steuern damals waren vor allem Strafmaßnahmen gegen Lutheraner, und wir mußten schwere Verluste hinnehmen, als wir ihr Geld nach Österreich transferierten. Deshalb gibt es heute jene Tausende nicht mehr, die an mich zu nehmen mir bestimmte Leute unterstellen. Unser Leben in Böhmen war nicht einfach, der Kaiser nicht gerade der pünktlichste Zahlmeister, und trotz Frau Keplers äußerster Sparsamkeit wurde ihr Kapital unweigerlich hin und wieder angegriffen. Da waren ihre vielen Erkrankungen, die feinen Kleider, auf die sie bestand, und dann war sie auch keine Frau, die sich mit Kohl und Kartoffeln zufriedengab. Glaubst Du denn, wir haben von Luft gelebt?

Außerdem gelang es mir nach der Heirat trotz heftigen Widerstandes zum Vormund der kleinen Tochter meiner Frau ernannt zu werden, unserer lieben Regina, denn ich liebte das Kind, wie es damals war, und ich fürchtete, daß es unter den Verwandten seiner Mutter den Gefahren des Katholizismus ausgesetzt sein würde. Von Jobst Müller waren mir siebzig Florins jährlich als Unterhalt für das Kind versprochen worden: Ich habe nie einen Pfennig von dem Geld gesehen, noch wurde mir etwa erlaubt, Reginas eigenes, durchaus beträchtliches Vermögen anzurühren. Daher halte ich mich sehr wohl für befugt, eine gerechte und angemessene Entschädigung vom Erbe einzubehalten. Ich habe zwei eigene Kinder, die ich versorgen muß. Meine Freunde und Gönner, das Haus der Fugger, werden für die Übersendung der verbleibenden Summe einstehen. Ich denke doch nicht, daß Du *sie* falschen Handels bezichtigen willst?

Johannes Kepler

Prag

Dezember 1610

Dr. Johannes Brengger: in Kaufbeuren

Ich habe heute von Markus Welser in Köln die ersten Fahnen meiner *Dioptrik* erhalten. Der Druck hat sich verzögert, doch selbst jetzt, da endlich damit begonnen wurde, bleibt die Finanzierung des Projektes ein Problem, und ich fürchte, es wird lange dauern, ehe das Werk vollendet ist. Ich hatte das Manuskript bereits im August fertig und sogleich meinem Gönner überreicht, dem Herzog Ernst von Köln, der sich unglückseligerweise nicht so enthusiastisch und pünktlich wie der Autor zeigte und keine Eile damit zu haben scheint, der Welt dieses wichtige, ihm gewidmete Werk zukommen zu lassen. Doch bin ich froh, auch nur diese wenigen Blatt im Druck zu sehen, da ich gegenwärtig in meinem geplagten Zustand selbst für die kleinste Ablenkung dankbar bin. Wie weit scheinen doch diese Sommermonate zurückzuliegen, als meine Gesundheit sich zu bessern schien und ich mit solchem Elan arbeiten konnte. Nun leide ich wieder einmal unter Fieberanfällen und habe keine Kraft, bin wunden Geistes. Sorgen zuhauf, und es geht das Gerücht vom Krieg. Doch schaue ich mit frischem Blick auf dieses Büchlein, kommt mir der Gedanke, daß mich vielleicht, ohne daß ich davon wußte, eine Ahnung künftiger Probleme erfaßt hatte, denn dies ist gewiß ein seltsames Werk, ungewöhnlich streng und wortkarg, winterlich im Ton, exakt in der Ausführung. So überhaupt nicht meine Art.

Es ist ein Buch, das sich nicht leicht verstehen läßt und außer eines klugen Kopfes auch einer besonderen intellektuellen Gewandtheit sowie eines außerordentlichen Verlangens bedarf, die Natur der Dinge kennenlernen zu wollen. Ich habe mich in diesem Buch bemüht, jene Gesetze darzulegen, nach denen das galileische Teleskop funktioniert. (Ich darf vielleicht noch hinzufügen, daß ich, wie Ihr Euch denken könnt, in dieser Aufgabe kaum Unterstützung von dem erfuhr, dessen Namen das neue Instrument trägt). Es läßt sich wohl behaupten, so denke ich, daß ich mit diesem Buch und meiner *Astronomia pars optica* von 1604 die Grundlagen einer neuen Wissenschaft geschaffen habe. War jedoch das frühere Buch ein fröhliches und spekulatives Unterfangen, die Natur des Lichtes und die Funktionsweise der Linsen zu erklären, so ist die *Dioptrik* eine nüchterne Darlegung des Regelwerks nach Art eines Handbuches der Geometrie. Ach, könnte ich Euch doch ein Exemplar senden, so begierig bin ich, Eure Meinung zu hören. Verflucht seien diese Pfennigfuchser! Es umfaßt einhunderteinundvierzig Regeln, die schematisch in Definitionen, Axiome, Probleme und Propositionen unterteilt sind. Ich begann mit dem Gesetz der Strahlenbrechung, dessen Formulierung, wie ich gestehe, nicht wesentlich genauer als die früheren ist, doch fuhr ich nicht allzu schlecht dank der Tatsache, daß ich die Einfallswinkel recht klein gehalten habe. Ich habe auch eine Beschreibung der Strahlenbrechung in einem Glaskubus und einem dreiseitigen Prisma dargelegt, und natürlich drang ich tiefer als je zuvor in die Materie der Linsen ein. In Problem sechsundachtzig, das aufzeigt, wie mit Hilfe zweier konvexer Linsen sichtbare Objekte zwar auf dem Kopf, doch vergrößert und verdeutlicht dargestellt werden können, glaube ich, das Prinzip benannt zu haben, nach dem das astronomische Teleskop funktioniert. Außerdem habe ich dargelegt, wie sich durch die entsprechende Kombination einer konvergierenden mit einer divergierenden Linse (statt einer einfachen Objektlinse) das galileische Teleskop noch außerordentlich verbessern ließe. Das wird dem Paduer nicht gefallen, sollte ich meinen.

Ihr seht also, mein lieber Doktor, wie weit ich in unserer Wissenschaft vorgeprescht bin. Ich glaube wirklich, daß ich so weit gekommen bin, wie es nur möglich ist, und gestehe mit einigem Bedauern, daß ich mein Interesse an der Sache verliere. Das Teleskop ist ein wunderbar nützliches Instrument und wird der Astronomie zweifellos noch von großem Nutzen sein. Ich für meinen Teil jedoch werde des Starrens in den Himmel rasch müde, wie herrlich der Anblick dort auch immer sein mag. Sollen andere diese neuen Phänomene kartografieren. Meine Augen sind schwach. Ich bin, so fürchte ich, kein Kolumbus des Himmels, sondern nur ein bescheidener Daheimbleiber, ein Lehnstuhlträumer. Die Phänomene, mit denen ich vertraut bin, sind mir seltsam und wunderbar genug. Wenn die neuen Sternengucker neue Tatsachen entdecken, mit deren Hilfe es gelingt, die wahre Natur der Dinge zu erklären, gut und schön, doch scheint mir, werden die entscheidenden Antworten auf das kosmische Rätsel nicht am Himmel, sondern nur an jenem anderen, unendlich viel kleineren, doch deshalb nicht weniger rätselhaften Firmament in unserem Schädel gefunden. Mit einem Wort, mein lieber Freund, ich bin ein altmodischer Mensch, doch bin ich auch

Ihr Kepler

AEDES CRAMERIANIS
Prag

Oktober 1610

Georg Fugger: in Venedig

Laßt mich Euch erneut meinen wärmsten und innigsten Dank für die getreue Unterstützung meiner Person und meiner Arbeit antragen. Ich danke Euch auch für die freundlichen Worte über meine *Dissertatio cum nuncio sidero* und für Eure Bemühungen, die in diesem kleinen Werk formulierten Ansichten in Italien zu verbreiten. Doch ich muß mich erneut dagegen wehren, daß Ihr mir so enthusiastisch den Vorzug vor Galileo gebt. Ich opponiere nicht gegen ihn. Meine *Dissertatio* reißt ihm nicht, wie Ihr Euch ausdrücktet, *die Maske vom Gesicht.* Wenn Ihr mein Pamphlet mit Sorgfalt lest, werdet Ihr deutlich erkennen, daß ich, wenn auch mit Vorbehalt, seinen Erkenntnissen meinen Segen gegeben habe. Überrascht Euch das? Seid Ihr etwa enttäuscht? Wie kann ich, werdet Ihr fragen, jemandem wohlwollen, der sich nicht einmal dazu herabläßt, mir persönlich zu schreiben? Doch ich bin, wie ich schon einmal schrieb, ein Liebhaber der Wahrheit und werde sie willkommen heißen und preisen, aus welcher Ecke auch immer sie kommt. Manchmal glaube ich fast, daß die, welche sich dieses Gezänk über die Verläßlichkeit von Galileos Erkenntnissen angelegen sein lassen, nicht so sehr um die objektive Wahrheit besorgt sind, als vielmehr darum, Munition gegen einen arroganten und klugen Mann zu finden, der weder raffiniert noch verschlagen genug ist, der Allgemeinheit zum Gefallen eine falsche Bescheidenheit an den Tag zu legen. Dieser junge Possenreißer Martin Horky, Maginis Gehülfe, hat in seiner sogenannten *Refutation* die Frechheit besessen, mich zu zitieren – nein, mich fälschlich zu zitieren, um seinem schwachsinnigen Spott gegen Galileo Gewicht zu verleihen. Ich verlor keine Zeit, meine Beziehung zu diesem jungen Spund abzubrechen.

Dennoch muß ich gestehen, daß es schwerfällt, Galileo zu lieben. Ihr wißt, daß er mir in all der Zeit nur einen einzigen Brief geschrieben hat. Was das Übrige betrifft, Neuigkeiten über seine weiteren Entdeckungen etwa oder gar eine Nachricht über seine Reaktion auf meine *Dissertatio* (schließlich ein offener Brief, der an ihn gerichtet war!), so muß ich mich auf Berichte aus zweiter Hand verlassen, etwa auf die des toskanischen Gesandten und derlei Leute. Wie geheimniskrämerisch und mißtrauisch der Paduer doch ist! Läßt er mir einen Krumen zukommen, verbirgt er ihn in den unmöglichsten und unnötigsten Verpackungen. So schickte er mir letzten Sommer, wiederum durch den Gesandten, folgende Nachricht: *Smaismirmilmepoetaleumibunenugttaurias.* Zuerst schien es mir amüsant: Schließlich finde ich selbst gelegentlich Vergnügen an Anagrammen und Wortspielen dieser Art. Doch als ich mich daran machte, den Schlüssel zu suchen, hätte ich fast den Verstand darüber verloren. Das Beste, was ich zuwege brachte, war ein halbbarbarischer lateinischer Vers, der keinen Sinn ergab. Erst im letzten Monat, als Galileo vernahm, der Kaiser selbst sei neugierig geworden, wurde endlich die Lösung geliefert: versteckt in diesem Buchstabensalat war die Ankündigung, er habe zwei kleine Monde entdeckt, die den Saturn umkreisen! Letztens kam ein neues Rätsel, das mir zu besagen scheint, *ein roter Fleck sei im Jupiter, der mathematisch rotiert.* Ein Fleck, so frage ich mich, oder etwa eine Nebelkappe? Wie soll man auf derlei Narreteien antworten? Ich werde dem Kerl in meinem nächsten Brief gehörig den Kopf waschen.

Und dennoch, was für ein hervorragender und wagemutiger Wissenschaftler! Ach, könnte ich doch nach Italien reisen, um diesen Titanen zu treffen! Wißt Ihr, ich erlaube es nicht, daß man in meiner Gegenwart über ihn spottet. Ihr erwähnt, wie erfreut Magini, dieser gräßliche Horky (der Name paßt zu ihm) und gar Ihr selbst über jenen Abschnitt in der *Dissertatio* gewesen seid, in der ich anmerke, daß das Prinzip des Teleskops schon vor zwanzig Jahren von della Porta niedergelegt wurde, wie auch in meinen eigenen Arbeiten über die Optik. Doch Galileo hat keineswegs beansprucht, dieses Instrument *erfunden* zu haben! Außerdem waren diese Darlegungen rein theoretisch, können also Galileos Ruhm keineswegs mindern. Denn ich weiß, was für ein langer

Weg es vom theoretischen Konzept zur praktischen Verwirklichung ist, von der Erwähnung der Antipoden bei Ptolomäus zur Entdeckung der Neuen Welt durch Kolumbus und erst recht von dem zweilinsigen Instrument, das hierzulande im Gebrauch ist, zu jenem Teleskop, mit dem Galileo die Himmel durchdringt.

Laßt mich daher unmißverständlich und ohne alle Zweideutigkeit feststellen, daß meine *Dissertatio* nicht jenes Meisterwerk der Ironie ist, für das so viele es halten (verfügte ich doch nur über solche Finesse!), sondern eine offene und nachdrückliche Stärkung von Galileos Behauptungen. Dank auch für die Orangen. Doch muß ich leider sagen, daß die Verpackung beschädigt wurde, so daß sie alle verfault ankamen.

Euer Diener, mein Herr,
Joh. Kepler

Prag

September 1610

Professor Gio. A. Magini: in Bologna

Exzellente Neuigkeiten, mein lieber Herr: Mein Gönner, der Herzog Ernst von Köln, der den ganzen Sommer zum Kurfürstenrat hier in der Stadt weilte, kehrte in der letzten Woche von einem kurzen Aufenthalt in Wien zurück und brachte ein Teleskop mit, eben jenes, das Galileo selbst dem Erzherzog von Baiern geschenkt hat. So wird der schäbige Geiz des Paduers in all seiner Eifersüchtelei von der Güte meines Freundes und Gönners durchkreuzt. Vielleicht gibt es doch noch Gerechtigkeit auf der Welt.

Ich habe viel Ärger mit diesem Galilei gehabt (sein Vater, meine ich, war ein klügerer Kopf: Habt Ihr seine Werke gelesen?). In gewohnt herrischer Manier läßt er durch seine Landsleute hier am Hof bestellen, ja, er verlangt von mir, ich solle seine Behauptungen über den Jupiter unterstützen, denn wie es scheint, ist er mit meiner *Dissertatio* nicht zufrieden und möchte von mir in stetig kraftvollerer Weise sein Genie bestätigt wissen – und doch hat er mir trotz meiner vielen Bitten jenes Instrument nicht gesandt, mit dem ich seine Behauptungen zu meiner eigenen Zufriedenheit hätte überprüfen können. Er behauptet, die Kosten und die Schwierigkeiten der Anfertigung hätten es verhindert, doch weiß ich, daß er Teleskope bereits an jedermann und alle Welt vergeben hat. Was fürchtet er, daß er mich ausnimmt? Ich gestehe, daß ich so zu der Vermutung verleitet werde, seine Feinde hätten vielleicht nicht unrecht, wenn sie ihn einen Prahlhans und einen Scharlatan nennen. Außerdem habe ich ihn gedrängt, mir die Namen einiger Gewährsmänner zu nennen, die bezeugen könnten, was gesehen zu haben er im *Sidereus nuncius* behauptet. Er erwiderte, daß der Großherzog der Toskana und ein weiteres Mitglied aus der zahlreichen Familie der Medici für ihn bürgen wollten. Doch ich frage Euch, wie glaubhaft ist deren Wort? Der Großherzog der Toskana würde, daran zweifle ich keinen Augenblick, auch für die Heiligkeit des Teufels einstehen, wenn es ihm von

Nutzen wäre. Wo sind die *Wissenschaftler*, die seine Entdeckungen stützen? Er sagt, er halte sie für unfähig, Jupiter oder Mars auch nur am Himmel auszumachen, geschweige denn deren Monde, wie könne man da erwarten, daß sie einen neuen Planeten erkennen, selbst wenn sie ihn sähen?

Jedenfalls hat es damit dank Herzog Ernst nun ein Ende. Seit dem dreißigsten August, dem Tag seiner Rückkehr aus Wien, konnte ich mit Hilfe des Teleskops diese wunderbaren neuen Phänomene mit eigenen Augen beobachten. Da ich mir, im Gegensatz zum Paduer, verläßliche Zeugen wünschte, habe ich Ursinus, den jungen Mathematiker, in mein Haus geladen, zusammen mit einigen anderen angesehenen Männern, auf daß wir, einzeln und mittels separater Aufzeichnung, endlich einen fraglosen Beweis von Galileos Behauptungen erbringen konnten. Um Fehler zu vermeiden und auch um jeglichen Vorwurf eines Komplotts auszuschließen, bestand ich darauf, daß wir jeder einzeln und für sich mit Kreide auf eine Tafel malten, was wir durch das Teleskop gesehen hatten, um die Beobachtungen dann anschließend zu vergleichen. Alles verlief höchst zufriedenstellend. Wir ließen uns guten Wein bringen und einen Korb mit Leckerbissen – Wildbret und einen Kranz ausgezeichnet mundender Würstchen – und verbrachten einen höchst geselligen Abend, auch wenn ich gestehen muß, daß der Wein und mein schlechtes Augenlicht mir zu einem seltsamen und merkwürdig eingefärbten Anblick der Phänomene verholfen haben. Doch alle Ergebnisse deckten sich, mehr oder weniger zumindest, und in den folgenden Tagen konnte ich sie noch wiederholt überprüfen. Er hat wirklich recht gehabt, dieser Galilei!

Ach, mit welcher Beklommenheit habe ich mein Gesicht an dieses herrliche Instrument gepreßt! Was, wenn diese neuen Entdeckungen nur bewiesen, daß ich mich in meinen lieb gewonnenen Annahmen über die wahre Natur der Dinge täuschte? Ich hätte keine Angst zu haben brauchen. Stimmt, Jupiter hat Monde; stimmt, es gibt wesentlich mehr Sterne am Himmel, als mit dem bloßen Auge sichtbar sind; ja, es stimmt, der Mond ist aus einem der Erde ähnlichen Stoff gemacht: Und dennoch, die Form der

Wirklichkeit ist derart, wie ich sie mir stets gedacht habe. Die Erde nimmt den vornehmsten Platz im Universum ein, da sie die Sonne als mittlerer Planet umkreist, und die Sonne wiederum repräsentiert den ruhenden mittleren Ort im sphärischen, von Fixsternen umschlossenen All. Und alles ist in seiner Ordnung den ewigen Gesetzen der Geometrie unterworfen, die einzig und ewig, ein Spiegelbild des göttlichen Geistes ist. All dies habe ich gesehen und bin es zufrieden – doch keineswegs dank Galileo.

Wir leben in merkwürdigen und wundersamen Zeiten, in denen unsere Ansichten von der Natur der Dinge außerordentlichen Verwandlungen unterliegen. Doch müssen wir daran festhalten, daß sich nur unsere Ansichten der Dinge erweitern und verändern, nicht die Dinge selbst. Seltsam, wie leicht es uns kleinen Geschöpfen fällt, das Öffnen unserer Augen mit der Entstehung einer Schöpfung zu verwechseln: Wie Kinder, die jeden Morgen beim Aufwachen glauben, die Welt sei neu erschaffen.

Euer Freund, mein Herr,
Johannes Kepler

HAUS CRAMER
Prag

April 1610

Frau Katharina und Heinrich Kepler: in Weil der Stadt

Unheilvolle und beängstigende Berichte sind mir zu Ohren gekommen, auf welchen Wegen, das möge Euch nicht bekümmern, Berichte, Mutter, die Euer Benehmen betreffen. Ich habe zu Euch bereits über diese Angelegenheit gesprochen, doch mir scheint, ich muß das Thema erneut aufgreifen, und diesmal mit größerem Nachdruck. Wißt Ihr nicht, was man sich in Weil und Umgegend über Euch erzählt? Selbst wenn Ihr Euch um Eure eigene Sicherheit nicht bekümmert, so denkt doch wenigstens an Eure Familie, an meine Stellung und an die Eurer Söhne und Tochter. Ich weiß, Weil ist ein kleiner Flecken, in dem die Münder nicht stillstehen, ob nun das Gerücht wahr ist oder derlei nur von böswilligen Zungen behauptet wird, doch desto mehr Anlaß habt Ihr, Euch zu hüten. Täglich hören wir von immer neuen Verbrennungen in Schwaben. Täuscht Euch nicht: Kein Mensch ist vor den drohenden Flammen sicher.

Diese Ursula Reinbold, das Weib des Glasermeisters, hat verbreitet, sie sei einmal, nachdem sie in Eurem Haus einen Trunk zu sich genommen, an erbärmlichem Blutandrang erkrankt, und dies, weil Ihr sie mit einem Zaubertrank vergiftet habt. Ich weiß, sie ist wirr im Kopf und hat einen schlechten Leumund, außerdem ist ihre Krankheit sicher einer Abtreibung verschuldet – doch mit eben solchen Leuten beginnen derlei Geschichten, die im Verlaufe der Zeit für die Allgemeinheit dann das Aussehen der Wahrheit annehmen. Andere, die vom Vorwurf der Reinboldschen gehört haben, erinnern sich nun, daß sie ebenfalls Grund haben, über Euch zu klagen. Es gibt eine Art Wahn, der befällt die Menschen in Zeiten wie diesen, wenn die Sterne ungünstig stehen. Was habt Ihr der Frau des Glasers denn auch getan? Sie sagt, Ihr hättet sie beleidigt, und offenbar hegt sie nun einen tiefen Haß auf unsere Familie. Zudem hat man mir berichtet, daß Christoph irgendwie mit ihr zu schaffen hatte – was treibt der junge Tölpel, daß er sich mit derlei Weibern abgibt?

Das ist noch nicht alles. Der Schulmeister Beutelspacher sagt, er habe ebenfalls einen Trunk von Euch bekommen und es sei dieser Trunk gewesen, der seine Lähmung verursacht habe. (Was *ist* das nur für ein Trunk, den Ihr der ganzen Stadt kredenzt zu haben scheint?) Bastian Meyer sagt, Ihr hättet seiner Frau eine Tinktur zubereitet, die sie angewandt, woraufhin sie von siecher Krankheit befallen und gestorben sei. Christoph Frick, der Schlachter, meint, er hätte eines Tages plötzlich einen Schmerz gespürt, als er auf der Straße an Euch vorübergegangen sei. Daniel Schmid, der Schneider, hält Euch den Tod seiner beiden Kinder vor, da Ihr ohne Grund in sein Haus gedrungen seid und in seltsamer Sprache Beschwörungen über der Wiege geflüstert habt. Schmid behauptet auch, Ihr hättet, als die Kinder erkrankten, seiner Frau ein Gebet beigebracht, das bei Vollmond unter freiem Himmel auf dem Friedhof zu sprechen sei und die Kleinen heilen würde, und dennoch sind sie gestorben. Schlimmer noch, mir wurde berichtet, daß Du, Heinrich, bezeugt hast, unsere Mutter habe ein Kalb zu Tode geritten, um dann vom Kadaver einen Braten zuzubereiten! Was geht denn dort nur vor? Ach ja, Mutter, noch etwas: Ein Totengräber aus Eltingen behauptet, Ihr hätte ihn bei einem Besuch am Grab unseres Vaters gebeten, den Schädel auszugraben, damit Ihr den Knochen in Silber fassen und ein Trinkbehältnis daraus machen lassen könntet. Kann dies denn wahr sein? Oder seid Ihr verrückt geworden? Heinrich, was weißt Du von all dem? Ich bin außer mir vor Sorge. Soll ich nach Schwaben fahren und selbst Nachforschungen anstellen, so frage ich mich. Die Sache wird ernst. Ich flehe Euch an, Mutter, bleibt daheim, sprecht mit niemandem und hört vor allem mit der Kurpfuscherei und dem Verabreichen von Tinkturen auf. Ich sende diesen Brief direkt an Herrn Raspe, wie ich es in Zukunft mit allen Briefen machen werde, da man mir mitgeteilt hat, daß Ihr letzthin wider meinen Anweisungen ausgerechnet zum Beutelspacher gegangen seid, um Euch meinen Brief vorlesen zu lassen.

Gebt auf Euch acht, ich bitte Euch, und betet für den, der da ist

Euer Euch liebender Sohn,
Johann

(Herr Raspe: Vielen Dank für Euren Bericht. Was soll ich tun? Man wird sie verbrennen, das ist so gewiß wie das Amen in der Kirche! Anbei die übliche Summe.)

Prag

November 1609

H. Röslin: in Buchsweiler im Elsaß

Schade, nach Eurem letzten Brief kamen mir mancherlei Gedanken, doch muß ich deren Mehrzahl für mich behalten aus Angst, Euch noch weiter zu verärgern. Es tut mir leid, eine derartige Feindseligkeit in Eurer Reaktion hinsichtlich meiner *Antwort auff Röslini discurs* zu vernehmen: glaubt mir, mein Freund, die Schrift war nicht als Attacke *ad hominem* gemeint. Meine Zunge, so fürchte ich, hat gelegentlich einen scharfen und schroffen Schlag, vor allem wenn ich aufgebracht oder vom Thema, das zur Rede steht, auch nur erregt bin, wie es in diesem Fall zutrifft. Ich wollte in dem Pamphlet meine Haltung zur Astrologie so klar wie nur möglich zum Ausdruck bringen. Und ich meinte, diese Wissenschaft, deren eifriger Verfechter Ihr seid, weder verdammt noch ihr einfach zugestimmt zu haben. Habe ich in meinem letzten Brief wirklich geschrieben, sie sei bloß *Hokuspokus*? Was kam nur über mich, derlei zu behaupten! Bitte, verzeiht. Ich will hier kurz und knapp eine Berichtigung anbringen und Euch meine wahre Meinung in dieser Sache mitteilen.

Ihr werdet sicherlich interessiert vernehmen, daß ich in eben diesem Augenblick damit beschäftigt bin, eine weitere *Antwort* zu verfassen, diesmal eine Erwiderung auf eine gegen die Astrologen geführte Parade! Feselius, Leibarzt eben jenes Mannes, dem Ihr Euren eigenen *Discurs* gewidmet habt, hob zu einer mächtigen Attacke gegen die gesamte Astrologie an, die er in Bausch und Bogen verwirft. Nun, überrascht es Euch, wenn ich Euch sage, daß meine jüngste *Antwort* als Verteidigung gegen diese Breitseite gedacht ist? Denn natürlich halte ich, offenbar im Gegensatz zu dem, was Ihr von mir zu denken scheint, diese Wissenschaft keineswegs für wertlos. Feselius, zum Beispiel, behauptet, die Sterne seien von Gott nur als Zeichen aufgehängt, an denen sich die Zeit ablesen lasse, und Astrologen also, die nach den Sternen wahrsagen, unterstellten dem Herrn falsche Absichten. Folglich, so argumentiert er, widerspreche die Theorie des Kopernikus der Vernunft ebenso wie der Heiligen Schrift. (Ich glaube, in diesem letzten Punkt seid Ihr einer Meinung, nicht wahr? Vergebt, mein Freund, ich kann den spitzen Bemerkungen nicht widerstehen.) All dies ist natürlich Unsinn. Feselius ist ein närrischer und eingebildeter Kerl, und ich werde ihn mit einem raschen Stoß meines Rapiers erledigen. Er sei hier nur erwähnt, um Euch zu zeigen, daß ich Euren Ansichten keineswegs gänzlich teilnahmslos gegenüberstehe.

Mich interessiert Eure Behauptung, es gäbe jenseits der sichtbaren Welt noch eine weitere Welt der Magie, die uns bis auf jene wenigen Augenblicke verborgen bleibt, in denen wir magisches Tun am Werk sehen können. Dem kann ich nicht zustimmen. Seht Ihr denn nicht, Röslin, daß die Magie etwa des so genannten magischen Quadrates nichts anderes als die Tatsache ist, daß man Zahlen auf eine Weise zusammenstellen kann, in der sie wundersame Konfigurationen ergeben – und daß es mehr damit nicht auf sich hat? Keine Wirkung dieser *Magie* erstreckt sich auf die Welt. Das wahre Geheimnis und Wunder ist doch nicht, daß Zahlen eine Wirkung auf die Dinge haben (und die haben sie nicht!), sondern daß sie die Natur der Dinge zum Ausdruck bringen können; daß sich die weite, vielfältige und scheinbar vom Zufall regierte Welt in ihren grundlegenden Gesetzen der rigorosen Präzision und Ordnung der Mathematik fügt.

Es scheint mir wichtig, daß nicht nur die angeborenen Instinkte vom Himmel erregt werden, sondern auch der menschliche Intellekt. Die Suche nach Wissen trifft überall in der Natur auf geometrische Relationen, die Gott, als er diese Welt erschuf, gleichsam als seinen eigenen Grundriß ausgebreitet hat. Die Natur zu erforschen heißt also, den geometrischen Relationen folgen. Da Gott in seiner höchsten Güte von seiner Arbeit nicht ruhen konnte, spielte er mit den Eigenheiten der Dinge und übertrug sich selbst in diese Welt. So lautet denn eine meiner Überlegungen, ob nicht alle Natur und alle himmlische Eleganz in geometrischen Figuren symbolisiert wird. (Das, denke ich, ist die Grundlage all meines Glaubens.) Und so imitiert das Geschaffene instinktiv oder mit

Bedacht den Schöpfer, die Erde, indem sie Kristalle hervorbringt, Planeten, indem sie ihre Blätter und Blüten ordnen, der Mensch in seinem schöpferischen Tun. All dies ist wie das Spiel eines Kindes, ohne Plan, ohne Ziel, aus innerem Antrieb heraus, aus einfacher Freude. Und der sinnende Geist findet und erkennt sich in dem, was er geschaffen. Ja, ja, Röslin: alles ist Spiel.

Vale
Johannes Kepler

Prag

Allerseelen 1608

Dr. Michael Mästlin: in Tübingen

Ich habe Euren schönen und bewegenden Brief erhalten, für den ich Euch meinen herzlichsten Dank übermittle, obwohl ich gestehe, daß er mich außerordentlich bekümmert hat. Lange Zeit habe ich, obwohl ich wiederholt schrieb, kein Wort von Euch gehört, und nun kommen plötzlich, als hätten Unmut und Verärgerung Euch angespornt, diese seltsamen Abschiedsworte. Habe ich eine derart *hohe Stufe und herausragende Stellung erreicht*, daß ich wünschen könnte, auf Euch *herabsehen zu wollen*? Nun, mein Herr, was soll das? Ihr wart mein erster Lehrer und Gönner, und seid, so würde ich es gerne halten, mein ältester Freund. Wie könnte ich da auf Euch herabsehen, warum sollte ich dies wollen? Ihr sagt, meine Fragen seien manchmal zu feinsinnig für Euer Wissen und Eure Begabung gewesen, um sie verstehen zu können: Doch ich bin sicher, Magister, gab es etwas, das Ihr nicht verstanden habt, dann lag der Fehler bei mir, dann war meine Ausdrucksweise unbeholfen und undeutlich oder meinen Gedanken selbst fehlte der Sinn. Ihr *versteht also nur Euer bescheidenes Handwerk*? Zu diesem Thema sage ich nur: Ihr habt das Werk des Kopernikus zu einer Zeit verstanden, als andere, deren Namen späterhin einen großen Klang in der Welt haben sollten, vom Ermländer und seinen Theorien noch nicht einmal gehört hatten. Nun kommt, mein lieber Doktor, nichts mehr davon, ich lasse es nicht zu!

Und doch schwingt im Ton Eures Briefes etwas mit, das ich nicht einfach von mir weisen kann. Der Makel, denke ich, haftet meinem Charakter an. Denn es war schon immer so mit mir, daß ich, trotz all meiner Bemühungen, nur schwer Freundschaften schließe, und wenn es mir gelingt, kann ich sie nicht lange wahren. Begegne ich jenen, von denen ich glaube, daß ich sie lieben könnte, bin ich ein kleiner Hund mit wedelndem Schwanz und hechelnder Zunge, der das Weiße in seinen Augen zeigt: doch früher oder später springe ich auf und knurre. Ich bin bösartig und schnappe mit meinem Sarkasmus nach den Menschen. Ich knabbere sogar gern an harten, abgelegten Dingen herum, an Knochen und trocknen Brotkrusten und habe stets einen hundsmäßigen Schrecken vor Bädern, Tinkturen und Lotionen! Wie kann ich da erwarten, daß man mich um meiner selbst willen liebt, da ich doch von solch niederträchtiger Art bin?

Tycho, den Dänen, habe ich auf meine Art geliebt, doch ich glaube nicht, daß er davon gewußt hat – jedenfalls habe ich nie versucht, es ihm zu sagen, so eifrig war ich damit beschäftigt, die Hand, seine Hand, zu beißen, die mich fütterte. Er war ein großer Mann, dessen Name auf ewig überdauern wird. Warum konnte ich ihm nicht sagen, daß ich diese Größe in ihm erkannte? Von Anfang an haben wir uns gestritten, und nie gab es Frieden zwischen uns, nicht einmal an seinem Todestag. Stimmt, er wollte unbedingt, daß ich mein Werk auf seinem Weltsystem gründe, statt auf dem des Kopernikus, doch den Gefallen konnte ich ihm nicht tun: Aber hätte ich mich nicht ein wenig verstellen, ihm zuliebe ein wenig lügen, seine Ängste lindern können? Natürlich war er arrogant, voller Doppelzüngigkeit und Böswilligkeit, und er behandelte mich schlecht. Doch heute weiß ich, daß dies seine Art war, wie ich eben so meine Art habe. Ich kann mir aber auch nichts vormachen; ich weiß, würde er auferstehen und zu mir zurückgesandt, es gäbe nur die alte Kabbelei. Ich drücke mich nicht besonders verständlich aus. Ich versuche zu erklären, wie es kommt, daß ich, knurre ich, nur schützen will, was mir kostbar dünkt, und daß ich viel lieber mit dem Schwanz wedeln und aller Menschen Freund sein möchte.

Ihr haltet mich für eine hochgestellte Persönlichkeit – ich bin es nicht. Hohe Ehren und Ämter habe ich nie gehabt. Ich lebe auf dieser Weltenbühne hier als einfacher Mensch. Wenn ich dem Hofe einen Teil meines Gehaltes abpressen kann, freue ich mich, nicht gänzlich von eigenen Mitteln leben zu müssen. Was den Rest betrifft, nun, so bin ich der Meinung, daß ich nicht dem Kaiser diene, sondern vielmehr der ganzen Menschheit und der Nachwelt. In dieser gewissen Hoffnung verachte ich mit geheimem

Stolz alle Ehren und Ämter und all jene Dinge, die damit einhergehen. Als einzige Ehre rechne ich mir die Tatsache an, daß mir göttliche Fügung Zugang zu den Beobachtungen Tychos verschafft hat.

Vergebt mir also alle Kränkungen, die ich Euch in aller Unwissenheit zugefügt haben mag

Euer Freund
K

WENZELSKOLLEG
Prag

Weihnachtszeit 1606

Hans Georg Herwart von Hohenburg: in München

Salve. Dies wird, fürchte ich, nur ein rasch hingekritzelter Brief, um Euch und Eurer Familie alles Glück für die nahe Weihnacht zu wünschen. Der Hof ist eifrig mit den Festvorbereitungen beschäftigt, folglich bin ich für den Augenblick vergessen und kann mir daher ein wenig Zeit erlauben, ungestört meinen eigenen Studien nachzugehen. Ist es nicht seltsam, wie in den unverhofftesten Augenblicken unser spekulatives Vermögen, kaum abgesessen von einem langen und ermüdenden Flug, sich plötzlich wieder in die Lüfte schwingt und noch zu weit größeren Höhen aufsteigt als zuvor? Nachdem ich letzthin meine *Astronomia nova* abgeschlossen hatte und mich auf ein oder zwei Jahre überaus benötigter Ruhe und Erholung freute, hebe ich mich hier nun wieder mit erneutem Feuer empor und mache mich an die Studien über der Welt Harmonie, die ich vor sieben Jahren unterbrach, um jene Kleinigkeit vom Tisch zu räumen, die da lautete, eine neue Astronomie zu begründen!

Da, wie ich glaube, der Geist von Anfang an die grundlegenden und entscheidenden Formen der Realität enthält, überrascht es nicht, daß ich, noch ehe ich eine klare Vorstellung vom Inhalt habe, die Gestalt des künftigen Buches bereits vor mir sehe. So ergeht es mir immer: am Anfang ist die Form! Ich habe daher eine in fünf Abschnitten aufgeteilte Arbeit im Sinn, gemäß den fünf planetarischen Intervallen, die Zahl der Kapitel in jedem Abschnitt aber soll auf den bezeichnenden Mengen beruhen, wie sie die fünf regelmäßigen, auch platonisch genannten, festen Körper vorgeben, die entsprechend meinem *Mysterium* sich in diese Intervalle einfügen lassen. Außerdem sollen, gleichsam zur zusätzlichen Zierde und um meinen schuldigen Respekt zu erweisen, die Initialen dieser Kapitel ein Akrostichon bilden, das die Namen gewisser berühmter Männer wiedergibt. Natürlich kann es sein, daß im Eifer der Komposition dieser großartige Plan aufgegeben werden muß, doch das macht nichts.

Ich habe mir als Wahlspruch jenen Satz von Kopernikus gewählt, in dem er von der wundervollen Symmetrie der Welt spricht und von der Harmonie in bezug auf Bewegung und Größe der Planetenbahnen. Ich frage mich, worin besteht diese Symmetrie? Wie ist es dem Menschen möglich, ihre regelmäßigen Beziehungen wahrzunehmen? Die letztere Frage ist, denke ich, rasch gelöst – ich habe die Antwort vor nur einem Augenblick selbst gegeben. Die Seele enthält ihrer innersten Natur nach die reinen Harmonien als Prototypen oder Paradigmen der den Sinnen wahrnehmbaren Harmonien. Und da diese reinen Harmonien eine Frage der Proportion sind, müssen Figuren gegenwärtig sein, die miteinander verglichen werden können: Diese halte ich für den Kreis und jene Teile des Kreises, die sich ergeben, wenn Bogen von ihm abgetrennt werden. Der Kreis ist somit etwas, das sich nur im Kopf bildet: der Kreis, den wir mit einem Zirkel schlagen, ist nur die ungenaue Wiedergabe einer Idee, die der Geist wahrhaft nur in sich trägt. In dieser Hinsicht muß ich Aristoteles deutlich widersprechen, der da sagt, daß der Geist eine *tabula rasa* ist, die die Sinneswahrnehmungen gleichsam beschreiben. Das ist falsch, ganz falsch. Der Geist erlernt alle mathematischen Ideen und Figuren aus sich selbst, mittels empirischer Zeichen erinnert er nur, was er schon weiß. Mathematische Ideen machen das Wesen der Seele aus. Aus sich selbst begreift der Geist den gleichen Abstand zu einem Punkt, woraus er für sich selbst einen Kreis schafft und zwar ohne alle Sinneswahrnehmung. Laßt es mich so formulieren: Hätte der Geist nie ein Auge gekannt, würde er, um die Dinge außer sich wahrzunehmen, ein Auge verlangen und seine eigenen Gesetze für die Konstruktion vorschreiben. Denn das Erkennen der Mengen, das dem Geist angeboren ist, bestimmt, wie das Auge sein muß, und daher ist das Auge, wie es ist, weil der Geist ist, wie er ist und nicht umgekehrt. Geometrie wurde nicht durch das Auge geboren: Sie war drinnen bereits vorhanden.

Dies sind einige meiner momentanen Überlegungen, ich werde

in Zukunft noch viel dazu zu sagen haben. Doch vorläufig verlangt meine Herzensdame, daß der große Astronom sich in die Stadt begebe, um eine fette Gans zu kaufen.

Fröhliche Weihnachten!
Johannes Kepler

LORETTOPLATZ
AUF DEM HRADSCHIN
Prag

Ostersonntag 1605

David Fabricius: in Friesland

An diesem Tag der Erlösung mag es nur recht sein, daß ich mich hinsetze, Euch von meinem Triumph zu berichten, da ich es so lange hinauszögerte, mein Versprechen auf einen weiteren Brief zu erfüllen. Ach, mein lieber Fabricius, was war ich doch ein närrischer Tropf! All die Zeit lag die Lösung zum Rätsel der Marsbahn in meinen Händen, hätte ich doch nur die Augen aufgemacht. Nachdem ich meine Niederlage wegen des Irrtums von acht Bogenminuten eingestand, verstrichen vier lange Jahre, ehe ich mich erneut diesem Problem zuwenden konnte. In der Zwischenzeit hatte ich jedenfalls meine Fertigkeiten in der Geometrie außerordentlich verbessert und viele neue mathematische Methoden erfunden, die sich auf dem nun fortgesetzten Feldzug gegen den Mars als unschätzbar erweisen sollten. Die letzte Attacke dauerte zwei, fast drei weitere Jahre. Wären die Umstände besser gewesen, hätte ich es vielleicht schneller geschafft, doch lag ich mit einer Gallenentzündung danieder, war eifrig mit dem Neuen Stern von 1604 beschäftigt und von der Geburt eines Sohnes in Anspruch genommen. Aber dennoch, der wahre Grund für diese Verzögerung war meine eigene Torheit und Kurzsichtigkeit. Es schmerzt mich, zugeben zu müssen, daß ich selbst dann, als das Problem bereits gelöst war, *die Lösung als solche nicht erkannte*. So schreiten wir voran, mein lieber Doktor, stümperhaft, gleichsam im Traum, wie weise, doch ungelehrte Kinder.

Ich begann wiederum damit, dem Mars eine *kreisförmige* Umlaufbahn zuschreiben zu wollen. Ich scheiterte. Die Schlußfolgerung lautete einfach, daß die Planetenbahn sich auf beiden Seiten inwärts krümmte und an den gegenüberliegenden Seiten auswärts. Diese *ovale* Gestalt, das gebe ich offen zu, erschreckte mich. Sie widersprach dem Dogma der kreisförmigen Bewegung, an dem die Astronomen seit Beginn unserer Wissenschaft festgehalten hatten. Doch die angehäuften Beweismittel wollten sich nicht leugnen lassen. Und was für den Mars galt, das, so wußte ich, würde auch für die übrigen Planeten gelten, unserem eigenen eingeschlossen. Die Vorstellung war beängstigend. Wer war ich, daß ich daran zu denken wagte, den Weltenlauf umzustoßen? Und die Arbeit! Stimmt, ich hatte den Stall von Epizyklen, rückläufigen Bewegungen und all dem übrigen Kram befreit, so daß mir nur noch eine einzige Karre Mist geblieben war, eben dieses Oval – doch was für ein Gestank ging davon aus! Nun mußte ich mich also zwischen die Holmen stellen und diese widerliche Fuhre selbst hinausbringen!

Nach einigen vorbereitenden Arbeiten gelangte ich zu der Annahme, daß das Oval die Form eines Eis habe. Dieser Schluß erforderte zwar einige geometrische Taschenspielertricks, doch fand ich keine andere Möglichkeit, dem Planeten eine ovale Bahn zuzuordnen. Alles schien so wunderbar plausibel. Um die Fläche dieses zweifelhaften Eis zu finden, errechnete ich einhundertachtzig Distanzen zwischen Mars und Sonne und addierte sie. Dieses Vorgehen wiederholte ich vierzigmal – und scheiterte erneut. Als nächstes entschied ich, daß die wahre Umlaufbahn irgendwo zwischen Eiform und Kreis liegen müsse, gerade so, als handle es sich um eine perfekte Ellipse. Inzwischen war ich natürlich längst außer mir und klammerte mich an jeden Strohhalm.

Und dann geschah etwas Seltsames und Wunderbares. Die beiden Sichelformen oder Möndlein, die zwischen den abgeflachten Ovalseiten und der idealen Kreisbahn liegen, haben an der weitesten Stelle einen Durchmesser, der 0.00429 Teilen vom Radius des Kreises entspricht. Dieser Wert war mir eigenartig vertraut (warum, das könnte ich nicht sagen: War es eine Ahnung aus einem längst vergessenen Traum?). Dann interessierte ich mich für den Winkel zwischen den Positionen von Mars, Sonne und dem Zentrum der Umlaufbahn, dessen Sekante zu meinem Erstaunen 1.00429 ergab. Das erneute Auftauchen dieses Wertes – .00429 – zeigte mir sogleich, daß es eine feste Relation zwischen diesem Winkel und der Entfernung zur Sonne gibt, die für alle

Punkte auf der Planetenbahn gelten muß. Also hatte ich endlich eine Möglichkeit gefunden, die Marsbahn zu berechnen, in dem ich dieses feste Relation anwandte.

Ihr glaubt, daß sei das Ende gewesen? Nein, es gibt noch einen letzten Akt in dieser Komödie. Als ich versuchte, die Umlaufbahn mit Hilfe der Gleichung zu errechnen, die ich gerade aufgestellt hatte, beging ich einen Fehler in meiner Geometrie und scheiterte wiederum. In meiner Verzweiflung verwarf ich meine Formel und versuchte es mit einer neuen Hypothese, nämlich der, daß die Umlaufbahn eine Ellipse sei. Als ich eine solche Figur mit geometrischen Mitteln geschaffen hatte, sah ich natürlich, daß die beiden Methoden zum selben Ergebnis führten und daß meine Gleichung nichts anderes als *der mathematische Ausdruck einer Ellipse* war. Stellt Euch, lieber Doktor, meine Verwunderung, meine Freude und meine Verlegenheit vor. Ich hatte der Lösung ins Gesicht gestarrt, ohne sie zu erkennen! Nun konnte ich endlich das Ganze als Gesetz formulieren, einfach, elegant und wahr: *Die Planeten bewegen sich in Ellipsen mit der Sonne als einem Brennpunkt.*

Gott ist groß, und ich bin sein Diener, doch ich bin auch

Euer ergebener Freund
Johannes Kepler

V
Somnium

Als er endlich in Regensburg eintraf, wurde es bereits dunkel. Leichter Regen trieb windschief durch die Novemberdämmerung und ließ sich als silberner Pelz auf seinem Mantel nieder, auf seiner Reithose, der glatten Mähne seiner Mähre. Er überquerte die Steinerne Brücke, sah die trübe Flut der Donau. Auf den Straßen gingen verschwommene Gestalten an ihm vorbei, wachsam und gesichtslos. Ein unheilvolles Summen dröhnte in seinen Ohren, und mit zitternden Händen umklammerte er die speckigen Zügel. Es würden Hunger und Müdigkeit sein, redete er sich ein: Krank zu werden, konnte er sich nicht leisten, jetzt nicht. Er war gekommen, um sich an den Kaiser zu wenden, wollte verlangen, daß der beglich, was ihm geschuldet wurde.

In Hillebrand Billigs Haus brannten die Lampen. Von weitem schon konnte er die gelben Fenster erkennen, den Gastwirt drinnen und seine Frau. Es war wie ein Bild aus einem Traum, dieses Licht, das durch die braune Dämmerung schimmerte, der Regen und das Gesinde, das bei seiner Ankunft hervorkam. Hufklappernd und schnaubend kam der alte Gaul zum Stehen. Hillebrand Billig stierte ihn aus der Tür an. »Ihr seid's, Herr, vor morgen haben wir Euch gar nicht erwartet.«

Immer dasselbe, zu spät oder zu früh. Er war sich nicht sicher, welcher Tag der Woche heute war.

»Nun«, sagte er und stampfte mit den tauben Füßen auf, während ihm die Augen vor Kälte tränten, »hier bin ich!«

Man brachte ihn zum Aufwärmen in die Küche, reichte ihm einen Teller mit Schinken, Bohnen und einen großen Krug heißen Weins sowie ein Kissen für die brennenden Furunkeln. Ein alter Köter döste zu seinen Füßen, japste und knurrte im Schlaf. Billig, ein großer, ledergewandeter Mann mit schwarzem Bart, machte sich eifrig um ihn zu schaffen, während Frau Billig am Herd stand, vor Scheu wie gelähmt, und hilflos in ihre Töpfe lächelte. Kepler wußte nicht mehr, wann und wie er dieses Paar kennengelernt hatte. Die beiden schienen wie Eltern immer da gewesen zu sein. Geistesabwesend starrte er ins Feuer. Die Billigs waren zwanzig Jahre jünger als er. Das nächste Jahr würde sein sechzigstes sein.

»Ich bin auf dem Weg nach Linz«, sagte er. Gerade war es ihm wieder eingefallen. Die Zinsen einiger österreichischer Guthaben galt es einzutreiben.

»Aber Ihr bleibt doch ein Weilchen bei uns, nicht wahr?« fragte Hillebrand Billig und fügte mit täppischem Schalk hinzu: »Wißt Ihr, Logis ist hier nämlich recht *billig.*« Es war sein einziger Witz, und er wurde nie müde, ihn vorzubringen. »Stimmt doch, nicht, Anna?«

»Ja natürlich«, brachte Frau Billig hervor, »Ihr seid uns sehr willkommen, Herr Doktor.«

»Danke«, murmelte Kepler. »Ich will, richtig, ich will einige Tage bleiben. Ich muß zum Kaiser, er schuldet mir Geld.«

Die Billigs waren beeindruckt.

»Seine Majestät wird bald nach Prag zurückkehren«, sagte Hillebrand Billig, der sich rühmte, derlei Dinge zu wissen. »Wie ich hörte, hat der Fürstenrat seine Arbeit eingestellt.«

»Ich werde ihn trotzdem erwischen. Ob er allerdings bereit ist, seine Rechnung mit mir zu begleichen, das ist eine ganz andere Frage.« Seine Majestät hatte gewichtigere Probleme zu bedenken als den ungezahlten Sold des Kaiserlichen Mathematikers. Plötzlich setzte sich Kepler ruckartig auf und verschüttete seinen Wein. Die Satteltaschen! Er wollte zur Tür. »Wo ist mein Pferd? Was ist mit meinem Pferd?« Billig hatte es zu den Ställen geschickt. »Aber meine Taschen, meine, meine... meine Taschen!«

»Der Bursche wird sie Euch bringen.«

»Ach.« Kepler stöhnte, wand sich auf seinem Stuhl. Seine sämtlichen Papiere waren in diesen Mappen, sogar eine abgestempelte und versiegelte kaiserliche Zahlungsanweisung über viertausend Florins, die ihm die Krone schuldete. Mit flüchtigem Grinsen tauchte die vageste Andeutung von etwas Unaussprechlichem vor ihm auf und wurde wieder fortgewischt. Bestürzt setzte er sich wieder. »Was?«

Hillebrand beugte sich vor und wiederholte mit besorgter Deutlichkeit: »Ich sagte, ich gehe selbst hin und hole sie Euch, ja?«

»Ach.«

»Geht es Euch nicht gut, Doktor?«

»Nein, nein... danke.«

Er zitterte. Aus seiner Kindheit erinnerte er sich an einen wiederkehrenden Traum, in dem ihm eine Reihe der gräßlichsten Foltern und Katastrophen genüßlich dargelegt wurden, während jemand, den er nicht sehen konnte, zusah und seine Reaktionen amüsiert, ja mit nahezu freundlicher Aufmerksamkeit beobachtete. Und diese Vision eben, oder wie man es auch immer nennen wollte, glich jenem Traum, dieselbe aalglatte Gestik und dieses Gefühl gedämpfter Schadenfreude. Das war doch gewiß mehr als bloß die Sorge um seinen Besitz? Er schüttelte sich. »Hä?« Frau Billig hatte etwas gesagt. »Wie bitte, liebe Frau?«

»Eure Familie«, wiederholte sie etwas lauter, lächelte nervös und zupfte an ihrer Schürze. »Frau Kepler und die Kinder?«

»Ach, denen geht es gut, sehr gut. Danke.« Ein leichter Anfall, beinahe ein Schmerz, überfiel ihn. Er brauchte einen Augenblick, um ihn näher bestimmen zu können. Schuldgefühle! Als wären *die* ihm mittlerweile nicht vertraut. »Wir haben vor kurzem Hochzeit gefeiert, wißt Ihr.«

Hillebrand Billig kehrte zurück, Regen im Bart, und stellte die Satteltaschen an den Herd.

»Das ist gut«, murmelte Kepler, »sehr freundlich von Euch.« Er legte die Füße auf die Taschen, streckte seine Zehen der Hitze entgegen: Sollten die Frostbeulen auch ein wenig leiden, geschah ihnen recht. »Ja, Hochzeit. Unsere liebe Regina ist von uns gegangen.« Er blickte auf und sah in das verwirrte Schweigen der Billigs. »Was rede ich denn da? *Susan* meine ich natürlich.« Er hustete, suchte krampfhaft nach Worten. Sein Schädel brummte. »Die Liebe wurde im Himmel geknüpft, als Venus ins Ohr meines jungen Assistenten flüsterte, Jakob Bartsch, auch ein Sternengucker und ein Doktor der Medizin.« Und als die Göttin den Mut verlor, da sie entdeckte, welch furchtsames Exemplar dieser Adonis war, hatte sich Kepler der Aufgabe selbst angenommen. Auch damals Gewissensbisse. Welche Drangsaliererei! Er fragte sich, ob er das Richtige getan hatte. Das Mädchen war der Mutter sehr ähnlich. Der arme Bartsch. »Ludwig, mein ältester Junge, hat sich der Medizin zugewandt.« Er schwieg. »Und ich habe auch nicht auf der faulen Haut gelegen: Im letzten April ist wieder Nachwuchs gekommen, ein Mädchen«, und er blickte mit dümmlichen Grinsen ins Feuer. Frau Billig klapperte mit den Töpfen auf dem Herd: Sie hatte etwas gegen seine junge Frau. Genau wie Regina. *Es wäre eine Hochzeit gewesen*, so hatte sie ihm geschrieben, *hätte mein Herr Vater keine Kinder gehabt*. Seltsame Art, ihren Unmut auszudrücken. Er hatte viel in diesen Brief hineingedeutet, viel zu viel. Närrische und sündige Träume. Dabei spielte sie nur auf dieses verdammte Erbe an. Und er hatte geantwortet, sie solle sich um ihre eigenen Angelegenheiten kümmern, er würde heiraten, wann und wen es ihm beliebte. Doch, ach, Regina, was ich dir nicht schreiben konnte, war, wie sehr sie mich an dich erinnert.

Dreimal war der Name Susanna in seinem Leben aufgetaucht, zwei Töchter, die eine als Kind gestorben, die andere heute verheiratet, und nun schließlich seine Frau. Jemand hatte versucht, ihm dadurch etwas mitzuteilen. Wer es auch gewesen war, er hatte recht gehabt. Aus elf Anwärterinnen hatte er gewählt. Elf! Die Lächerlichkeit des Ganzen war ihm erst hinterher aufgegangen. An alle konnte er sich nicht mehr erinnern. Da war die Witwe Pauritsch aus Kunstadt gewesen, die versucht hatte, seine mutterlosen Kinder für ihre Ziele einzuspannen, dann die Mutter mit ihrer Tochter, die beide begierig waren, ihm die jeweils andere anzuhängen, die fette Maria mit den Locken, die Helmhardsche mit einer Figur wie eine Athletin und dann noch diese Adlige, wie hieß sie doch gleich, die reinste Gorgo: alle mit ihren Vorzügen, ihren Häusern, den reichen Vätern, doch trotz allgemeinen Widerspruchs hatte er sich für eine mittellose Waise entschieden, für Susanna Reuttinger aus Eferding. Selbst ihr Vormund, die Freifrau von Starhemberg, hatte gesagt, sie sei nicht standesgemäß für ihn.

Als er sie im Hause Starhemberg in Linz kennenlernte, war sie vierundzwanzig: ein hochgewachsenes, ein wenig linkisches, doch hübsches Mädchen mit schönen Augen. Ihr Schweigen hatte ihn nervös gemacht. Kaum ein Wort hatte sie am ersten Tag gesprochen. Er glaubte, sie würde ihn auslachen, einen wählerischen, kleinen Mann mittleren Alters mit schwachen Augen und einem schon grau gestreiften Bart. Statt dessen hatte sie sich mit nahezu zärtlicher Aufmerksamkeit um ihn gekümmert, hatte sich mit ernsten grauen Augen und abwärts gebogenem Mund zu ihm herabgebeugt. Sie war Regina auf den ersten Blick keineswegs ähnlich, doch gab es da etwas, eine Aura beherrschter Gefaßtheit – und er wurde vom Pfeil durchbohrt. Sie war die Tochter eines Schreiners, so wie du, wie du.

»Anna Maria haben wir das Mädchen genannt«, sagte er und entlockte Anna Billig damit ein Lächeln. »Ein hübscher Name, finde ich.«

Sieben Kinder hatte Susanna ihm geboren. Die ersten drei waren im Kindbett gestorben. Und dann hatte er sich gefragt, ob er wieder eine Barbara Müller, geborene Müller geheiratet hatte. Sie sah ihm seinen Gedanken an, beobachtete ihn mit ihrem traurigen, ahnungsvollen Blick. Doch er wußte und war darob voller Erstaunen, daß sein Gedanke sie nicht verletzte, daß sie sich nur um ihn und *seinen* Verlust sorgte, um sein Gefühl, betrogen worden zu sein. Sie verlangte so wenig! Sie hatte ihm Glück gebracht. Und nun hatte er sie im Stich gelassen. »Ja«, sagte er, »ein hübscher Name.«

Er schloß die Augen. Der Wind wusch in Wellen über das Haus, und unter dem Regengeräusch meinte er den Fluß heraushören zu können. Das Feuer wärmte ihn. Gefangene Gase spielten in seinem Gedärm zu einem kleinen Tanz auf. Diese viehische Gemütlichkeit erinnerte ihn wieder an seine Kindheit. Warum? Holzfeuer und einen Becher Wein hatte es im Haus des alten Sebaldus ziemlich selten gegeben. Doch in sich trug er eine Vision verlorener Eintracht und Ordnung, einer Sphäre der Harmonie, die es dergestalt nie gegeben hatte, der aber die Idee der Kindheit nahekam. Er rülpste und lachte stumm über das Schauspiel, das er bot, ein durchnäßter alter Tölpel, der in seinen Stiefeln döste und von vergangenen Jahren faselte. Er sollte einschlafen, mit offenem, sabberndem und brabbelndem Mund, dann wäre das Bild vollständig. Doch dieses andere, brennende Feuer in seinem Hintern hielt ihn wach. Das Hund japste, träumte von Ratten.

»Nun, Billig, Ihr sagt, der Kurfürstenrat hat seine Arbeit getan?«

»Ja, das stimmt. Die Fürsten sind bereits wieder fort.«

»Es war auch an der Zeit, daß sie fertig wurden; sechs Monate haben sie gebraucht. Ist denn die Nachfolge des jungen Schwerenöters nun gesichert?«

»So sagt man, Herr Doktor.«

»Also muß ich mich beeilen, wenn ich von seinem Vater noch Genugtuung will?«

Die Billigs lachten mit ihm, doch ihr Lachen klang verhalten. Er merkte, daß sie sich von seiner Herzlichkeit nicht täuschen ließen und darauf brannten, den wahren Grund dafür zu erfahren, warum er von Heim und Familie geflohen war, um sich auf dieses irrsinnige Abenteuer einzulassen. Er hätte ihn selbst gern gekannt. War es Genugtuung, was er suchte? Die Anweisung über viertausend Florins steckte noch in seiner Tasche, das Siegel ungebrochen. Wahrscheinlich würde er auch diesmal nur ein Schreiben erhalten, ein ebenso nutzloses Stück Pergament, das dem hier Gesellschaft leisten konnte. Drei Kaiser hatte er gekannt, den armen Rudolph, seinen Bruder, den Thronräuber Matthias, und nun hatte das Rad des Unglücks seinen Umlauf vollendet: Sein alter Feind Ferdinand von der Steiermark, die Geißel der Lutheraner, trug die Krone. Nie hätte sich Kepler in seine Nähe gewagt, ginge es nicht um diese unbezahlte Schuld. Außerdem war es auf den Tag genau zehn Monate her, seit er ihm zuletzt damit gekommen war.

*

Kalt war es an jenem Morgen gewesen, und wie eine angelaufene Drüse hatte der Himmel ausgesehen. Die Luft schmeckte nach Metall, und alles schien vor Erstaunen über den frisch gefallenen Schnee den Atem anzuhalten. Schmutzige weiße Eisfelsen rollten im Fluß. In der Dunkelheit vor Anbruch der Dämmerung hatte er wach im Bett gelegen und voller Schrecken auf die Schollen gelauscht, die unter dem Bug zerbrachen, auf das Ächzen und Stöhnen und die plötzlichen Risse im Eis, die sich mit einem Geräusch wie fernes Musketenfeuer ausbreiteten. Im ersten Morgenlicht hatten sie angelegt. Der Kai lag verlassen bis auf einige Köter, die mit geschwollenem Bauch nach der glitschigen Trosse schnappten. Der Kahnführer blickte Kepler finster an, sein Zwiebelatem verdrängte sogar den Gestank, der von der Ladung Häute aus dem Frachtraum aufstieg. »Prag«, sagte er mit verächtlicher Geste, als hätte er in diesem Augenblick die stumme Stadt erschaffen, die hinter ihm aus dem eisigen Nebel auftauchte. Kepler stritt sich mit ihm um den Fährpreis.

Er war mit den ersten Druckexemplaren der *Tabulae Rudolphinae* aus Ulm gekommen. Damals hatte er ebenfalls in Regensburg Rast gemacht und mit Susanna bei den Billigs gewohnt. Es war Weihnachten, und er hatte sie und die Kinder seit fast einem Jahr nicht mehr gesehen, doch für ihn gab es keinen Müßiggang. Die Jesuiten in Dillingen hatten ihm Briefe von Patern in China gezeigt, die um Nachrichten von den neuesten astronomischen Entwicklungen baten, und so hatte er sich gleich daran gemacht, für die Missionare eine kleine Abhandlung zu verfassen. Die Kinder konnten sich kaum an ihn erinnern. Oft spürte er beim Arbeiten ihre Blicke in seinem Rücken, doch hielt er inne und drehte sich um, wisperten sie erschrocken und huschten in Anna Billigs Küche und in die Sicherheit davon.

Er hatte allein weiterreisen wollen, doch das kam für Susanna überhaupt nicht in Frage. Sein Gerede von Schneegestöbern und überfrorenen Flüssen zeigte keinerlei Wirkung. Ihr Ungestüm erschreckte ihn geradezu. »Es ist mir egal, und wenn du *zu Fuß* nach Prag gehst, dann gehen wir eben mit.«

»Aber ...«

»Kein *aber*«, fuhr sie ihn an und sagte noch einmal, nun aber in sanfterem Ton: »Kein aber, mein lieber Kepler«, und sie lächelte. Wahrscheinlich dachte sie, daß es nicht gut für ihn sei, wenn er so viel allein blieb.

»Wie lieb du zu mir bist«, murmelte er, »wie lieb.« Stets hatte er ohne allen Zweifel daran geglaubt, daß andere besser waren als er selbst, rücksichtsvoller, redlicher, ein Charakter, für den die Entschuldigung, die sein Leben war, keinen Ausgleich bieten konnte. Seine Liebe für Susanna glich einem sprachlosen Schmerz, der ihm das Herz zuschnürte, doch das war *nicht genug*, nicht genug, wie alles, was er tat und war. Mit verschwimmendem Blick griff er nach ihren Händen, brachte kein Wort mehr hervor und nickte in rührseliger Dankbarkeit.

In Prag wohnten sie im *Wal* an der Brücke. Den Kindern war es zum Weinen zu kalt. Die Männer des Kaimeisters rollten sein kostbares Faß mit Büchern durch Schnee und Dreck über die Anlegestelle. Immerhin hatte er es mit Watte ausgepolstert und die Dauben in Öltuch eingeschlagen. Die *Tafeln* waren ein stattlicher Folioband geworden, dem er mit einigen Unterbrechungen zwanzig Jahre seines Lebens gewidmet hatte! Er enthielt einen Großteil seiner Lebensarbeit, das wußte er, doch nicht den besten Teil. Seine schönsten Höhenflüge hatte er in der *Weltharmonik* und der *Astronomia nova* unternommen, auch im *Mysterium*, seinem Erstlingswerk. Er wußte, daß für die *Tafeln* zuviel Zeit vergeudet worden war. Hätte er sich konzentriert, wären damals, als er nach dem Tod des Dänen endlich über die Beobachtungen verfügte, ein Jahr oder höchstens zwei Jahre genug gewesen. Sein Glück hätte er damit machen können. Nun, da alle Welt sich gegenseitig eifrig an die Kehle sprang, konnte er froh sein, wenn er die Kosten für den Druck erstattet bekam. Einige waren da, die zeigten immer noch Interesse – doch was lag ihm daran, die Chinesen zu überzeugen, gar mit Hilfe der Popen? Die Matrosen aber würden sein Loblied singen, die Entdecker und Abenteurer. Den Gedanken an diese robusten Seeleute, die sich über die Karten und Diagramme der *Tabulae* beugten und mit blitzenden Augen die vergilbten Blätter absuchten, hatte er schon immer geliebt. Sie waren es, und nicht die Astronomen, die seinen Büchern zum Leben verhalfen. Und einen Moment lang strich sein Geist über die unermeßlichen Weiten, fühlte die Glut der Sonne, den Salzwind und hörte die Stürme in der Takelage: er, der noch nie in seinem Leben das Meer gesehen hatte!

Auf Prag war er nicht vorbereitet, auf diesen neuen Wind, der in der Stadt zu wehen schien. Für die Krönung von Ferdinands Sohn zum König von Böhmen war der Hof aus der Wiener Residenz zurückgekehrt, und anfangs hatte Kepler sich wie verzaubert gefühlt, da er glaubte, mit dem Hof kehre auch die Zeit Rudolphs wieder. Er hatte Angst davor gehabt, hierher zurückzukehren, und dies nicht allein deshalb, weil Eis auf dem Fluß trieb. Der Krieg ließ sich für die katholische Seite gut an, und Kepler mußte daran denken, wie Ferdinand vor dreißig Jahren die protestantischen Ketzer aus der Steiermark vertrieben hatte. Überall im Palast herrschte dort große Hektik und ein nahezu vergnügtes Durcheinander, wo er Stille und Heimlichkeit erwartet hatte. Und diese Kleider! Die gelben Hüte und scharlachroten Strümpfe, all der Brokat, der Schnürbesatz und die purpurnen Bänder; derlei hatte er nie zuvor gesehen, nicht einmal zu Rudolphs Zeiten. Ebensogut hätte er sich unter französischer Brut aufhalten können. Doch an den Kleidern merkte er auch rasch, daß er sich geirrt hatte. Es wehte kein neuer Wind, alles war nur Theater, ein verzweifeltes Streben, nicht der Größe, sondern dem bloßen Schein zu huldigen. Dieses Rot und Purpur, das waren die blutigen Abzeichen der Gegenreformation. Und Ferdinand hatte sich kein bißchen verändert.

Wenn Rudolph, vor allem gegen Ende hin, Kepler an jemandes Mutter erinnerte, die senil geworden war, so glich sein Vetter Ferdinand einem unzufriedenem Weib. Bleich und dickbäuchig mit dürren Beinen, so hielt er sich mit angespannter, geistesabwesender Miene vom Astronomen fern, als warte er darauf, daß sein Vorkoster komme und einen Bissen probiere, ehe er sich näher heranwagen wollte. Außerdem neigte er zu langen, nervenaufreibenden Gesprächspausen, ein Trick, den er von seinen Vorfahren geerbt hatte, dunkle Teiche, in deren Untiefen die undeutlichen

Gestalten des Mißtrauens und des Vorwurfs schwammen. Die Augen starrten wie müde Posten umher, die über diese grotesk fette Nase zu wachen hatten, ihr Blick verschwommen und fahl, so daß Kepler sich von ihnen nicht durchbohrt, sondern eher abgetastet fühlte. Gedankenverloren fragte er sich, ob die kaiserliche Verdrießlichkeit sich blähendem Gedärm verdankte, da Ferdinand immer wieder leise Rülpser ausstieß, die er wie ein Zauberer, der illusorische Narrenzepter verschwinden ließ, elegant mit den Fingerspitzen auffing.

Er rang sich die matte Andeutung eines Lächelns ab, als Kepler vor ihn trat. Die *Tafeln* erfreuten ihn: Er hielt viel von Bildung. Gleich ließ er einen Sekretär rufen und diktierte schwungvoll eine Zahlungsanweisung über viertausend Florins, sozusagen als Anerkennung für die Mühen des Astronomen und zur Deckung der Druckkosten, fügte auch ein Memorandum hinzu, aus dem hervorging, daß weitere siebentausendachthundertsiebzehn Florins geschuldet wurden. Kepler trat von einem Fuß auf den anderen, mummelte vor sich hin und grinste albern. Kaiserliche Großherzigkeit war stets ein unheilvolles Zeichen. Ferdinand entließ ihn mit einer keineswegs unfreundlichen Handbewegung, aber Kepler blieb.

»Euer Majestät«, sagte er, »ist überaus freundlich, wirklich sehr großzügig. Doch geht es mir nicht allein um die Angelegenheit dieses hochherzigen Zuschusses. Es verlangt einen wahrhaft edlen Geist, mir weiterhin die Stellung des Mathematikers zu gewähren, obgleich ich mich zu einem Glauben bekenne, der in diesem Reiche Anathema ist.«

Verdutzt und ein wenig erschreckt wandte ihm Ferdinand seine verquollenen Augen zu. Der Titel eines Kaiserlichen Mathematikers, der Kepler seit Rudolphs Zeiten zustand, hatte längst nur noch formelle Bedeutung, doch gedachte Kepler, ihn inmitten eines Religionskrieges zu behalten. »Ja, ja«, sagte der Kaiser unbestimmt. »Nun...« Eine Pause. Der Sekretär betrachtete Kepler mit unverhohlenem Amüsement und kaute auf seiner Federspitze. Kepler fragte sich, ob er einen taktischen Fehler begangen hatte. Eine derartige Bitte, verblümt und mit Schmeicheleien stark versüßt, hätte Rudolph von ihm erwartet: doch dies hier war Ferdinand. »Eure Religion«, sagte der Kaiser, »ja, die, ähm, bringt mich in Verlegenheit. Wie wir hörten, seid Ihr einer Bekehrung durchaus nicht abgeneigt?« Kepler seufzte; diese alte Lüge. Er sagte nichts. Ferdinands pralle Unterlippe schob sich hoch, knabberte an einer Strähne seines Schnauzbartes. »Nun, das ist nicht weiter wichtig. Jeder Mensch hat das Recht, sich zu der Religion zu bekennen, die er... die er...« Er fing Keplers eifrigen, drängenden Blick auf und brachte es nicht über sich, den Satz zu beenden. Der Sekretär hüstelte, und sie drehten sich beide zu ihm um und schauten ihn an. Kepler freute sich, wie schnell das Grinsen vom Fuchsgesicht des Lakaien verschwand. »Aber nicht doch, nein, es ist nicht weiter wichtig«, sagte der Kaiser und hob seine juwelengeschmückte Hand. »Natürlich bereitet uns der Krieg so einige Probleme. Heer und Volk erwarten, daß wir sie führen und ihnen ein Beispiel geben, und wir müssen... achtsam sein. Ihr versteht?«

»Natürlich, Euer Majestät.« Er verstand. An Ferdinands Hof würde es keinen Platz für ihn geben. Schlagartig fühlte er sich ungeheuer alt und müde. Weit fort, am anderen Ende des Saals, öffnete sich eine Tür, und eine Gestalt trat ein, kam auf sie zu, die Hände hinterm Rücken verschränkt, den Kopf gesenkt, als betrachte der Mann seine schimmernden Schaftstiefel, die über den Schachbrettmarmor eilten. Ferdinand sah dem Mann fast mit einer Art Widerwillen entgegen. »Ihr seid ja immer noch hier«, sagte er, als hätte man ihm einen gemeinen Streich gespielt. »Herr Doktor Kepler, darf ich vorstellen? General von Wallenstein, unser Oberster Feldherr.«

Der General verbeugte sich. »Ich glaube, ich kenne Euch, mein Herr«, sagte er. Kepler schaute ihn verständnislos an.

»Er glaubt, er kennt Euch«, sagte Ferdinand; der Gedanke amüsierte ihn.

»Ich glaube, ja, ich glaube, wir hatten bereits miteinander zu tun«, sagte der General. »Vor langer Zeit – vor zwanzig Jahren, genaugenommen – schickte ich auf umständlichen Wegen eine Bitte an einen gewissen Sternendeuter in Graz, dessen Ruf mir zu

Ohren gekommen war, und bat ihn, ein Horoskop für mich zu erstellen. Das Ergebnis war beeindruckend: ein vollständiger und gespenstisch genauer Bericht meines Charakters und meiner Taten. Um so beeindruckender, als ich meine Boten davor gewarnt hatte, meinen Namen preiszugeben.«

Die hohen Fenster zur Linken boten einen Blick vom Hradschin hinab auf die schneebedeckte Stadt. Kepler hatte schon einmal an eben dieser Stelle mit Kaiser Rudolph gestanden, um das Vorhaben der *Tabulae Rudolphinae* mit ihm zu besprechen. Wie durchtrieben sich doch alles fügte! Sternendeuter. Er erinnerte sich. »Nun, mein Herr«, begann er, verhalten lächelnd, »wißt Ihr, es war nicht schwer, einen derart großen Namen herauszufinden.«

»Ach, dann habt Ihr gewußt, wer ich war.« Enttäuscht schüttelte er den Kopf. »Dennoch, Ihr habt hervorragende Arbeit geleistet.«

Der Kaiser grunzte und wandte sich verdrossen ab, überließ sie sich selbst mit der Miene eines Schuljungen, dem ein Raufbold den Ball abgenommen hatte. So wichtig war ihm das Spielzeug nun auch wieder nicht.

»Kommt«, sagte der General und legte eine Hand auf Keplers Arm, »wir müssen miteinander reden.«

So begann, was eine kurze, doch turbulente Beziehung werden sollte. Kepler bewunderte die Akkuratesse der Dinge: Er war gekommen, um die Patronage eines Kaisers zu suchen, und fand statt dessen einen General, doch war er den Mächten des Schicksals keineswegs undankbar. Er brauchte eine Zuflucht. Schon vor einem Jahr hatte er Linz sein bitteres, letztes Lebewohl gesagt.

★

Nur war Linz eigentlich gar nicht so schlimm gewesen. Stimmt, vierzehn Jahre lang hatte ihn die Stadt zur Verzweiflung getrieben, so daß er glaubte, nichts als Erleichterung zu empfinden, falls er einmal fortziehen sollte. Doch als der Tag kam, schob sich ihm ein Dorn des Zweifel unters Nagelbett seiner Erwartungen. Schließlich wohnten seine Gönner in der Stadt, die Starhembergs und die Tschernembls. Und er hatte Freunde hier, Jakob Winckelmann etwa, den Linsenschleifer. In des alten Obskurantisten Haus am Fluß hatte er so manche fröhliche Nacht trinkend und träumend verbracht. Und Linz hatte ihm Susanna geschenkt. Es schmerzte ihn, daß er, der Kaiserliche Mathematiker, sich wieder dazu herablassen mußte, Bälgern in einer Bezirksschule und verbohrten Kaufmannssöhnen das Rechnen beizubringen, doch selbst das hatte etwas für sich, nämlich das unheimliche Gefühl, eine zweite Chance im Leben gewährt zu bekommen, als wäre er wieder in Graz, zurück in der Stiftsschule.

Oberösterreich war eine Zufluchtsstätte für religiöse Flüchtlinge aus dem Westen, Linz fast so etwas wie eine württembergische Kolonie. Schwarz, der Anwalt, war dort, und auch Baltasar Gurald, der Landschaftssekretär, beides Württemberger. Sogar der Arzt Oberndorffer kam vorbei, ein korpulenter, geplagter Geist mit Stock, ekligem Atem und farblosen Augen, der keinen Tag älter aussah als damals vor zwanzig Jahren, als er den Totenschein für Keplers Kinder ausgestellt hatte. Um zu beweisen, daß er keinen Groll gegen ihn hegte, lud Kepler den Doktor ein, Taufpate von Fridmar zu sein, Susannas zweitem Kind, das überlebt hatte. Oberndorffer umarmte seinen Freund mit Tränen in den Augen und hustete seine Zustimmung hervor, während Kepler daran dachte, was für ein Schauspiel sie beide boten, dieser alte Schwindler und der angegraute Papa, die sich an der Wiege des Säuglings flennend in den Armen lagen.

Doch dann war da noch Daniel Hitzler. Er war der ranghöchste Pastor in Linz und jünger als Kepler, hatte aber dieselben württembergischen Schulen durchlaufen und auf seinem Weg noch das Echo der skandalösen Reputation vernommen, das sein rebellischer Vorgänger hinterlassen hatte. Kepler fühlte sich geschmeichelt, denn Hitzler schien ihn für einen recht gefährlichen Zeitgenossen zu halten. Der Pastor aber war ein kalter Fisch, der sich gern mit der Aura eines Großinquisitors umgab. Die Details verrieten ihn. Der schwarze Mantel war zu schwarz, der Spitzbart zu spitz. Meist machte sich Kepler ein wenig über ihn lustig, mochte ihn aber recht gern und empfand seltsamerweise keinerlei Verbitterung, dabei war es Hitzler gewesen, der ihn hatte exkommunizieren lassen.

Kepler hatte schon lange geahnt, daß es soweit kommen würde. In Glaubensfragen war er widerborstig. Mit keiner Seite konnte er völlig übereinstimmen, weder mit den Katholiken, noch mit den Lutheranern oder den Calvinisten, und so waren ihm alle drei feindlich gesinnt. Doch er selbst sah sich mit sämtlichen Christen, wie auch immer sie sich nannten, durch das Band christlicher Liebe vereint. Er dachte an den Krieg, mit dem Gott ein zerstrittenes Deutschland belohnte, und wußte, daß er im Recht war. Er hielt sich an die Augsburgische Konfession und wollte die Konkordienformel nicht unterschreiben, die er als ein Stück politischer Ränkeschmiede verachtete, eine Aneinanderreihung bloßer Worte, die mit dem Glauben nichts zu tun hatte.

Unablässig beschäftigten ihn die Fragen nach Wirkung und Folge. Gab es eine Verbindung zwischen seinen inneren Kämpfen und dem allgemeinen Religionskonflikt? Konnte es sein, daß sein geheimstes Ringen irgendwie den schwarzen Riesen geweckt hatte, der nun Europa heimsuchte? Sein Ruf als Kryptocalvinist hatte ihn um die Stelle in Tübingen gebracht, sein Luthertum ihn von Graz nach Prag gezwungen, von Prag nach Linz, und bald würden die schrecklichen Schritte des Riesen die Wände von Wallensteins Palast in Sagan erzittern lassen, seiner letzten Zuflucht. Im Winter 1619 hatte er von seinem Aussichtsposten in Linz verfolgt, wie der calvinistische Kurfürst Friedrich vergeblich versucht hatte, den Habsburgern die Krone Böhmens zu entreißen. Bei dem Gedanken an seine eigenen, wenn auch höchst zarten Verbindungen zu diesem Desaster geriet er ins Schwitzen. Hatte er geholfen, des Riesen stechenden Blick zu lenken, da er Regina erlaubte, sich ins Kurfürstentum zu verheiraten, da er seine *Harmonice mundi* James von England widmete, dem Schwiegervater des Winterkönigs Friedrich? Es schien ihm wie ein Traum, in dem erst allmählich klar wird, daß man *selbst* das Verbrechen begangen hatte. Gewiß, dies waren überaus solipsistische Konzepte, aber dennoch...

Hitzler wollte ihm keine Kommunion erteilen, solange er die Lehre von der Ubiquität nicht unterzeichnete. Kepler tobte vor Wut. »Verlangt Ihr dieses Schreiben von jedem Kommuniongänger?«

Hitzler starrte ihn aus wässerigen Augen an und rätselte vermutlich, ob er sich in Tiefen vorwagte, in denen er durch diesen reizbaren Ketzer ertrinken könnte. »Ich verlange es von *Euch*, mein Herr.«

»Wäre ich ein Schweinehirt oder ein Fürst von Geblüt, würdet Ihr es dann von mir verlangen?«

»Ihr habt die Allgegenwart des Leibes Christi geleugnet und zugegeben, mit den Calvinisten einer Meinung zu sein.«

»Es gibt einige Dinge, hört Ihr, einige Dinge, in denen ich nicht unbedingt anderer Meinung bin. Die barbarische Doktrin der Vorherbestimmung aber lehne ich ab.«

»Ihr unterscheidet Euch durch Euer Tun, da Ihr die Kommunion zu einem Symbol jenes Glaubens erklärt, wie er in der Konkordienformel niedergelegt wurde, während Ihr zugleich diesem Symbol widersprecht und das Gegenteil verteidigt.« Hitzler hielt große Stücke auf seine Redekunst. Kepler blieb fast der Mund offenstehen.

»Ach was! Ich behaupte nur, Herr Priester, daß die Prediger zu hochmütig geworden sind und sich nicht mehr an die alte Schlichtheit halten. Lest die Kirchenväter! Das Wort der Altvordern soll meine Rechtfertigung sein.«

»Ihr seid weder heiß noch kalt, Doktor, bloß lau.«

So zog es sich über Jahre hin. Sie trafen sich in Keplers Haus, in Hitzlers Haus, diskutierten bis tief in die Nacht. Sie spazierten am Fluß entlang, Hitzler ernst, in schwarzem Mantel und Kepler tobend, mit den Armen fuchtelnd, so hatten sie trotz allem ihren Spaß und spielten gleichsam miteinander. Als der Linzer Kirchenrat beschloß, Kepler aus seiner Stellung an der Bezirksschule zu entlassen, und Kepler nur durch den Einfluß der Freiherren, die seinen Standpunkt unterstützten, vor diesem Schicksal bewahrt wurde, traf Hitzler, obgleich Schulinspektor, keinerlei Anstalten, ihm zu helfen. Da hörte das Spiel auf. Am meisten ärgerte sich Kepler über die Heuchelei. Wenn er die Stadt verließ und in die umgebenden Dörfer fuhr, wurde ihm nie die Kommunion verweigert. Dort traf er freundliche und einfache Priester an, die zu eifrig damit beschäftigt waren, den Kranken Trost zu spenden oder dem Nachbarn beim Kalben zu helfen, als sich mit den Spitzfindigkeiten eines Hitzlers abzugeben. Kepler legte beim Stuttgarter Konsistorium Berufung ein. Man wandte sich gegen ihn. Seine letzte Hoffnung setzte er nun darauf, persönlich nach Tübingen zu fahren und Unterstützung beim Matthias Hafenreffer, dem Kanzler der Universität, zu finden.

Seit Kepler ihn zuletzt gesehen hatte, war Michael Mästlin stark gealtert. Er wirkte geistesabwesend, geradeso, als würde seine Aufmerksamkeit immerzu von dringlicheren Themen in Anspruch genommen. Während Kepler ihm von seinem neuesten Kummer berichtete, zuckte der alte Mann hin und wieder verstohlen zusammen, gleichsam entschuldigend, und versuchte, sich zu konzentrieren. Er schüttelte den Kopf und seufzte. »Welche Probleme Ihr Euch aufhalst! Dabei seid Ihr doch kein Student mehr, der sich in Schenken streitet und nach Rebellion ruft. Schon vor dreißig Jahren habe ich derlei Reden von Euch vernommen, und nichts hat sich verändert.«

»Nein«, sagte Kepler, »nichts hat sich verändert, ich nicht und die Welt auch nicht. Wäre es Euch lieber, ich würde meinen Glauben verleugnen, lügen oder sagen, daß ich mich mit der jeweiligen Tagesmode abfände, nur um meine Ruhe zu haben?«

Mästlin wandte den Blick von ihm ab und spitzte die Lippen. Auf dem Universitätsgelände vor seinem Fenster steckte das lohfarbene Sonnenlicht des späten Herbstes die Bäume in Brand. »Ihr haltet mich für einen alten Narren und Schwächling«, sagte Mästlin, »doch ich habe mein Leben ehrlich gelebt, und nicht ohne Anerkennung, so gut ich es eben vermochte. Ich bin kein berühmter Mann und habe auch keine derartigen Höhen erklommen, wie Ihr es habt – ja, Ihr mögt seufzen, doch es stimmt nun einmal. Vielleicht ist es Euer Unglück und die Ursache all Eurer Probleme, daß Ihr Großes geleistet und Euch hervorgetan habt. Denn die Theologen kümmert es nicht, ob *ich* die Dogmen verletze, doch mit Euch, ha, da ist es etwas anderes.«

Darauf wußte Kepler keine Antwort. Bald darauf traf Hafenreffer ein. Er war in Tübingen Keplers Professor und beinahe so etwas wie ein Freund gewesen. Doch nie zuvor hatte Kepler seinen Beistand so dringend gebraucht wie in diesem Augenblick, und das machte sie verlegen. Wenn er den Kanzler mitsamt der theologischen Fakultät auf seine Seite ziehen konnte, würde das Stuttgarter Konsistorium nachgeben müssen, war doch Tübingen der Sitz des lutherischen Gewissens. Aber noch ehe der Kanzler den Mund aufmachte, wußte Kepler, daß seine Sache verloren war. Matthias Hafenreffer war gleichfalls alt geworden, doch bei ihm hatte die Anhäufung der Jahre als ein Prozeß der Veredlung gewirkt, der ihn wie eine Klinge geschliffen hatte. Er war, was Hitzler zu sein vorgab. Er grüßte verbindlich, schlug aber unter Keplers scharfem Blick die Augen nieder. Mästlin wurde in seiner Gegenwart unruhig, machte sich aufgeregt zu schaffen und rief mit jammervoller Stimme nach den Dienstboten. Als niemand kam, stand er selbst auf, reichte seinen Gästen einen Krug Wein und einen Teller Brot und bat murmelnd um Entschuldigung für die kärgliche Kost. Hafenreffer warf einen Blick auf den Tisch und lächelte. »Ein überaus angemessenes Mahl, Professor.« Mästlin stierte unruhig und einigermaßen verblüfft zu ihm auf. Erneut wandte sich der Kanzler an Kepler. »Nun, Doktor, was hat es mit all dem auf sich, was mir zu Ohren kommt?«

»Dieser Mann, dieser Hitzler –«

»Er ist ein wenig enthusiastisch, stimmt; aber auch sehr gewissenhaft und ein guter Pastor.«

»Er hat mir die Kommunion verweigert!«

»Da Ihr die Konkordienformel nicht unterzeichnet. Und?«

»In Gottes Namen, er schließt mich wegen meiner Offenheit aus, da ich zugebe, daß sich die frühen Kirchenväter über diesen Artikel der Allgegenwart des Leibes Christi weit überzeugender als Eure Konkordienformel geäußert haben! Zum Beleg kann ich Origen nennen, Fulgentius, Vigilius, Cyril, John von ...«

»Ja, ja, zweifellos; wir wissen um das Maß Eurer Gelehrsamkeit. Doch Ihr neigt in der Lehre der Kommunion der calvinistischen Auffassung zu.«

»Ich halte es für selbstverständlich, daß Materie zu keiner Transmutation fähig ist. Leib und Seele Christi sind im Himmel. Der liebe Gott, mein Herr, ist kein Alchemist.«

In dem nachfolgenden Schweigen meinte man unwillkürlich gespenstische Zeugen zu sehen, die ihn schockiert anstarrten, Hand vor dem Mund. Hafenreffer seufzte. »Nun, das war klar und deutlich. Ich frage mich bloß, Herr Doktor, ob Ihr Euch auch der Folgenschwere dessen bewußt seid, was Ihr da sagt. Vor allem der Schluß, daß Ihr durch diese... diese Doktrin das Sakrament der Kommunion zu bloßer Symbolhaftigkeit reduziert.«

Kepler überlegte. »*Bloß* würde ich nicht sagen. Ist das Symbol nicht etwas Heiliges, das zugleich es selbst und etwas anderes, Größeres ist? Schließlich könnte man – oder etwa nicht? – dasselbe doch auch von Christus behaupten.«

Damit, so vermutete er hinterher, war es entschieden. Zwar zog sich die Affäre noch ein Jahr hin, doch am Ende gewann Hitzler, Kepler wurde exkommuniziert, und Hafenreffer sagte sich von ihm los. *Wenn Ihr mich mögt*, so schrieb der Kanzler, *dann enthaltet Euch dieser leidenschaftlichen Reizbarkeit.* Ein guter Rat, doch ach, ohne Leidenschaft wäre er nicht, der er war. Er packte seine Sachen und machte sich auf den Weg nach Ulm, wo die *Tabulae Rudolphinae* gedruckt werden sollten.

*

Ebenso hatten die Keplers den blutunterlaufenen Blick des Riesen andernorts auf sich gezogen. Im Winter 1616 erhoben die schwäbischen Behörden nach Jahren der Andeutungen und Drohungen nun offiziell Anklage gegen seine Mutter wegen Hexerei. Sie floh mit ihrem Sohn Christoph nach Linz. Kepler war entsetzt. »Warum seid Ihr gekommen? Man wird Euch das als Schuldgeständnis auslegen.«

»Es steht weit schlimmer«, sagte Christoph. »Erzählt es ihm, Mutter.«

Schniefend wandte die alte Frau den Blick ab.

»Schlimmer?« fragte Kepler, der eigentlich gar nicht mehr wissen wollte. »Was ist passiert?«

»Sie hat versucht, den Untervogt Einhorn zu bestechen«, sagte Christoph, während er eine Falte in seinem Wams glattstrich.

Kepler tastete hinter sich nach einem Stuhl und setzte sich.

Susanna legte eine Hand auf seine Schulter. Einhorn. Sein Leben lang war er von Leuten mit solchen Namen verfolgt worden. »Zu *bestechen*? Warum denn? Wie denn?«

Christoph zuckte die Achseln. Er war fünfzehn Jahre jünger als der Astronom, untersetzt und frühzeitig beleibt, mit flacher Stirn und Augen von seltsam violetter Färbung. Eigentlich war er nur nach Linz gekommen, um seinen Bruder angesichts dieser schlechten Neuigkeiten in Schweiß ausbrechen zu sehen. »Eine Dirne«, sagte er, »die Tochter der Reinboldschen, behauptet, Schmerzen im Arm zu haben, seit Mutter sie dort angefaßt hat. Einhorn wollte über diese Angelegenheit einen Bericht für die Kanzlei verfassen, und sie bot ihm einen Silberbecher an, falls er den Vorfall vertuschen würde. Das habt Ihr doch, nicht wahr, Mutter?«

»Gütiger Gott«, flüsterte Kepler. »Und wie ist es ausgegangen?«

»Nun, Einhorn war natürlich begeistert, ist er doch eng mit der Reinboldfraktion verbündet. Also hat er gleich zusammen mit einigen anderen Anschuldigungen gemeldet, daß man versucht habe, sein Schweigen zu erkaufen. Eine ziemlich heillose Lage.«

»Es freut uns zu sehen«, sagte Susanna, »daß Euch die Lage so ernst nun doch nicht zu sein scheint, als daß sie Euch groß bekümmern würde.«

Christoph starrte sie an. Beherzt hielt sie seinem Blick stand, doch Kepler spürte, wie sich ihre Finger in seine Schulter gruben. »Nicht doch, nicht doch«, murmelte er und tätschelte ihre Hand, »wir dürfen jetzt nicht streiten.«

Dann endlich erhob Katharina Kepler die Stimme. »Oh nein, er läßt sich wegen derlei nicht aus der Fassung bringen, hat er doch mit deiner Schwester Margarete und deren heiligem Gatten, dem Pastor, geschworen, daß sie mich bereitwillig im Stich lassen würden, sollte sich herausstellen, daß ich unrecht getan habe. So haben sie es dem Magistrat erzählt. Ist das nicht nett von ihnen?«

Christoph lief rot an. Kepler betrachtete ihn mit traurigem Blick. Er hatte es nie über sich bringen können, seinen Bruder zu lieben.

»Wir müssen schließlich an unseren guten Ruf denken«, sagte Christoph und reckte sein Kinn in die Höhe. »Was hast du erwartet? Immerhin ist sie gewarnt worden. Allein im letzten Jahr wurden in unserem Sprengel an die zwanzig Hexen verbrannt.«

»Möge Gott Euch verzeihen«, sagte Susanna und wandte sich von ihm ab.

Christoph murmelte vor sich hin und reiste bald darauf ab. Die alte Frau blieb neun Monate. Es war eine nervenaufreibende Zeit. Weder Alter noch Unglück hatten die scharfe Zunge stumpf werden lassen. Kepler betrachtete sie mit mitleidiger Bewunderung. Sie machte sich keine Illusionen über die Gefahr, in der sie schwebte, doch auf eigenartige Weise schien sie all das zu genießen. Nie zuvor war ihr derart viel Aufmerksamkeit zuteil geworden. Sie nahm lebhaften Anteil an den Einzelheiten der Verteidigung, die Kepler eifrig für sie zusammenschusterte. Sie leugnete die gegen sie vorgebrachten Beweise nicht, stellte nur die Auslegungen in Frage. »Und ich weiß genau«, sagte sie, »worauf sie aus sind, diese Hure Ursula Reinbold und der Rest, selbst Einhorn, sie wollen Hand an meine wenigen Florins legen, haben wir erst den Prozeß verloren. Reinbold schuldet mir Geld, weißt du. Ich finde, wir sollten sie einfach ignorieren, dann wird sie das Warten schon leid.«

Kepler stöhnte. »Ich habe Euch doch gesagt, Mutter, daß Euer Fall an das herzogliche Gericht Württembergs überwiesen wurde.« Er wußte nicht, ob er lachen oder weinen sollte, als er in den alten Augen einen Funken Stolz aufblitzen sah. »Statt zu warten, müssen wir vielmehr auf eine frühe Anhörung drängen. Die Gegenseite will verzögern, weil sie weiß, auf welch schwachen Füßen ihre Anklage steht und weil sie weitere Beweise braucht. Der angerichtete Schaden ist so schon groß genug. Schließlich wird mir selbst auch vorgeworfen, mich mit verbotenen Künsten abzugeben.«

»Oh ja«, sagte sie, »du mußt natürlich an deinen guten Ruf denken.«

»Um Himmels willen, Mutter, hör auf!«

Sie schneuzte sich und wandte ihr Gesicht ab. »Weißt du, wie alles angefangen hat? Weil ich mich für Christoph gegen die Reinbold, diese Schlampe, eingesetzt habe.«

»Ihr habt es mir erzählt, ja.«

Sie wollte es noch einmal erzählen. »Er hatte irgendwie geschäftlich mit ihrer Sippe zu schaffen, und es kam zu einem Streit. Ich habe zu ihm gehalten. Und jetzt sagt er, er will mich im Stich lassen.«

»Nun, ich werde Euch nicht im Stich lassen.«

Er feuerte Kanonaden in sämtliche Richtungen, schrieb an Einhorn und dessen Konsorten, an Bekannte an der juristischen Fakultät in Tübingen, an den württembergischen Hof. Die Antworten waren ausweichend und klangen seltsam drohend, so daß in ihm die Überzeugung wuchs, daß die höchsten Mächte sich verschworen hatten, ihn durch diese alte Frau zu vernichten. Und hinter dieser Befürchtung saß eine tiefere Angst, eine, der er sich kaum zu stellen wagte. »Mutter«, begann er gequält, »sagt mir die Wahrheit, Mutter, schwört mir, daß Ihr... daß...«

Sie schaute ihn an. »Hast du mich nachts nicht auf meiner Katze durch die Straßen reiten sehen?«

Der Gerichtstag wurde für September in Leonberg anberaumt. Christoph, der dort lebte, wandte sich gleich an das herzogliche Gericht und ließ den Prozeß ins Dorf Güglingen verlegen. Als Kepler mit seiner Mutter eintraf, wurde die alte Frau verhaftet, in Ketten gelegt und in eine offene Zelle mit zwei Wärtern ins Turmgefängnis gebracht. Die Aufseher, zwei vergnügte Burschen, genossen ihr Amt, da sie vom Geld der Gefangenen gut bezahlt wurden. Ursula Reinbold, die um ihr Schmerzensgeld fürchtete, verlangte, daß man die Zahl der Wärter auf einen beschränke, während Christoph und sein Schwager, Pastor Binder, Kepler vorwarfen, er würde die Ausgaben ins Bedrohliche anwachsen lassen: Kepler hatte darauf bestanden, daß man ihr Stroh täglich erneuern und abends ein Feuer für sie anzünden solle. Die Zeugen wurden vernommen, und die Prozeßabschriften nach Tübingen gesandt, wo Keplers Freunde in der juristischen Fakultät zu dem Schluß kamen, daß die Beweislage verlange, die alte Frau unter Androhung der Folter weitergehend zu befragen.

Es war ein gelbbrauner Herbsttag, als man sie zum Anbau hinter dem Gericht führte. Ein leichter Wind spielte wie mit unsichtbaren Flügeln träge übers Gras. Der Untervogt Einhorn war da, ein drahtiger kleiner Mann, dem ein Tropfen an der Nasenspitze hing, dann kamen diverse Schreiber und Hofbeamte. Der Trupp schritt nur langsam voran, da Frau Kepler immer noch an den Verletzungen litt, die sie sich durch die Kette zugezogen hatte. Kepler stützte sie und suchte vergebens, einige tröstliche Worte zu finden. Ihm kamen seltsame Gedanken in den Sinn. Auf der Fahrt hierher hatte er das *Zwiegespräch über antike und moderne Musik* von Galileis Vater gelesen, und nun fielen ihm Bruchstücke dieses Werkes wie ernste, doch herrliche Melodien wieder ein, und er dachte an die traurigen, vom Wind verwehten Gesänge der Märtyrer auf dem Weg zum Scheiterhaufen.

Sie betraten einen niedrigen, strohgedeckten Schuppen. Nach all dem Sonnenlicht draußen war es hier drinnen dunkel, eine Ecke ausgenommen, in der eine Kohlenpfanne glühte, eifrig und resolut, als wäre sie ein lebendig Ding. Plötzlich bereitete ihm ein Zahn in seinem Kiefer heftige Schmerzen. Die Luft war zum Ersticken, doch Kepler fror. Er fühlte sich an eine Kapelle erinnert, diese Stille, die schlurfenden Füße und das gedämpfte Hüsteln, das Gefühl angespannten Wartens. Ein heißer Geruch breitete sich aus, ein Gemisch aus Schweiß und glühenden Kohlen und etwas drittem, bitter und blechern, wohl der Gestank der Angst, dachte er. Die Instrumente lagen auf einer niedrigen Tischplatte, nach Gebrauch geordnet, die Daumenschrauben und die blitzenden Messer, die Glühstangen und Zangen. Dies hier war das Werkzeug eines Fachmannes. Der Folterer trat vor, ein hübscher, hochgewachsener Kerl mit buschigem Bart, der im Dorf zugleich auch Zahnarzt war.

»Grüß Gott«, sagte er, legte einen Zeigefinger an die Stirn und maß mit würdevollem Blick die alte Frau. Einhorn rülpste, ließ einen säuerlichen Hauch Bier fahren.

»Ich trage Euch auf, mein Herr«, sagte er und haspelte den Gesetzestext herunter, »dieser Frau die hier angeordneten Werkzeuge der peinlichen Befragung zu zeigen, auf daß sie sich in Gottes Gnaden bedenken und ihre Verbrechen bekennen möge.« Er hatte eine wulstige, beschmierte Oberlippe, eine Greifklappe gleichsam; der Tropfen an der Nasenspitze glitzerte im Feuer der Kohlenpfanne. Während all der Tage der Anhörung hatte er Kepler nicht einmal in die Augen gesehen. Er zögerte, blind tastete die Lippe nach Worten, dann trat er einen Schritt zurück, rempelte einen seiner Assistenten an und rief: »Nun macht schon, Mann, fangt an!«

Stumm trat der Folterknecht vor, zeigte liebevoll ein Werkzeug nach dem anderen vor. Die alte Frau wandte den Blick ab.

»Schaut sie Euch an!« sagte Einhorn. »Seht doch, sie weint nicht einmal, diese Kreatur!«

Frau Kepler schüttelte den Kopf. »Ich habe in meinem Leben so oft geweint, ich habe keine Tränen mehr übrig.« Plötzlich sank sie stöhnend in die Knie, eine groteske Parodie demütigen Flehens. »Macht mit mir, was Ihr wollt! Und wenn Ihr mir eine Ader um die andere aus dem Körper reißt, so habe ich doch nichts zu gestehen.« Sie faltete die Hände und jammerte ein *Vater unser* hervor. Der Folterknecht sah sich unsicher um. »Soll ich sie durchbohren?« fragte er und griff nach einem Eisen.

»Laßt es gut sein«, sagte Kepler, als wollte er einem ungebärdigen Kinderspiel Einhalt gebieten. Das Urteil besagte, daß ihr nur mit der Folter gedroht werden sollte. Ein allgemeines Hüsteln und Murmeln brach aus, und alle wandten sich von ihr ab. Einhorn huschte hinaus. Der jahrelange Rechtsstreit war vorüber. Die Absurdität des Ganzen überwältigte Kepler. Draußen lehnte er den Kopf an die sonnenwarme Ziegelmauer und lachte. Dann merkte er, daß er weinte. Seine Mutter stand neben ihm, wie betäubt und ein wenig beschämt tätschelte sie seine Schulter. Die Windflügel des Serafims hüllten sie ein. »Wo wollt Ihr nun hin?« fragte Kepler und putzte sich die Nase.

»Nun, ich gehe nach Hause. Oder nach Heumaden zu Margarete«, und dort verschied sie nach kaum zwölf Monaten ohne großes Jammern und Wehklagen in ihrem Bett.

»Ja, nach Heumaden.« Er rieb sich die Augen, starrte hilflos in die Bäume, den Abendhimmel, auf einen fernen Kirchturm. Mit

Erstaunen und Ekel begriff er, daß er, ja, daß er enttäuscht war. Wie all die anderen, wie vermutlich seine Mutter selbst, hatte er darauf gewartet, daß etwas geschah, nicht gerade, daß sie gefoltert wurde, aber daß *irgendwas* passierte, und er war enttäuscht. »Oh Gott, Mutter.«

»Nicht doch, beruhige dich.«

Laut Erlaß des Herzogs von Württemberg wurde sie für unschuldig befunden und sofort auf freien Fuß gesetzt. Einhorn, Ursula Reinbold und all die übrigen wurden angehalten, die Prozeßkosten zu zahlen. Für die Keplers war es ein großartiger Sieg. Und doch war es seltsamerweise auch eine Niederlage. Als Kepler nach Linz zurückkehrte, mußte er feststellen, daß sein alter Freund, der Linsenschleifer Winckelmann verschwunden war. Das Haus am Fluß stand verschlossen und leer, die Fenster waren eingeschlagen. Kepler konnte sich des Eindrucks nicht erwehren, daß das Schicksal des Juden und der Urteilsspruch irgendwo in der unsichtbaren Werkstatt der Welt mit gleißenden Werkzeugen beim aschgrauen Licht einer Kohlenpfanne zusammengeschmiedet worden waren. Also war doch etwas geschehen.

*

Wochen vergingen, Monate, und kein Wort vom Juden. Immer wieder zog es Kepler zu dem kleinen Haus in der Uferstraße. Es war ein Nadelloch in der Oberfläche einer vertrauten Welt, durch das er, wüßte er nur, wie er sein Auge anlegen sollte, Ungeheuerlichkeiten entdecken konnte. Es wurde für ihn zu einem Ritual; rasch ging er zwei-, dreimal an der Werkstatt vorbei, ohne mehr als einen verstohlenen Blick zu riskieren, dann blieb er abrupt stehen, um an die Tür zu klopfen und zu warten, ehe er schließlich nachgab, die Hände ans Gesicht legte und einen langen und unerklärlich befriedigenden Blick durch die Ritzen der Fensterläden warf. Das Zwielicht drinnen war angefüllt mit vagen, grauen Schatten. Wenn sie sich doch eines Tages regen würden! Dann trat er zurück, schüttelte den Kopf und machte sich in scheinbarer Verwunderung langsam auf den Heimweg.

Er lachte über sich: Wem zuliebe veranstaltete er diese Pantomime? Glaubte er, eine Verschwörung sei gegen ihn angezettelt, Spione überall, die ihn beobachteten? Der Gedanke, mit dem er sich anfangs nur über sich selbst lustig gemacht hatte, ergriff von ihm Besitz. Doch noch in den schlimmsten Augenblicken der Angst und Vorahnung dachte er nicht daran, daß menschliche Machenschaften diesen Vorgängen zugrunde lagen. Auch zufällige Phänomene können gleichsam aus der Spannung ihrer bloßen Existenz heraus eine Struktur erzeugen, die Folgen und Wirkungen nach sich ziehen. So redete er sich ein und war danach erst recht besorgt. Ein faßbarer Feind wäre eine Sache, doch dies hier, unermeßlich und unpersönlich... Als er Nachforschungen bei den Nachbarn des Juden anstellte, stieß er bloß auf Schweigen. Der Schlosser nebenan, ein flachsblonder Hüne mit einem Klumpfuß, funkelte ihn lange mit zuckenden Mundwinkeln an, dann wandte er sich ab und sagte: »Wir scheren uns hier nur um unsere eigenen Angelegenheiten, mein Herr.« Kepler sah dem Kerl nach, wie er in seine Werkstatt humpelte, dann dachte er an die Frau des Linsenschleifers, drall und jung, bis seine Gedanken sich verloren, da ihm die Möglichkeiten unerträglich schienen.

Und dann geriet eines Tages etwas mit einem nahezu hörbaren Scheppern der Hebel und Rädchen in Bewegung, und es kam, wie es schien, zu dem Versuch, seinen Verlust wieder wettzumachen.

Er erkannte ihn schon von weitem an seinem Gang, an diesem mühseligen Bücken und Schlenkern, als höhle er bei jedem Schritt eine komplizierte Gestalt aus der widerstrebenden Luft und trete dann behutsam hinein. Kepler erinnerte sich plötzlich an den überfüllten Saal in Benatek, an den Boten, der vom Tisch seines Herrn kam und mit seidiger Stimme sagte: *Man verlangt nach Euch, mein Herr*, während der mächtige Schädel aus dem Teller schmutziger Spitze lächelte und eine Hand wie eine Saurierklaue sich verstohlen am Tischrand festhielt. Doch etwas in ihm hatte sich geändert. Sein Gang wirkte gequälter als ehedem, und er näherte sich mit wachsam geneigtem Gesicht, argwöhnisch den Steigbügel eines schekkigen Ponys umklammernd.

»Nun, Herr Mathematicus, seid Ihr es wirklich?« Er fühlte mit ausgestreckter Hand durch die Luft. Ihm war nur das zweite Gesicht geblieben, die Augenhöhlen waren leere Sterne: man hatte ihn geblendet.

Vor sechzehn Jahren hatten sie sich zuletzt getroffen, auf Tychos Beerdigung in Prag. Jeppe war nicht gealtert. Die Blendung hatte sein Gesicht um jeden Ausdruck gebracht, eine Art kindlicher Aufmerksamkeit ausgenommen, so daß er immerzu am Unmittelbaren vorbei auf etwas weit Entferntes zu hören schien. Er trug die Lumpen eines Bettlers. »Natürlich bloß eine Verkleidung«, kicherte er. Er war auf dem Weg nach Prag und schien von ihrem Zusammentreffen keineswegs überrascht. Vielleicht, so dachte Kepler, verlief die Zeit anders in dieser steten Dunkelheit, und sechzehn Jahre waren ein Nichts für ihn.

Sie kehrten in eine Schenke an der Anlegestelle ein. Kepler entschied sich für eine, in der man ihn nicht kannte. Er gab vor, ebenfalls nur auf seinem Weg hier durchzukommen, und wußte nicht, warum ihm so viel daran lag, sich zu verstellen. Jeppes ausdrucksloses, ihm zugewandtes Gesicht verzog sich bei dieser Lüge zu einem Lächeln, und Kepler lief rot an, als könnten diese runzligen Wunden ihn sehen. Es war still in der Schenke. Zwei alte Männer saßen in einer Ecke und spielten mit klappernden Dominosteinen. Der Gastwirt brachte zwei Humpen Bier und betrachtete den Zwerg mit einer gewissen Neugier, aber auch mit leichtem Ekel. Keplers Scham wuchs. Er hätte diese Kreatur zu sich nach Hause einladen sollen.

»Tengnagel ist tot, habt Ihr das gewußt?« fragte Jeppe. »Ich glaube, er hat Euch übel mitgespielt.«

»Ja, wir hatten unsere Meinungsverschiedenheiten. Doch daß er tot ist, davon hatte ich noch nichts gehört. Was ist mit seiner Frau, der Tochter des Dänen?«

Der Zwerg lächelte und schüttelte den Kopf, als freue er sich über einen heimlichen Scherz. »Frau Christine ist gleichfalls tot. So viele sind tot, und nur Ihr und ich, wir sind noch da, mein Herr.« Plötzlich wurde das Fenster der Schenke vom rostroten Segel eines Schoners ausgefüllt, der flußaufwärts kreuzte. Die Dominosteine kippten um, und einer der Alten brummte einen Fluch.

»Und was ist mit dem Italiener?« fragte Kepler.

Einen Augenblick lang schien es, als hätte der Zwerg ihn nicht gehört, doch dann sagte er: »Ich habe ihn seit vielen Jahren nicht mehr gesehen. Als Meister Tycho starb, hat er mich nach Rom gebracht. Was für eine Zeit!« Es war eine pralle Geschichte. Kepler sah die Kiefern, die Säulen und Steinlöwen, das Sonnenlicht auf dem Marmor, hörte das Lachen der geschminkten Huren. »Er war damals ein gestrenger Mann, der zu Duellen und Raufereien neigte, ein großer Würfelspieler vor dem Herrn, der von einem Spiel zum nächsten taumelte, den Degen an der Seite, und der Narr, Euer treuer Diener, immer hinterher.« Er streckte seine Hand aus, tastete nach dem Humpen, Kepler schob ihn heimlich seinen Fingern entgegen. »Wißt Ihr noch, Herr, wie wir ihn im Haus des Dänen pflegten? Die Wunde ist nie mehr ganz verheilt. Er schwor, Wetterumschläge damit vorhersagen zu können.«

»Wir dachten, er würde sterben«, sagte Kepler.

Der Zwerg nickte. »Ihr hattet Hochachtung vor ihm, Herr, Ihr habt seinen inneren Wert gesehen, genau wie ich.«

Kepler schaute ihn verblüfft an. Stimmte das? »In ihm steckte noch allerlei Leben«, sagte er. »Doch er ist und bleibt ein Schuft.«

»Oh ja!« Sie schwiegen beide, dann lachte Jeppe plötzlich auf. »Ich erzähle Euch etwas, das wird aufheitern. Wußtet Ihr, daß der Däne Tengnagel erlaubte, seine Tochter zu heiraten, weil die Dirne schwanger war? Bloß stammte das Balg nicht von Tengnagel. Felix war ihm zuvorgekommen.«

»Und wußte der Junker davon?«

»Aber sicher, bloß war es ihm egal. Ihn interessierte nur sein Anteil am Vermögen der Brahes. Doch Ihr, Herr, solltet den Scherz vor allen anderen zu würdigen wissen, denn um was Tengnagel Euch betrog, das erbt nun der Bastard des Italieners.«

»Ja«, sagte Kepler, »der Gedanke gefällt mir«, und er lachte, doch war es ein beklommenes Lachen, schließlich blieb nur die Wahl zwischen dem Bock und dem Gehörnten. Die Beklemmung, die er empfand, war ihm vertraut; der Zwerg wußte zu viel. »Wo ist der Italiener jetzt?« fragte er. »Steckt er im Gefängnis oder ist er auf der Flucht?«

Jeppe bestellte noch ein Bier und ließ Kepler für ihn zahlen.

»Nun, beides gewissermaßen«, antwortete er. »Er war einfach nie zufrieden. In Rom hätte er wie ein Edelmann leben können, da er dort Freunde und Gönner kannte und der Papst selbst, Seine Heiligkeit Papst Clemens, ihm angeblich seine Gunst schenkte. Doch er trank zuviel, würfelte zuviel, sprach zu offen und machte sich Feinde. In einer Schlägerei, bei der es um den Punktestand nach einem Ballspiel ging, jagte er einem der Spieler den Degen durch die Kehle. Wir flohen aus der Stadt und segelten nach Malta, da wir hofften, daß uns die Ritter Zuflucht gewähren würden. Sie steckten ihn ins Gefängnis. Doch er war, wie Ihr Euch denken könnt, ein recht rebellischer Gast, und nach einer Woche war man froh, ihn entkommen lassen zu können.« Eine Katze sprang in flinker Anmut auf den Tresen zum Gastwirt, der ihnen zuhörte. Jeppe nahm einen Schluck Bier und wischte sich den Mund mit dem Ärmel ab. »Monatelang zogen wir durch die Hafenstädte des Mittelmeeres, die Spione des Vatikans auf den Fersen. Dann ging das Gerede von einer päpstlichen Begnadigung, und obgleich ich ihn vor der Finte warnte, konnte ihn nichts mehr halten, und er kehrte nach Rom zurück. Die Zöllner in Porto Ercole, spanische Rüpel, hielten ihn für einen Schmuggler und warfen ihn ins Verlies. Als sie ihn endlich wieder freigaben, hatte unser Schiff nach Rom bereits abgelegt. Er stand am Ufer und sah ihm nach, ein rotes Segel, ich weiß es noch. Vor Wut und Selbstmitleid brach er in Tränen aus und gab sich endlich geschlagen. Sein Gepäck war bereits an Bord; ihm war nichts geblieben.«

Sie verließen die Schenke. Ein rauher Wind wehte vom Fluß herüber, und Schneeflocken wirbelten durch die Luft. Kepler half dem Zwerg beim Aufsitzen. »Lebt wohl«, sagte Jeppe, »ich denke nicht, daß wir uns noch einmal wiedersehen.« Das Pony stampfte und schnaubte nervös, da es den drohenden Sturm witterte. Jeppe lächelte, zog das blinde Gesicht in Falten. »Wißt Ihr, Herr, er starb am Strand bei Porto Ercole, einen Fluch gegen Gott und alle Spanier auf den Lippen. Alte Wunden hatten sich geöffnet, und er bekam Fieber. Als es mit ihm zu Ende ging, hielt ich seine Hand. Er gab mir einen Dukaten, damit ich eine Messe für ihn lesen lasse.«

Kepler wandte den Blick ab. Trauer stieg in ihm auf, stark und verwunderlich wie Tränen im Schlaf, und verging ebenso rasch. »Es steckte viel Leben in ihm«, sagte er.

Jeppe nickte. »Darum habt Ihr ihn beneidet, nicht wahr?«

»Ja«, erwiderte er, ein wenig überrascht, »ja, darum habe ich ihn beneidet.« Er gab dem Zwerg einen Florin.

»Noch eine Messe? Ihr seid zu gütig, Herr.«

»Wie wollt Ihr in Prag leben? Werdet Ihr eine Anstellung finden?«

»Oh, aber ich habe eine Stelle.«

»Ja?«

»Ja«, und wieder lächelte er. Als er ihm nachsah, wie er langsam durch den Schnee davonritt, fiel Kepler ein, daß er nicht danach gefragt hatte, von wem er geblendet worden war. Vielleicht war es besser, es nicht zu wissen.

In jener Nacht hatte er einen Traum, eine jener unwillkürlichen, großen dunklen Geschichten, die der schlafende Verstand hin und wieder ausbrütet, verschlungen und rätselhaft und voll unerklärlicher Bedeutung. Vertraute Gestalten tauchten auf, einfältig und ein wenig verdreht, Traumschauspieler, die keine Zeit hatten, ihre Rolle zu lernen. Der Italiener trat vor, wie ein Ritter vom Rosenkreuz gekleidet. In den Armen trug er eine kleine vergoldete Statue, die plötzlich zu leben und zu sprechen begann. Sie hatte Reginas Gesicht. Eine feierliche und komplizierte Zeremonie wurde abgehalten, und Kepler begriff, daß dies die alchemistische Hochzeit von Dunkelheit und Licht war. Er erwachte im Zwielicht einer Winterdämmerung. Draußen fiel Schnee, dessen verschwommener Schatten über die Wand an seinem Bett zog. Ein seltsames Glücksgefühl erfüllte sein Herz, als wäre ein Problem, das er sein Leben lang mit sich herumgetragen hatte, endlich entschieden; ein derart starkes und herrliches Glücksgefühl, das nicht einmal verschwand, als ihm wieder einfiel, daß Regina vor sechs Monaten in der Pfalz mit siebenundzwanzig Jahren an einem Hirnfieber gestorben war.

*

Tagelang wollte das Nachbild dieses Traumes nicht verblassen. Wie ein Schleier lag sein silberner Schimmer auf jeder Seite seines Buches über die Harmonie der Welt, das er in einem Anfall von Arbeitswut im Frühjahr 1618 beendete. Das Reich trieb kopfüber in einen Krieg, doch er nahm kaum Notiz davon. Dreißig Jahre lang hatte er Material und Werkzeug für dies hier angesammelt, für seine endgültige Synthese. Und einem irrsinnigen Fischer gleich holte er jetzt die Leinen seines Netzes aus allen Richtungen ein. Er war wie entrückt. Manchmal sah er sich am Tisch sitzen oder über die Stadtmauer spazieren und hatte nicht die geringste Erinnerung daran, wie er dorthin gekommen war. Oder er antwortete auf eine Bemerkung Susannas und ihm ging auf, daß eine Stunde vergangen sein mußte, seit sie zu ihm geredet hatte. Nachts taumelten die Spinnspulen seines Hirns in den Schlaf wie in einen Sack, und am Morgen krochen sie wieder hervor, noch immer in denselben Gedanken verstrickt, als hätte es keine Unterbrechung gegeben. Er war kein junger Mann mehr, um seine Gesundheit stand es schlecht, und manchmal hielt er sich für ein Ding aus Stroh und Lumpen, das schlaff von einem riesigen Knollenkopf herabhing wie eine dieser Puppen, die er als Kind so gemocht hatte, wie sie da am Haar aufgeknüpft hingen in der Werkstatt des Puppenmachers.

Die *Harmonia mundi* war für ihn eine neue Art Arbeit. Zuvor war er stets ins Unbekannte aufgebrochen, und die Bücher, die er zurückbrachte, glichen fragmentarischen, rätselhaften Karten, die scheinbar ohne Zusammenhang waren. Jetzt verstand er, daß sie keine Karten der Inseln eines neuen Indiens waren, sondern andere Abschnitte vom Ufer einer großen Welt wiedergaben. Die *Harmonia* war ihre Synthese. Das Netz, das er einholte, wurde zum Gitternetz eines Globus. Das schien ihm ein passender Vergleich, denn gaben Kugel und Kreis nicht die Grundlage für die Gesetze der Weltharmonie ab? Vor Jahren hatte er die Harmonie als das definiert, was die Seele erschafft, wenn sie die Korrespondenz gewisser Proportionen in der Welt mit jenen Prototypen bemerkt, die in der Seele existierten. Und diese Proportionen finden sich überall zuhauf, in der Musik und in den Planetenbewegungen, in menschlichen und pflanzlichen Formen, selbst im Geschick der Menschen, doch sind sie nur relativ und existieren nicht ohne die wahrnehmende Seele. Wie ist eine solche Wahrnehmung möglich? Bauern und Kinder, Barbaren, selbst Tiere empfinden die Harmonie der Töne. Also muß die Wahrnehmung eine instinktive Fähigkeit der Seele sein, basierend auf einer profunden und essentiellen Geometrie, jener Geometrie, die sich aus den einfachen Teilungen eines Kreises ableitet. All das hatte er schon seit langem für wahr gehalten. Nun machte er sich daran, den kurzen Schritt zur Fusion von Symbol und Objekt zu tun. Der Kreis ist der Träger der reinen Harmonien, reine Harmonien wohnen der Seele inne, also sind Seele und Kreis eins.

Welche Einfachheit, welche Schönheit. Dies war es, was ihn aufrechthielt, wenn ihn angesichts der Undurchdringlichkeit des Problems gelegentlich Ermüdungen oder Wutanfälle überkamen. Die Alten hatten die Harmonie durch Zahlenmystik zu erklären versucht und waren an Komplexität und wertloser Magie gescheitert. Der Grund, warum bestimmte Verhältnisse Wohlklang, andere aber Mißklang erzeugen, findet sich nicht in der Arithmetik, sondern in der Geometrie, und vor allem in den Teilungen des Kreises mit Hilfe regelmäßiger Vielecke. Darin lag die Schönheit. Und die Einfachheit lag darin, daß die harmonischen Resultate nur durch jene Vielecke erzeugt werden, die sich allein mit Zirkel und Lineal konstruieren lassen, den Werkzeugen der klassischen Geometrie.

Er würde nachweisen, daß der Mensch das wahre *magnum miraculum* war. Mochten die Priester und Astrologen auch behaupten, wir wären ein Nichts, Lehm und Asche und Körpersäfte. Doch Gott hatte die Welt nach denselben Harmoniegesetzen geschaffen, die der Schweinehirt in seinem Herzen trug. Beeinflussen uns die astronomischen Aspekte? Ja, doch der Tierkreis ist kein wahrhaft existierender Kreisbogen, sondern nur ein auf den Himmel projiziertes Bild der Seele. Wir erleiden nicht, wir handeln, wir werden nicht beeinflußt, wir selbst sind die Einflüsse.

Dies waren luftige Höhen, in denen er sich bewegte. Ihm wurde schwindlig. Seine Augen wurden schlechter; was er anschaute, zitterte, als wäre es rauchverhangen oder vom Wasser überspült. Schlaf wurde zu einem hilflosen Taumel durch schwarzen Raum. Von hohem Gedankenflug zurückkehrend, merkte er, daß Susanna ihn erschreckt an der Schulter schüttelte, als wäre er ein Nachtwandler, den sie vor dem Abgrund gerettet hatte.

»Was ist denn? Was ist?« brummte er und dachte an Feuer und Flut, die Kinder tot, die Papiere gestohlen. Sie hielt sein Gesicht in Händen.

»Ach, Kepler, Kepler…«

Nun ging er ganz bis zum *Mysterium* und zu jener Theorie zurück, die in all den Jahren sein Glück und seine stete Hoffnung gewesen war, die Einfügung der fünf regelmäßigen Körper in die Planetenintervalle. Seine Entdeckung des Ellipsengesetzes in der *Astronomia nova* hatte dieser Idee einen Schlag versetzt, doch war der Schlag nicht heftig genug, ihm den Glauben zu nehmen. Irgendwie mußten die Gesetze der zweidimensionalen Harmonie für die Irregularitäten in diesem Weltmodell aufkommen. Das Problem faszinierte ihn. Die neue, von ihm erfundene Astronomie hatte die alten Symmetrien zerstört, also mußte er neue und schönere finden.

Erst einmal wollte er den Umlaufzeiten der Planeten die vom musikalischen Maß diktierten, harmonischen Verhältnisse zuschreiben. Es klappte nicht. Danach versuchte er herauszufinden, ob Größe und Volumen der Planeten eine harmonische Reihenfolge ergaben. Wieder ohne Erfolg. Dann probierte er, die kleinsten und größten Sonnenabstände jedes Planeten in einer harmonischen Tonleiter unterzubringen, untersuchte die Verhältnisse der extremen Geschwindigkeiten jedes Planeten und die Variationen der Zeitspanne, die ein Planet benötigt, um eine Längeneinheit seiner Bahn zu durchlaufen. Und dann endlich half ihm ein kleiner Trick, indem er nämlich den Standpunkt des Beobachters von der Erde auf die Sonne verlegte und jene Winkelgeschwindigkeiten errechnete, die ein Beobachter von der Sonne aus wahrnehmen würde. Denn wenn er die beiden derart beobachteten

Extremgeschwindigkeiten ins Verhältnis setzte und mit den kombinierten Paaren der übrigen Planeten verglich, erhielt er die Intervalle der vollständigen Tonleiter, Dur wie Moll. Die Himmelsbewegungen, so konnte er dann schreiben, sind nichts als ein immerwährender Gesang für mehrere Stimmen, der nicht vom Ohr, sondern vom Verstand wahrgenommen wird, eine errechnete Musik, die Marksteine in den unermeßlichen Strom der Zeit setzt.

Damit war er noch nicht fertig, noch lange nicht. Im *Mysterium* hatte er sich gefragt, welcher Zusammenhang zwischen der Zeit, die ein Planet brauchte, um seine Bahn zu vollenden, und seiner Entfernung zur Sonne bestand, und hatte keine befriedigende Antwort gefunden. Nun stellte sich ihm die Frage erneut, dringend wie nie zuvor. Da die Sonne die Planetenbewegungen bestimmte, wovon er mit Bestimmtheit ausging, mußten diese Bewegungen mit der Sonnenferne zusammenhängen, oder das Universum war ein sinnloses und willkürliches Konstrukt. Dies war die dunkelste Stunde seiner langen Nacht. Monat um Monat arbeitete er an diesem Problem, handhabte die Tychonischen Beobachtungen wie das riesige Buchstabenrad eines Kabbalisten. Als sich die Lösung zeigte, kam sie wie stets durch eine Hintertür seines Geistes, schüchtern, zögerlich, ein Engel der Verkündigung, der wie betäubt von seiner ungeheuren Reise war. Eines Morgens Mitte Mai, als Europa unter dem Schwert zusammenbrach, fühlte er die Flügelspitze und hörte die sanfte Stimme, die da sagte: *Ich bin da.*

Es schien ein Nichts, eine bloße Kleinigkeit. Es stand auf dem Blatt und schien nicht bemerkenswerter als irgendwas, eine Fußnote im Euklid, eines von Galileis Anagrammen, eine Kritzelei aus dem bösen Traum eines Schuljungen, und doch war es das dritte seiner ewigen Gesetze und die Verbindung zwischen den harmonischen Relationen und den regelmäßigen Körpern. Es besagte, daß sich die Quadrate der Umlaufzeiten zweier Planeten wie die Kuben ihrer mittleren Entfernungen von der Sonne verhalten. Dies war sein Triumph. Dadurch war bewiesen, daß die Abweichungen in der Distanz, die nach Einfügung der regelmäßigen Vielecke in die Umlaufbahnen der Planeten übrigblieben, kein Fehler seiner Berechnungen waren, sondern notwendige Konsequenz des dominanten Prinzips der Harmonie. Die Welt, so begriff er endlich, ist ein weit komplexeres und subtileres Konstrukt, als er oder sonst jemand je geahnt hatte. Er hatte eine Melodie erwartet, doch es erklangen Symphonien. Wie hatte er sich geirrt, einen geometrisch vollkommenen, geschlossenen Kosmos zu suchen! Ein Uhrwerk war nichts gegen die Wirklichkeit der größtmöglichen Harmonie. Die regelmäßigen Körper sind der Stoff, die Harmonie ist die Form. Die Körper beschreiben die rohe Masse, die Harmonie aber bestimmt die Struktur, durch die das Ganze wird, was es ist, nämlich ein vollkommenes Kunstwerk.

Zwei Wochen nach der Niederlegung dieses Gesetzes war das Buch fertig. Er kümmerte sich gleich um den Druck, fast wie gehetzt, als könnte ihn Feuer oder Flut, wovor er sich am meisten fürchtete, oder sonst ein Schreckgespenst vernichten, ehe sein Testament veröffentlicht worden war. Außerdem bedeutete der Druck Arbeit, und wie hätte er einfach aufhören können? Es würde einige Zeit brauchen, die Bahn, die er einmal eingeschlagen hatte, bis zu ihrem Ende zu durchlaufen, und sie würde ihn zu weiteren Büchern führen, den kärglichen Resten seiner Karriere. Doch selbst wenn er sich hätte ausruhen können, wäre ihm keine Ruhe vergönnt gewesen, denn dann müßte er sich in der schrecklichen Stille jenem Dämon stellen, der ihm den Rücken hinaufkroch und dessen heißer Atem ihm in den Nacken blies.

Jahrelang hatte ihn die *Weltharmonik* in Beschlag genommen, hatte ihr riesiges Gewicht ihn niedergedrückt; nun spürte er ein seltsames Gefühl der Leichtigkeit, des Leichtsinns fast, als hätte er noch einmal einen kräftigen Schluck von Winckelmanns gepanschtem Wein genommen. Das war der Dämon. Er erkannte ihn wieder und hatte ihn schon vorher gekannt, ein Gefühl wie damals, als er bei der Arbeit an der *Astronomia nova* wegen eines Fehlers von wenigen Bogenminuten Jahre der Arbeit munter abgeworfen hatte, nicht, weil er sich in all den Jahren geirrt hatte – das auch –, sondern um die Vergangenheit zu vernichten, die menschliche und hoffnungslos mangelhafte Vergangenheit, um noch einmal von vorn mit der Suche nach Vollkommenheit beginnen zu können: dasselbe hemmungslose, euphorische Gefühl, am Abgrund entlangzutaumeln, während ihm eine schadenfrohe Stimme ins Ohr flüstert: *Spring doch.*

★

Oder es taten sich andere, längst nicht so einladende Abgründe vor seinen Füßen auf. Die Welt, die ihm einst so groß erschienen war, wurde mit jedem Tag kleiner. In der Schlacht am Weißen Berge war die pfälzische Armee geschlagen und Böhmen von den Katholiken zurückerobert worden, doch der Religionskrieg tobte weiter. Das Reich stand in Flammen, und er hauste im obersten Stock. Er konnte die Flammen in seinem Rücken fauchen hören, den Einsturz des Mauerwerks und das Splittern der Balken, als eine weitere Treppe zusammenbrach. Vor ihm war nur das bebende Fenster und die überraschend kalte, blaue Luft. Als im Herbst 1619 Kurfürst Friedrich mit seiner Frau Elisabeth in Prag einzog, um die von den böhmischen Protestanten dargebotene Krone anzunehmen, war die *Weltharmonik* im Druck, und Kepler hatte nur noch die Zeit, aus einigen letzten Exemplaren die Widmung an James von England, den Vater der Fürstin, herauszuhalten. Doch hätte es diese Verbindung nicht gebraucht, um ihn als Verdächtigen zu brandmarken. Selbst seine Angriffe auf die Bruderschaft der Rosenkreuzer und sein Streit mit dem englischen Rosenkreuzer Robert Fludd hatten ihm kein Lob eingebracht: Die kaiserlichen Parteien, so hörte er, fragten sich, was er zu verbergen habe, daß er mit seiner allzu enthusiastischen Treue für den katholischen Herrscher Ferdinand herumprotzte. Kepler war sich nicht einmal mehr sicher, wer in diesem Krieg eigentlich gegen wen kämpfte. Die böhmischen Fürsten hatten sich mit der Niederlage am Weißen Berge nicht abgefunden, doch diese Herren waren nur ein lokales Ärgernis: Jetzt ging das Gerede von einem Eingreifen der Franzosen und sogar der Dänen. Kepler war verblüfft. Konnten sich diese fernen Königreiche wirklich derart für die Religion und das Schicksal des kleinen Böhmen interessieren?

Es mußte eine Verschwörung sein. Die Rosenkreuzer trugen die Schuld – oder der Vatikan.

Und bald hatte sich, wie von ihm erwartet, das alte Rad wieder gedreht: alle Lutheraner wurden aus der Stadt Linz gewiesen. Als Kaiserlicher Mathematiker, der er wenigstens dem Titel nach war, konnte er auf Immunität hoffen. Er gab die Pilgerfahrten zu Winckelmanns verlassener Werkstatt auf und hielt sich von allen Gottesdiensten fern. Doch die unsichtbaren Ränkeschmiede waren nicht so leicht von seiner Spur abzubringen. Die katholischen Behörden konfiszierten seine Bibliothek. Mit Verbitterung mußte er ihre Zielgenauigkeit bewundern: Der Schlag war schwer zu ertragen. Und dann – es war schon fast komisch – brachten die Lutheraner in Gestalt von Pastor Hitzler einen Peiniger eigener Couleur hervor. Kepler sah sich wieder in die Ecke gedrängt, eine alte, verwirrte Ratte.

Zum öffentlichen Aufruhr fügte sich die Düsternis seines Herzens, in dem sein eigener Krieg tobte. Er wußte nicht, was der Grund für diese Schlacht war, noch wußte er, um welchen Preis gekämpft wurde. Auf der einen Seite stand alles, was ihm wichtig war, seine Arbeit, seine Liebe für Frau und Kinder, sein Seelenfriede; auf der anderen war, was er nicht benennen konnte, eine trunkene, gesichtslose Macht. Sollte dies, so fragte er sich, immer noch jener Dämon sein, der aus den letzten Seiten der *Harmonia mundi* aufgestiegen und am Unglück der Welt fett geworden war? In jener Zeit begann er, einen Zusammenhang zwischen seinem inneren Wüten und Europas Krieg zu vermuten, und er fürchtete um seinen Verstand. Er floh vom Schlachtfeld in die betäubende Tretmühle der *Tabulae Rudolphinae*. Dort, zwischen den ordentlich marschierenden Kolumnen von Tycho Brahes Lebenswerk, konnte er sich verstecken, wenn auch nicht lang. Bald verlor dieses Manöver an Wirkung. Und so begab er sich auf die erste seiner seltsamen, verzweifelten Wanderungen. Unterwegs fühlte er sich besser, der Schlachtenlärm in ihm wurde eine Zeitlang von den Mühen und Enttäuschungen des Reisens gedämpft. Das schien zu sein, was der Dämon wollte.

Als Vorwand gab er Gelder an, die die Krone ihm schuldete.

Der Druck der *Tafeln* würde eine kostspielige Angelegenheit werden, also machte er sich auf den Weg nach Wien zum Hofe Kaiser Ferdinands. Nach vier Monaten Feilscherei wurde ihm widerwillig eine Teilzahlung von sechstausend Florins gewährt. Doch die Schatzkammer, gewitzter und vorsichtiger als der Kaiser, transferierte die Verantwortung für die Auszahlung der Summe an die drei Städte Nürnberg, Kempten und Memmingen. Wieder einmal brach Kepler auf und meinte, Wien hinter sich in allgemeines Gelächter ausbrechen zu hören. Gegen Winterende hatte er den geschlossenen Fäusten der städtischen Dreieinigkeit zweitausend Florins entrissen. Damit konnte er das Papier für die *Tafeln* bezahlen. Doch diese Anstrengung hatte ihn erschöpft, und müde trat er den Heimweg an.

Als er in Linz eintraf, hatte sich die Stadt in ein Heerlager verwandelt. Überall war die vom Kaiser geschickte Baierngarnison einquartiert. Beim Drucker Plank hatte es sich ein Trupp Soldaten zwischen den Pressen gemütlich gemacht, und ihr Gestank überdeckte die vertrauten Gerüche nach Druckerschwärze und Maschinenöl. Sämtliche Arbeiten waren eingestellt worden. Die Männer sahen ihm gleichgültig zu, als er in hilfloser Wut vor ihren Nasen herumtanzte. Ebensogut hätte er von einem fremden Planeten in ihre Mitte gefallen sein können. Sie waren zumeist Söhne armer Bauern. Als der Druck endlich anlief, zeigten sie ein kindliches Interesse für die Arbeit: nur wenige von ihnen hatten je zuvor eine funktionierende Maschine gesehen. In stummen Gruppen sammelten sie sich um Planks Männer, starrten sie an und atmeten leise wie Vieh an einem Zauntritt. Wenn plötzlich ein Bogen mit weißem Schwung hervorgezogen wurde, stießen sie vor Überraschung und Vergnügen unweigerlich einen allgemeinen Seufzer aus. Später, als die erstaunliche Tatsache, daß Kepler allein die Ursache für all dieses mächtige Treiben war, in ihren Verstand eingesickert war, wandten sie ihm ihre ehrfürchtige Aufmerksamkeit zu. Sie drängten sich, um ihm auf den Bänken oder am Lesepult möglichst nahe zu sein, und versuchten, aus seinem Gerede über Schriftarten, Schriftbild und Kolophone Zugang zum Geheimnis dieser Zauberkunst zu erlangen. Und manchmal rafften sie all ihren Mut zusammen und boten ihm einen Krug Bier oder eine Rolle Tabak an, starrten dabei wild grinsend auf ihre Stiefel und brachen in Schweiß aus. Er gewöhnte sich an ihre Anwesenheit und beachtete sie nicht weiter, nur wenn hin und wieder etwas, leise und zugleich drängend, aus dieser warmen, lärmenden Lebensmasse zu ihm sprach, die sich in seinem Rücken drängte, dann tobte er vor Wut, schrie ihre verblüfften Gesichter an und stürmte mit fuchtelnden Armen aus der Druckerei.

Im Frühling rebellierte die lutherische Bauernschaft. Sie war es leid, immerzu drangsaliert zu werden, Hunger zu haben, und erst recht hatte sie die Nase von dem arroganten Kaiser voll. Sie fegte über Oberösterreich hinweg, rasend vor Erfolg, unfähig, die eigene Stärke zu begreifen. Zu Sommeranfang stand sie vor den Mauern von Linz. Die Belagerung dauerte zwei Monate. Die Stadt war schlecht vorbereitet und bald zu Pferdefleisch und Nesselsuppe verdammt. Keplers Haus stand an der Mauer, und aus seinem Arbeitszimmer konnte er über den Wallgraben und die Vorstadt dorthin schauen, wo die heftigsten Kämpfe tobten. Wie klein die Protagonisten von hier aus wirkten, doch wie grell ihr Blut, das verstreute Gedärm. Der Geruch des Todes umspülte ihn bei der Arbeit. Man quartierte eine Abteilung Soldaten in sein Haus. Ein paar davon kannte er aus der Druckerei. Er hatte geglaubt, seine Kinder würden schreckliche Angst leiden, doch sie schienen den Krieg für ein herrliches Spiel zu halten. Eines Morgens, mitten in einem scharfen Gefecht, kamen sie, um ihm zu sagen, daß ein toter Soldat in seinem Bett liege.

»Tot, sagt ihr? Ach was, der ist nur verwundet; eure Mutter läßt ihn sich dort ein wenig ausruhen.«

Cordula schüttelte den Kopf. Was für ein ernstes kleines Mädchen! »Er ist *tot*!« sagte sie bestimmt. »Eine Fliege krabbelt in seinem Mund.«

Gegen Ende Juni durchbrachen die Bauern eines Nachts die Stadtmauer und setzte einen Straßenzug in Brand, ehe man sie zurückdrängen konnte. Planks Druckerei wurde zerstört und mit ihr alle Bögen der *Tafeln*, soweit sie schon gedruckt waren. Kepler entschied, daß es an der Zeit sei fortzuziehen. Im Oktober, die Belagerung war längst aufgehoben, der Pöbel geschlagen, hatte er all seine Besitztümer gepackt und war, exkommuniziert und mittellos, auf dem Weg nach Ulm, um niemals wieder zurückzukehren.

In Ulm war er eine Zeitlang nahezu glücklich. Susanna und die Kinder hatte er in Regensburg zurückgelassen. Nach vielen Jahren war er zum ersten Mal wieder allein, und ihm war, als fiele die Zeit auf magische Weise von ihm ab und er sei wieder in Graz oder gar in Tübingen, wo das Leben noch nicht recht begonnen hatte und die Zukunft grenzenlos schien. Der Stadtarzt Gregor Horst, ein Bekannter aus Prager Tagen, überließ ihm ein kleines Haus in der Rabengasse. Und er fand einen Drucker, einen gewissen Jonas Saur. Anfangs ließ sich die Arbeit gut an. Und er hoffte immer noch, mit den *Tafeln* ein Vermögen zu machen. Seine Zeit verbrachte er in der Druckerei. Samstagabends aber betrank er sich mit Gregor Horst und stritt mit ihm über Astronomie und Politik bis in die frühen Morgenstunden.

Lange konnte er jedoch die Ruhe nicht genießen. Erneut rührte sich die alte Qual in seinem Herzen. Der Drucker Saur machte seinem Namen alle Ehre, und es kam zum Streit. Wieder einmal setzte Kepler seine Hoffnungen auf Tübingen und Michael Mästlin; konnte Gruppenbach, der sein *Mysterium* gedruckt hatte, die *Tafeln* für ihn zu Ende bringen? Er schrieb an Mästlin, und als er keine Antwort erhielt, machte er sich zu Fuß auf den Weg. Doch es war Februar, das Wetter war schlecht, und nach zwei Tagen kam er an eine Weggabelung mitten in einem Rübenfeld, matt und verzweifelt, doch nicht so erschöpft, daß er nicht mit bitterem Hohn verstanden hätte, wie sich sein ganzes Leben in diesem Anblick zusammenfaßte: ein kleiner Mann, naß und müde, der sich an einer Weggabelung nicht entscheiden konnte. Er kehrte um. Der Stadtrat von Esslingen überließ ihm ein Pferd, das man sich aus dem Altenheim der Stadt besorgte. Tapfer trug ihn das Tier bis Ulm und krepierte dann unter ihm. Wieder sah er, wie passend dieses Bild war, sein triumphaler Einzug auf einer elenden Schindmähre in eine Stadt, die ihn kaum kannte. Er schloß

Frieden mit Jonas Saur, und nach zwanzig Jahren erblickten die *Tafeln* endlich das Licht der Welt.

Zwei Verwandte von Tycho Brahe machten ihm eines Tages in seinem Quartier in der Rabengasse ihre Aufwartung, Holger Rosenkrands, der Sohn des Politikers, und der Norweger Axel Gyldenstjern. Sie waren auf dem Weg nach England. Kepler geriet ins Grübeln. Wotton, König James' Gesandter in Prag, hatte ihn gedrängt, nach England zu kommen. Rosenkrands und Gyldenstjern wollten ihn nur zu gern auf ihre Reise mitnehmen. Doch etwas hielt ihn zurück. Sollte er wirklich seine Heimat verlassen, wie schlimm die Zuckungen des Krieges auch immer waren? Ihm blieb nichts anderes übrig, als nach Prag zu fahren. Immerhin konnte er dem Kaiser die *Tafeln* anbieten, auch wenn sie ihm wahrscheinlich nicht genügen würden. Seine Zeit war vorbei. Selbst Rudolph hatte sich auf seine alten Tage mit seinem Mathematiker gelangweilt. Aber irgendwo mußte er hin, irgendwas mußte er tun, und so ging er an Bord eines Kahns, der ihn in die Hauptstadt brachte, wo, ohne daß sie beide etwas davon ahnten, Wallenstein auf ihn wartete.

⋆

Nun saß er an Hillebrand Billigs Feuer, heizte seinen Frostbeulen ein und sann über seine Zeit in Sagan nach. Wenigstens hatte er dort eine Zuflucht und für eine Weile Ruhe gefunden, während sich die Ruhelosigkeit seines Herzens gleichsam stellvertretend am Treiben seines neuen Herrn gütlich tat. Wallensteins Welt war Lärm und Tat, ein endloses Kommen und Gehen vor dem Hintergrund ferner Kanonaden und donnernder Hufe um Mitternacht: Als würde auch er vor einem unerbittlichen Dämon fliehen. Doch Kepler hatte noch keinen Menschen kennengelernt, der derart Form und Weite des ihm zugemessenen Raumes füllte. Welche Leere mochte es in *ihm* geben, die sich ein Teufel zur Heimstatt erschleichen konnte?

Billig rechnete am Küchentisch mühselig die Einnahmen der Schenke zusammen, leckte am Bleistift und seufzte. Frau Billig saß neben ihm und stopfte die Strümpfe ihrer Kinder. Sie hätten ein Bild von Dürer abgeben können. Es zog durch das Fenster, und die Kerzen flackerten. Wind und Regen waren zu hören, das gedämpfte Grölen der Nachtschwärmer an diesem Samstagabend in der Schenke, das Knistern des Feuers, das Schnarchen des alten Hundes, doch über alldem herrschte ein tiefes Schweigen, heimlich und unantastbar, vielleicht das Schweigen der Erde selbst. Warum nur, lieber Christus, habe ich mein Heim verlassen, um mich auf dieses irrsinnige Wagnis einzulassen?

Anfangs war er mißtrauisch gegenüber Wallenstein gewesen. Er fürchtete, als bloßes Spielzeug erstanden worden zu sein, denn das fanatische Interesse des Generals für Astrologie war allgemein bekannt. Kepler war zu alt und zu müde, um sich noch einmal auf das Spiel des Rätselratens und der Verstellung einzulassen. Monatelang hatte er gezögert, sich um die Bedingungen gesorgt, die Wallenstein ihm bot, und wissen wollen, was im Gegenzug von ihm verlangt wurde. Unterhaltung, sagte Wallenstein und lächelte, Eure Gesellschaft, das Vergnügen Eurer Gelehrsamkeit. Der Kaiser drängte ihn mit kaum verhohlener Begeisterung, die dargebotene Stelle anzunehmen, und nutzte die Gelegenheit, Wallenstein die beträchtlichen Schulden zu übertragen, die die Krone ihrem Mathematiker schuldig geblieben war. Wallenstein erhob keinen Protest, und angesichts seiner gleichgültigen Miene sank Kepler das Herz. Außerdem sollte dem Astronomen ein jährliches Gehalt von tausend Florins aus der Saganer Schatzkammer zustehen, ein Haus in Gitschin, wo sich der Palast des Generals befand, sowie die Nutzung einer Druckerpresse und genügend Papier für alle Bücher, die er zu veröffentlichen gedenke, und dies ohne weitere Bedingungen oder Einschränkungen. Kepler wagte zu hoffen. Sollte es denn wahr sein, sollte es endlich wahr werden ...?

Es sollte nicht sein. Wallenstein glaubte tatsächlich, sich einen zahmen Astrologen gekauft zu haben. Nach vielen Auseinandersetzungen trafen sie schließlich die Vereinbarung, daß Kepler die Daten lieferte, mit deren Hilfe bereitwilligere Zauberlehrlinge Horoskope oder Kalender erstellten. Die übrige Zeit konnte er sich nach seinem Belieben einteilen. Allerdings sah er keinerlei

Anzeichen dafür, daß die kaiserliche Schuld jemals beglichen werden würde, entdeckte auch keine Spur von einer Druckerpresse und dem versprochenen Papier. Doch es hätte schlimmer kommen können. Wenigstens hatte er das Haus, und gelegentlich wurde ihm sogar ein Abschlag von seinem Lohn gezahlt. So war er zwar nicht glücklich, aber verzweifelt war er auch nicht. Hitzlers Wort fiel ihm wieder ein: lau. Sagan war ein barbarischer Ort, die Leute seltsam und verschlossen, ihr Dialekt unverständlich. Es gab nur wenig Zeitvertreib. Einmal fuhr er nach Tübingen und verbrachte einen herrlich beschwipsten Monat mit dem alten Mästlin, der zwar taub und tatterig geworden, aber dennoch eine rechte Frohnatur war. Und eines Tages kam Susanna zu ihm und verkündete mit ebenso amüsierter wie überraschter Miene, daß sie wieder schwanger war.

»Mein Gott«, sagte er, »dann bin ich ja doch noch nicht so alt, wie ich dachte.«

»Du bist überhaupt nicht alt, mein lieber, lieber Kepler.«

Sie küßte ihn, und sie lachten, und dann waren sie einen Augenblick still, verlegen ein wenig, fast beschämt, so genossen sie ihre alte Komplizenschaft. Was für ein glücklicher Tag war das gewesen, vielleicht der schönste aller Tage dieser spöttischen und respektvollen, verfehlten und wundervollen Ehe.

Wallenstein verlor sein Interesse an ihm, selbst an seiner Unterhaltung. Selten wurde er noch in den Palast gerufen, schließlich überhaupt nicht mehr, und Keplers Gönner wurde zu einem bloßen Schemen, der hin und wieder in der Ferne auftauchte, hinter einer Reihe Bäume etwa oder auf einem langgezogenen Abhang an einem sonnenhellen Abend, wenn Wallenstein mit seinem Stab ausritt, eine steife, rhythmisch nickende Gestalt wie eine heilige Statue, die an Feiertagen zu kurzer Prozession herausgebracht wurde. Und dann, als wäre tatsächlich an das Gewissen irgendeiner weltlichen Gottheit appelliert worden, rollte tatsächlich eines Tages ein Karren mit einigen Arbeitern vor, die vor Keplers Tür einen großen Maschinenklotz abluden. Es war die Druckerpresse.

Jetzt konnte er wieder arbeiten. Mit Almanachen und Navigationskalender ließ sich Geld verdienen. Doch in jenem Winter wurde er krank, sein Magen war verstimmt, Gram und Gicht plagten ihn. Die Jahre machten ihm zu schaffen. Er brauchte einen Assistenten. In einem Büchlein, das ihm aus Straßburg geschickt wurde, fand er auf der Titelseite einen an ihn gerichteten, öffentlichen Brief, in dem der Verfasser, Jakob Bartsch, dem Kaiserlichen Astronomen seine bescheidenen Dienste anbot. Kepler fühlte sich geschmeichelt und lud ihn ein, nach Sagan zu kommen. Doch Bartsch erwies sich als ein zweifelhaftes Vergnügen. Er war jung und lernwillig, ermüdete Kepler aber mit seinem unmöglichen Enthusiasmus. Trotzdem gewann Kepler ihn lieb und hätte weniger Einwände gegen seine Einheirat in die Keplersche Familie erhoben, hätte Susanna, seine Tochter und Bartsches Braut, nicht so viel vom Müllerschen Erbe in sich gehabt.

Der junge Mann übernahm bereitwillig die Schinderei mit den Almanachen, und Kepler stand es frei, sich wieder seinem geliebten Projekt zuzuwenden, seinem Traum von einer Reise zum Mond. Den größten Teil dieses letzten Jahres in Sagan widmete er dem *Somnium*. Keines seiner Bücher hatte ihm ein derart eigenwilliges Vergnügen bereitet. Fast schien es ihm, als könne er einem alten Hang zu Sehnsucht und Liebe endlich freien Lauf geben. Die Geschichte vom Jungen Duracotus, dessen Mutter, der Hexe Fiolxhilda, und den seltsam traurigen, verkümmerten Mondwesen weckte in ihm ein leises, inneres Lachen über sich selbst, über seine Wissenschaft und die gelinde Narretei aller Dinge.

»Ihr bleibt also über Nacht, Doktor?«

Frau Billig sah ihn mit erhobener Nadel an.

»Ja«, sagte er, »gewiß, und vielen Dank.«

Hillebrand Billig hob die besorgte Stirn von seinen Berechnungen und lachte verschämt. »Könntet Ihr mir vielleicht mit diesen Zahlen helfen? Ich schaffe es einfach nicht!«

»Natürlich, sehr gern.«

Sie wollen wissen, was mich eigentlich hergebracht hat. O ja, das wollen sie. Aber nun, das will ich auch.

Als er das *Somnium* beendet hatte, war es, wie befürchtet, zu einer weiteren Krise gekommen. Woher kam er, dieser ungebärdige Drang, das Werk seines Verstandes zu zerstören und zu verrückten Reisen in die reale Welt aufzubrechen? In Sagan hatte er geglaubt, von etwas heimgesucht zu werden, nicht von einem Geist, eher von einer Erinnerung, die manchmal so lebhaft schien, als würde sie jeden Augenblick körperliche Gestalt annehmen. Es war, als hätte er eine kostbare Kleinigkeit verlegt und vergessen und würde doch von diesem Verlust gequält. Plötzlich erinnerte er sich an Tycho Brahe, der barfuß vor seinem Zimmer stand, während eine verregnete Dämmerung über dem Hradschin anbrach, dachte an diesen verlorenen und verblüfften Ausdruck auf seinem Gesicht, ein sterbender Mann, der zu spät nach dem Leben suchte, das er verpaßt, das ihm seine Arbeit geraubt hatte. Kepler zitterte. War es derselbe Ausdruck, den die Billigs nun auf seinem Gesicht sahen?

Susanna hatte ihn ungläubig angestarrt. Er konnte ihr nicht in die Augen sehen. »Aber warum? Warum?« fragte sie. »Was bringt es dir?«

»Ich muß fahren.« Er mußte sich um die Gelder in Linz kümmern. Wallenstein war in Ungnade gefallen und entlassen worden. Der Kaiser hielt sich mit dem Reichstag in Regensburg auf und sicherte die Thronnachfolge seines Sohnes. »Er schuldet mir Geld, Geschäfte sind zu erledigen. *Ich muß fahren.*«

»Mein Lieber«, sagte Susanna und versuchte es mit einem Scherz, »wenn du gehst, glaube ich eher an die Ankunft des Jüngsten Gerichtes als an deine Wiederkehr.« Doch sie konnten beide nicht darüber lachen, und Susanna ließ seine Hand fahren.

In mildem Winterwetter fuhr er nach Süden, doch achtete er nicht auf die Elemente. Falls nötig, war er bereit, bis nach Prag zu reisen, nach Tübingen – nach Weil der Stadt! Doch Regensburg war weit genug. Ich weiß, er wird mich hier aufsuchen; ich werde ihn an dem Rosenkreuz auf seiner Brust und der Dame an seiner Seite erkennen. Seid Ihr da? Wenn ich jetzt ans Fenster gehe, werde ich Euch sehen, dort draußen in Regen und Dunkelheit, euch alle, Königin und furchtloser Ritter, Tod und Teufel...?

»Doktor, Doktor, Ihr müßt jetzt ins Bett gehen und Euch ausruhen; Ihr seid krank.«

»Was?«

»Ihr zittert...«

Krank? War er das? Sein Blut kochte, und sein Herz klang wie dumpfer Donner in seiner Brust. Fast hätte er gelacht: Das wäre doch typisch für ihn, sein Leben lang zu glauben, daß ihm der Tod unmittelbar bevorstand, und dann in fröhlicher Unwissenheit zu sterben. Doch nein. »Ich muß wohl eingeschlafen sein.« Mühsam richtete er sich in seinem Sessel auf, hustete und streckte die unruhigen Hände zum Feuer. Zeig ihnen, zeig es ihnen allen, ich werde nie sterben. Denn nicht den Tod wollte er hier treffen, sondern etwas ganz anders. Hebe einen flachen Stein auf, und da ist es, in verschwenderischer Fülle, myriadenhaft! »Was für ein Traum, Billig, was für ein Traum. *Es war doch so schön.*«

Was hatte der Jude gesagt? Alles wird uns erzählt, doch nichts erklärt. Ja. Wir müssen es alles in Treu und Glauben hinnehmen. So lautet das Geheimnis. Wie einfach! Er lächelte. Nicht bloß ein Buch wurde so fortgeworfen, sondern die Grundlage eines Lebenswerkes. Es schien nicht weiter wichtig.

»Ach, mein Freund, was für Träume...«

Der Regen trommelte draußen auf die Welt. Anna Billig kam und schenkte ihm Wein nach. Er dankte ihr.

Nie sterben, nie sterben.

Anmerkung

Die Standardbiographien sind *Johannes Kepler* von Max Caspar (Stuttgart 1948) und *Tycho Brahe* von J. L. E. Dreyer (Edingburgh 1890). Außerdem muß ich auch hier noch einmal meine Dankesschuld und meine Bewunderung für Arthur Koestlers *Die Nachtwandler* (Bern, Stuttgart 1959, übers. v. W. T. Treichlinger) zum Ausdruck bringen. Ein weiteres Werk, das mir wertvolle Einsichten in das Leben und die Gedankenwelt des frühen siebzehnten Jahrhunderts lieferte, ist das Buch *The Rosicrucian Enlightenment* von Frances A. Yates (London 1972).

Für ihre Hilfe und Ermunterung möchte ich vor allem Don Shermann, Ruth Dunham und meiner Frau Janet danken.

Johannes Kepler starb in Regensburg am 15. November 1630.

John Banville

Das Buch der Beweise

Roman

Aus dem Englischen von Dorle Merkel

Band 13287

Als ehrgeiziger, vielversprechender Student der Naturwissenschaften verließ Freddy Montgomery Irland, um in den USA Karriere zu machen. Er heiratete eine Amerikanerin, doch beide stiegen nach wenigen Jahren aus dem Wissenschaftsbetrieb aus, vertrödelten im Müßiggang ihre Zeit auf warmen Mittelmeerinseln, und Freddy vergeudete Geld und Talent. Von einem äußerst zwielichtigen Menschen mußte er sich in einer finanziellen Notlage Geld leihen, und als dieser ihn plötzlich massiv unter Druck setzt, sieht sich Montgomery gezwungen, nach Irland zurückzukehren, um dort die nötige Summe aufzutreiben. Die Rückkehr gerät zur irdischen Höllenfahrt. Die frühere Heimat ist ihm fremd geworden, die Wiederbegegnungen mit Menschen aus der Vergangenheit lösen Lawinen von Selbstzweifeln und Selbstbefragung aus. Um Geld aufzutreiben, besucht er einen befreundeten Kunstsammler, und bei dem irrwitzigen Versuch, ein Bild zu stehlen, wird er vom Dienstmädchen überrascht. Als sie sich zur Wehr setzt, bringt er sie auf grausamste Weise um. Die wenigen Tage vor seiner Verhaftung durchlebt er in einem Taumel der Verzweiflung, des Alkoholrauschs und des Selbstekels. Das monströse Verbrechen steht im Mittelpunkt des Romangeschehens. Freddy Montgomery bekennt sich ohne Umschweife des Mordes schuldig und mit der Niederschrift seines Bekenntnisses will er seinen verworrenen Lebensweg erzählen.

Fischer Taschenbuch Verlag

fi 1074 / 4

John Banville

Doktor Kopernikus

Roman

Aus dem Englischen von Bernhard Robben

Band 13598

(*erscheint voraussichtlich im April '98*)

John Banville zeichnet das Bild des Mannes, der durch seine Entdeckungen das mittelalterliche Weltbild umstürzte. In der fiktiven Biografie des 1473 geborenen Nikolaus Kopernikus erfährt der Leser vom Leben des Theologen, Mathematikers, Mediziners und Astronomen: von seinem böswilligen Bruder, seiner selbstquälerischen Schüchternheit und der ungeheuren Angst vor den Konsequenzen, die sich aus der Entdeckung seiner Ideen ergeben könnten. Zu recht, wie sich zeigte, als Giordano Bruno die kopernikanischen Ideen zuspitzte und deswegen auf dem Scheiterhaufen endete. John Banville ist mit enormer sprachlicher Eleganz die Vergegenwärtigung dieser historischen Wirklichkeit gelungen.

Irland erzählt

15 Erzählungen

Herausgegeben und mit einem Nachwort
von Michael Krieger

Band 13180

Außerhalb der englischsprachigen Welt sind Werke von irischen Autoren nicht annähernd so bekannt, wie sie es verdienten. Dabei kann dieses kleine Land auf eine solche Fülle von schriftstellerischen Begabungen verweisen wie wenige größere Nationen. Das läßt sich an diesem Band nachprüfen. Die meisten der hier versammelten Geschichten sind in den achtziger und neunziger Jahren entstanden. Alle erscheinen erstmals auf deutsch und wurden eigens für diesen Band übersetzt.

Es erzählen:
Sara Berkeley, Clare Boylan, Anne Enright, Dermot Healy, Desmond Hogan, Neil Jordan, Philip MacCann, Bernard Mac Laverty, Aidan Mathews, Patrick McCabe, John McGahern, Brian Moore, Edna O'Brien, Joseph O'Connor und William Trevor

Fischer Taschenbuch Verlag

fi 1007 / 3

Roddy Doyle

Paddy Clarke Ha Ha Ha

Roman

Aus dem Englischen von Renate Orth-Guttmann

Band 13176

Es ist 1968. Patrick Clarke ist zehn Jahre alt, und abends sitzt er vor dem Fernseher, knabbert Chips und sinniert über die amerikanischen Soldaten, die im Mekong-Delta gegen 'Gorillas' kämpfen. Er liebt den Geruch seiner Wärmflasche und das Gefühl im Mund, wenn er eine Lebertrankapsel zerbeißt. Er haßt Zoos, läßt sich ungern küssen und empfindet die Jungs aus der neuerbauten Sozialsiedlung als seine natürlichen Feinde. Seinen kleinen Bruder Sinbad kann er nicht ausstehen, dafür ist Kevin sein bester Freund, mit dem er Fußball und Verbrechen spielt. Dennoch ist Paddys Welt alles andere als heil: Sein Vater trinkt zuviel und streitet immer häufiger mit seiner Mutter, und schließlich bekommt auch die Freundschaft mit Kevin einen Riß. Ohne Psychologisierungen, unsentimental und nüchtern, zeichnet Doyle das Leben dieses kleinen Jungen nach, der aus dem Paradies der Kindheit vertrieben wird. Ein einfühlsames, stilsicheres Portrait eines zehnjährigen Jungen und seiner Welt.

Fischer Taschenbuch Verlag

fi 1913 / 4

fi 1028 / 4